양주사
凉州詞

맛좋은 포도주 야광 술잔에 담아
마시려는데 비파가 말 위에서 떠나기를 재촉하네
술 취하여 사막에 누웠다고 그대 웃지 말지니
예로부터 전쟁에 나가 몇이나 돌아왔던가

葡萄美酒夜光杯
欲飲琵琶馬上催
醉臥沙場君莫笑
古來征戰幾人回

Fantastic Oriental Heroes
노병귀환
老 兵 歸 還

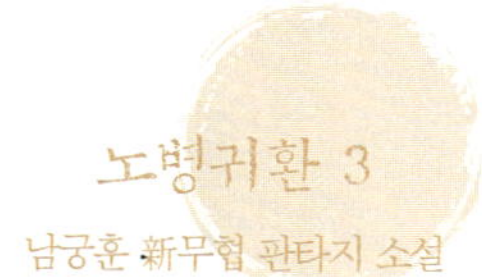

노병귀환 3

남궁훈 新무협 판타지 소설

초판 1쇄 찍은 날 § 2005년 1월 8일
초판 1쇄 펴낸 날 § 2005년 1월 18일

지은이 § 남궁훈
펴낸이 § 서경석

편집장 § 문혜영
편집책임 § 김민정
편집 § 장상수 · 최하나
마케팅 § 정필 · 강양원 · 이선구 · 홍현경

펴낸곳 § 도서출판 청어람
등록번호 § 제1081-1-89호
등록일자 § 1999. 5. 31
어람번호 § 제2-0504호

주소 § 경기도 부천시 원미구 심곡1동 350-1 남성B/D 3F (우) 420-011
전화 § 032-656-4452   팩스 § 032-656-4453
http://www.chungeoram.com
E-mail § eoram99@chollian.net

ⓒ 남궁훈, 2004

ISBN 89-5831-327-7 04810
ISBN 89-5831-324-2 (SET)

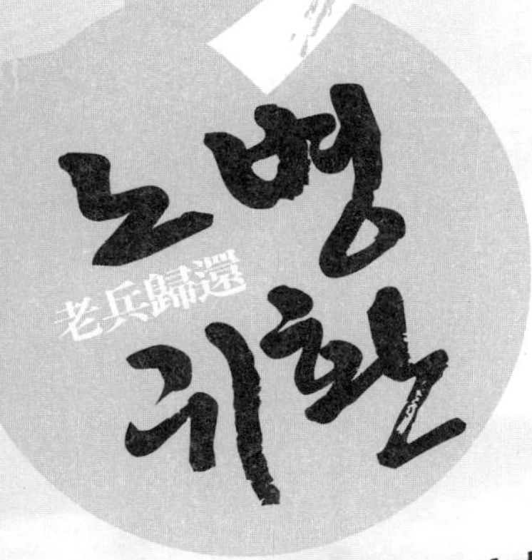

노병귀환

老兵歸還

■ 남궁훈 新무협 판타지 소설
Fantastic Oriental Heroes

3 출도(出道)

도서출판
청어람

목차

第十五章
오해(誤解)

"휴, 자네들을 만나 천만다행일세. 자네들이 아니었으면 이 많은 짐을 다 어찌 꾸려 올랐을지. 허허."

"저희도 그곳에서 의원님을 뵙게 될 줄은 생각지도 못했습니다."

화산으로 오르는 석로를 따라 삼백여 명의 사람들이 길게 줄지어 오르고 있었고, 그 행렬의 후미에 제법 큰 짐 보따리들을 짊어진 대여섯 사람이 일행에서 조금 떨어져 산을 오르고 있었다. 혁련웅을 찾아 화산을 내려갔던 화산파의 인물들이 본산으로 복귀하고 있었던 것이다.

종남의 영역으로 들기 직전, 본산에서 급히 날아든 전서를 받고 목현 진인과 화산파 제자들은 발걸음을 돌릴 수밖에 없었다. 그들이 그렇게나 동분서주하며 찾아다녔던 혁련웅이 제 발로 화산을 찾아왔으니 그들의 임무는 일단락된 것이나 다름없었으나, 화음으로 돌아와 들게 된 본산의 변고에 놀라 조반도 제대로 챙기지 못하고 서둘러 산으로 오르는 중이었다. 그런 와중에 이철성과 막고위가 짐꾼을 구하기 위해 저자에 나와 있던 장 의원과 소아를 만나게 되어 그들의 짐을 나누어 들고 장 의원과 함께 산을 오르고 있는 것이다. 일행의 후미로 뒤처진 이철성, 막고위 사형제들이야 그렇다 쳐도, 그들과 함께 짐을 나누어 진 진사무와 금평, 그리고 그들의 옆에서 조잘거리는 초미 자매의 모습을 보아하니 함께 다니는 와중에 제법 친분을 돈독히 하였던 모양이다.

"그래, 장 대협의 상세는 좀 어떻습니까?"

"허허, 그 친구야 천생 무골이니 별탈이야 있겠는가. 조금만 요양을 하면 금세 나을 걸세."

"그러하시겠지요. 다행입니다."

장 의원과 이철성의 대화를 가만히 듣고 있던 초미가 눈을 반짝이며 옆에서 걷고 있는 막고위에게 조용히 물었다.

"막 소협, 저분들이 말하는 장 대협이 누구예요?"

"예? 아, 장철웅 대협……."

말을 꺼내던 막고위가 고개를 들어 멀리 솟아 있는 연화봉을 바라보며 말을 아끼는 모습에, 초미의 눈이 빛을 발했다. 그녀가 내심 호감을 가지고 있는 막고위였기에, 그가 눈으로 말하고 있는 장 대협이란 사람에 대한 경외와 존경은 그녀의 호기심을 발동시키기에 충분하고도 남는 것이었다.

"궁금하게 자꾸 뜸 들일 거예요?"

"예? 아, 장 대협은……. 음, 그냥 아는 분이에요."

"에? 그냥 아는 사람? 외호(外號)가 어떻게 되는데요? 사문은?"

초미는 막고위가 자신에게 그 사람에 대해 설명하기 귀찮아한다고 생각했기에 그의 외호와 사문을 직접 물어보았다. 하지만 막고위의 뒤이은 대답에 그녀의 눈 꼬리가 치켜 올라가고 있었으니.

"몰라요."

"몰… 라요?"

"예. 외호는 없을 거고, 사문도…… 잘 모르겠네요."

막고위의 무성의하다 싶을 정도의 짧은 대답에 초미는 눈을 가늘게 뜨며 다시금 물었다.

"그럼 사문을 알 수 없는 고수인가 보죠?"

"고수? 음, 고수라고까지 불리기엔……."

다른 사람이 이렇게 물었다면 당연히 고수라 칭해도 아무 문제가 없겠지만, 질문을 한 사람이 다름 아닌 독보십절 중 도절의 금지옥엽이었기에 쉽게 고수라 말하지 못하고 얼버무리는 막고위였다.

"그럼 고수도 아니고, 사문이 대단한 사람도 아닌 사람을 아무 이유 없이 그냥 대협이라고 한단 말이에요?"

초미의 뾰족한 목소리에 막고위는 속으로 이크, 하였으나 이미 엎질러진 물이었으니 어찌하랴. 주워 담지는 못해도 서둘러 닦아내지 않으면 이 아리따운 소저의 차가운 시선을 받아야 할지도 몰랐으니, 내심 초미를 마음에 두고 있던 막고위는 서둘러 말을 이었다.

"그, 그런 게 아니고, 음… 그 사람은 좀 특별해요."

"……?"

초미의 눈 꼬리가 살짝 까딱이는 것이 막고위의 말에 또다시 호기심이 동한 모양이었다.

"그 사람의 무공을 굳이 따지자면…… 저 정도는 감히 비교할 수도 없겠지만, 앞서 간 매화검수들보다는 약할 겁니다."

초미의 눈 꼬리가 살짝 내려갔다. 자신이 보기에도 막고위의 무공은 그다지 내세울 것이 없었다. 하지만 검절을 막아서던 그 기백과 그런 그를 바라보는 검절의 눈빛이 예사롭지 않은 것을 보면, 그는 충분히 성장할 가능성이 있는 사람이라 생각되었기에 초미 역시 막고위를 남다르게 보고 있는 것이다. 여자의 직감 하나만 믿고. 게다가 매화검수보다는 약할 것이라 말하지만 그의 말속에 담긴 경외는 매화검수와 비교하여도 손색이 없을 것이라는 뜻과 같았으니, 그 정도의 무공이라면 고수라 불리기에 손색이 없을 듯했다. 물론 막고위 자신도 사형에게 장철웅과 운엽의 일전을 듣고 난 후에 내린 결론이었지만.

"그 사람이 특별한 이유는…… 직접 만나보는 것이 가장 좋겠지만……."

말을 하면서도 초미의 눈치를 살피는 막고위였으나, 말을 얼버무리려는 기색이 보이자 또다시 치켜 올라가는 초미의 눈매에 화들짝 놀라 흐려지던 말꼬리를 당겨 세우곤 말을 이어갔다. 그들 옆에서 함께 산을 오르는 초연과 진사무, 금평도 한 걸음씩 거리를 당겨 그들의 이야기에 귀를 기울이고 있었고, 한 걸음 앞서 가던 장 의원과 이철성 역시 오르던 걸음을 한 걸음씩 늦추고 있었고.

"그 사람을 보고 있으면… 강하다는 것이 어떤 것인지 알 수 있을 것 같다고나 할까?"

"에?"

"음… 그 사람이 싸우는 모습을 본 것은 단 한 번뿐이었지만, 가만히 서서 적을 노려보는 그 눈빛과 기세는…… 정말 오금이 저릴 정도지요."

검을 든 무사가 누군가를 보고 오금이 저린다 말하는 것은 어찌 보면 부끄러운 일이다. 하나 그 대상이 호승의 대상이 아니라 경외의 대상이라면 그런 두려움마저도 동경의 한 부분으로 남는다. 장철웅을 기억하는 막고위처럼.

"그렇게 강한 사람인가요?"

"평생 닮아가고 싶을 정도로……."

막고위는 초미를 바라보며 대답하지 않았지만, 초미는 막고위의 눈에 어린 갈망을 볼 수 있었다.

"험험, 이야기 도중에 끼어들어 미안하지만 굳이 강한 사람을 좇아 자신을 담금질할 거라면 훨씬 더 강한 고수 분들도 많지 않겠소?"

막고위와 초미 사이에 흐르는 묘한 분위기에 질투가 났는지, 가만히 듣기만 하던 진사무가 한 발 앞서며 둘 사이의 공기를 흐트러뜨렸다.

"음, 진형의 말도 맞지요. 장 대협을 보기 전까지는 나도 무공의 강함이 최고인 줄 알았으니까요."

"그럼 지금은 아니라는 말인가요?"

이번에는 초미의 옆에 서서 말없이 걷고 있던 초연이 면사 아래의 입술을 움직여 막고위를 떠보았다.

"글쎄요……. 아직 무엇이 맞고 틀린지는 잘 모르겠지만…… 무공이 높다고 꼭 강한 것만은 아니라는 생각이 듭니다."

"잘 이해가 되지 않는군요. 막 소협의 이야기는 무공이 높지 않은 사람이 무공이 높은 사람보다 강할 수도 있다는 말인가요?"

진사무와 어깨를 나란히 하며 금평마저 물어오니 막고위의 이마는 금세 골이 지게 되었다. 그런 사제의 모습을 바라보는 이철성의 입가로 작은 미소가 떠올랐다.

'나 역시 자네의 생각이 궁금하구먼. 나와는 어떻게 다른지…….'

걸음을 옮기면서도 고민을 멈추지 않던 막고위가 조심스레 입을 열어 주위 사람들이 궁금해하는 것을 말하기 시작했다.

"무공과 강함……. 솔직히 아직 배움이 일천한지라 확실히 말할 순 없지만…… 누군가를 강하다고 말할 때 무공보다 중요한 무엇이 있을 것이란 생각이 듭니다."

진사무와 금평은 서로의 얼굴을 바라보며 의아해했고, 초연과 이철성은 가만히 고개를 끄덕이며 자신들의 생각과 막고위의 이야기를 맞추어가고 있었다. 초미와 장 의원, 소아 역시 막고위의 뒷말을 기다리며 눈을 빛냈다.

"무공이 힘이라면, 그 힘을 사용하는 그 무엇… 의지랄까, 아니면 어떤 신념이랄까. 어떠한 상황이 되어서도 내가 옳다고 생각한 그것을 행할 수 있는 그런 마음……. 그래요, 마음. 누군가를 강하다고 말할 때는 그 사람이 가진 무공보다는 그 사람의 마음이 강해야 한다고 생각되는군요."

혼잣말처럼 중얼거리는 막고위의 말에 이철성은 고개를 돌리며 다시금 연화봉을 바라보았다.

'그렇지……. 억울하게 내침을 당해도 웃으며 돌아설 수 있을 만큼 강한 사람이지.'

어찌 들으면 무도를 걷는 자들로서는 당연하다 싶을 정도로 쉬운 대답이었고, 어찌 들으면 깊은 무엇이 담겨 있는 말 같기도 했다. 무도를 걷는 사람들에게 있어 마음의 수련은 신체의 단련이나 내공의 축적만큼이나 당연한 일이었다.

사람들은 알 듯 말 듯한 막고위의 말에 고개를 갸우뚱하기도 하고, 가만히 고개를 끄덕이기도 하며 자신들의 생각과 재어보고 있었다. 무공을 모르는 장 의원과 소아야 그저 좋은 말이구나 싶은 생각에 고개를 끄덕이고 있었지만, 그를 바라보던 초연은 조금 다른 의미로 고개를 끄덕이고 있었다.

'부동심(不動心). 상승의 절예를 익히기 위해 반드시 깨달아야 한다는 부동심을 막 소협은 어느 한 사람의 형상에서 보았던 것이다. 무공이 아니나, 그 어떤 무공보다도 강한 힘. 그런 힘을 보여준 사람은 과연 어떤 사람일까?

초연은 막고위를 향하던 눈을 돌려 연화봉을 바라보았다. 무공에 갓 입문한 청년 무사의 가슴에 깊이 자리한 연화봉 위의 그를…….

*   *   *

매캐한 냄새와 함께 일행의 눈앞에 너른 공터 하나가 나타난 것은 산의 중간쯤을 오를 때였다. 산을 오르는 길이 험하니 쉬어가리는 뜻으로 만들어놓은 자리였다면 오죽이나 좋을까만, 그들을 맞이한 공터는 시신도 건지지 못한 채 폭사한 육십여 명의 무덤 자리였기에 일행의 마음을 무겁게 했다. 얼마나 거세게 타올랐던지 어지간히 굵은 나무 둥치가 아니라면 예전 모습을 짐작조차 못할 정도로 폐허가 되어버린 분지는, 죽은 자의 망령이라도 남아 맴도는 듯 음산한 기운마저 풍기고 있었다.

"무량수불……."

앞서 가던 목현 진인이 눈앞의 황량함에 고개를 저으며 도호를 읊조렸고, 뒤따르던 이백 명에 가까운 화산파의 제자들 역시 연신 도호를 연발하고 있었다. 드넓은 화산에서 이 정도의 생채기야 세월이 지나면 잊을 수도 있겠지만, 산을 오르는 길목 중앙에 자리한 이 자리는 이곳을 지나치는 사람들의 입을 통해 두고두고 강호에 회자될 것이 분명했다. 그러니 화산파에 적을 둔 사람들의 마음이 가벼울 리 없었다.

"험, 어서 오르세."

목현 진인은 일행을 재촉하며 서둘러 음산한 분지를 빠져나왔다. 더 보고 있는다 하여 새싹이 돋을 것도 아니니 시간을 들여 그 모습을 보고 있을 이유가 없다 생각한 것이다. 대부분의 화산파 사람들 역시 애써 시선을 연화봉에 두고 발걸음을 재촉하고 있었고, 그들의 뒤에서 들리는 속가무문 제자들의 수군거림은 재촉하던 발걸음을 더욱 빠르게 하고 있었다. 그래서였는지 평소보다 배는 빨리 화산에 당도한 그들이었고, 조급한 마음 탓이었는지 삼백여 명이 넘는 군중 속으로 스며든 네 사람의 그림자를 눈치 챈 사람은 아무도 없었다.

"고생이 많았네."

"아무런 소득 없이 돌아와 송구스러울 따름입니다."

"그런 말 말게. 모든 것이 잘되었으니 그것으로 된 것이지."

목현 진인이 상청궁에 든 것은 정오 무렵이었다. 서둘러 길을 재촉한 보람이 있었던 것인지, 반나절도 걸리지 않아 화산을 오를 수 있었다. 그를 기다리고 있던 옥현 진인이 반색하며 맞이하는 모습에, 목현 진인은 사형이 자신을 애타게 기다리고 있었다는 것을 알 수 있었다.

"무슨 일이 있습니까?"

자리에 앉자마자 자신의 가려운 곳을 긁어줄 차비를 하며 말을 꺼내는 모습에, 옥현 진인은 짐짓 미소를 지으며 그를 기다린 것에 보람을 느끼고 있었다.

"음… 아닌 게 아니라……."

그로부터 일다경 정도 옥현 진인의 설명이 이어졌고, 그보다 조금 모자란 시간 동안 고민을 하던 목현 진인이 자신의 생각을 내어놓았다.

"음, 제 생각에 이번에 본문을 침입한 자들은 모종의 단체에 속한 자들일 겝니다. 그것도 생각보다 훨씬 거대한……."

옥현 진인은 가만히 고개를 끄덕여 그의 말에 수긍했다. 강호공적인 재화 염승을 부릴 수 있는 단체가 작은 단체일 리 만무했다.

"또한 그들이 노린 것이 자하신검이 아닐 수도 있습니다."

"음?"

옥현 진인은 자신과는 조금 다른 생각을 하고 있는 목현 진인을 바라보며 설명을 바라고 있었다.

"험, 자하신공이 본문의 귀중한 물건이기는 하지만 그것은 어디까지나 화산의 일. 감히 본 파의 영역까지 들어와 초씨세가의 이십팔숙을 제거하려 하면서까지 그들이 필요로 했던 것이라면…… 자하신검만으로는 쉽게 납득이 되질 않습니다."

목현 진인의 지적은 정확했다. 사제의 말을 들으니 옥현 진인 역시
자신이 자하신검에 싣고 있는 무게가 과했음을 인정하지 않을 수 없었
다. 자신이야 화산파의 인물이기에 자하신공의 후반부가 무상의 가치
를 지니고 있다지만, 다른 문파 역시 그러할까라는 것에 생각이 미치자
고개를 가로저을 수밖에 없었다. 사고의 오류를 범하고 있었던 것이
다.

"그렇다면……?"

"불매검…… 인연자를 찾아 신병이기를 전하는 자."

"혁련옹…….."

"다른 이유가 떠오르지 않습니다."

옥현 진인은 자신의 무릎을 칠 뻔했다. 왜 잊고 있었던 것일까? 이미
지난 삼십여 년 동안 전 강호가 찾아 헤맸던 자였거늘. 그가 강호에 전
한 신병들이라면 능히 자하신검과도 가치를 겨룰 수 있을 것이다. 그
를 노리고 있는 곳을 꼽자면 전 강호라 해도 과언이 아니었다.

"허, 그렇다면 큰일이 아닌가? 정체를 알 수도 없고, 어느 정도의 힘
을 가지고 있는지도 알 수 없는 곳에서 혁련옹을 노리고 있다면……."

"허허, 너무 심려하지는 마십시오. 아직 어떤 자들인지는 확인하지
못했지만, 본 문의 제자들이 모두 돌아온 이상 쉽사리 담을 넘을 수는
없을 것입니다. 더군다나 혁련옹은 살아 있어야 가치가 있는 자. 본 문
과 일전을 벌일 각오가 아니라면, 더 이상의 도발은 없을 것입니다. 단,
그 배후만은 철저히 파헤쳐야겠지요."

구대문파의 이름은 그리 호락호락한 것이 아니다. 비록 제자가 모두
빠져나간 상태에서 불미스러운 일이 발생하였다지만, 이제는 이야기가

다르다. 삼백여 명의 제자가 모두 돌아왔고, 매화검수들도 모두 제자리를 찾아왔다. 화산의 담을 넘어 사람을 빼내갈 수 있다 생각할 만큼 어리석은 자가 강호에 있을 것이라 생각키 어려웠다.

"당연한 일. 어떤 자들인지 몰라도 감히 본 문을 향해 칼을 번득였던 자들인데, 묵과할 수는 없지. 생포된 자들이 여럿 있으니 철저히 심문하여 그들의 배후를 밝혀내야지."

배후를 밝힌 후 어찌할 것인가에 대한 이야기는 굳이 꺼낼 필요도 없다. 일벌백계의 위엄을 보이지 않는다면 어찌 무림의 대문파로 자처할 수 있을까. 영역을 침범한 자들에겐 그에 상응하는 대가가 반드시 돌아간다는 것을 보여주어야 한다. 그것이 무림의 법칙이고, 화산의 법칙이다.

옥현 진인은 노기를 띠던 눈빛을 가라앉히며 목현 진인을 바라보았다. 목현 진인은 자신을 바라보는 사형의 눈빛에 정작 중요한 이야기는 이제부터라는 것을 느낄 수 있었다. 아직 사형이 꺼내지 않고 있는 이야기, 자하신검의 이야기.

"그가 시간을 달라고 했네."

"……?"

목현 진인은 다시금 자신의 머리를 회전시켰다. 시간을 달라고 했다는 것은 정말 시간이 필요하다는 뜻일 수도 있고, 사태를 관망해 보려는 의도일 수도 있다. 어차피 칼자루는 혁련웅이 쥐고 있으니 아쉬울 것이 없는 선택이었다.

"이유가 무엇일 것 같은가?"

옥현 진인이 목현 진인을 기다린 이유였다. 혁련웅의 생각, 그의 생각을 읽어내야만 했다. 힘으로 그의 품에서 자하신검을 빼앗아올 생각이 아니라면, 그가 어떤 생각을 하고 있는지 알아야 무엇을 준비해도 할 수 있는 것이었다.

"그는 지금 어디에 있습니까?"

옥현 진인의 입가에 미소가 걸렸다. 그가 원한 대화란 바로 이런 것이었다. 한마디 언질이면 족한, 일일이 모든 것을 고민하지 않아도 되는, 자신이 한 문파의 장문인이라는 것을 새삼 느끼게 해주는 이런 식의 대화.

"자소각에 있네."

그들의 대화는 그것으로 충분했다.

*   *   *

"그들이 있는 곳은?"

"연화봉 뒤 암동."

"모두 몇?"

"여섯."

"심문은?"

"아직."

"경비는?"

"매화검수 둘."

"……쉽군."

"언제?"

"지금."

　　　　*　　　　　*　　　　　*

　철웅이 머물고 있는 방은 화산파에서도 귀빈들을 모실 때 사용하는 방이었기에 그 크기가 제법 넓었다. 화산으로 돌아온 장 의원과 소아, 철성과 막고위는 물론 혁련옹과 황보광, 초연과 진사무 일행까지 열 명이 넘는 사람이 들어와 자리를 차지하고 앉아 있어도 그리 비좁다 느끼지 못할 만큼.

　"그래, 몸은 좀 어떤가?"

　"허허, 많이 나아졌으니 너무 걱정하지 마십시오."

　간단한 수인사를 나눈 후였는지라 사람들의 대화는 자연스레 흘러가고 있었다.

　"내 어제는 미처 알지 못하였으나 사람들의 이야기를 들으니 장 대인이 아니었다면 어제 그곳에서 이 황보모가 뼈를 묻을 뻔하였소이다. 늦었지만 고맙소이다."

　황보광이 손을 모으고 철웅에게 고마움을 표시하자 철웅 역시 손을 모으며 가볍게 읍했다.

　"그저 아는 재주 몇 가지를 첨한 것일 뿐, 저보다는 화산파 분들께서 고생이 심하셨지요. 제가 치사받을 만한 일이 아닙니다."

　그들의 대화에 좌중의 시선이 두 사람에게 쏠렸다. 초미 일행은 산을 오르던 중 오갔던 대화 속의 장 대협이란 사람이 바로 눈앞의 인물임을 짐작하곤 있었으나, 기실 그렇게까지 중요하게 생각하고 있지는 않았다. 하나 이십팔숙의 수장인 황보광이 도움을 받았다 말하니 산행

중의 대화가 자연스레 떠오르며 잊고 있던 호기심이 다시금 동하고 있었다.

"황보숙, 무슨 일인지 자세히 좀 말해 보세요."

평소 황보광을 유난히 따르던 초미가 바짝 달라붙으며 조르자, 황보광의 표정이 조금 어두워졌다.

"음… 아직 이야기를 듣지 못하였구나. 어제 산을 오르던 중 습격을 받았다. 그리고 진회와 도연, 석명, 석영…… 하명이가 죽었다."

"네? 오숙(五叔)과 칠숙(七叔)이……."

동그랗게 떠진 초미의 눈에 금세 그렁그렁한 눈물이 맺히더니 이내 초연의 품에 얼굴을 파묻으며 울음을 터뜨리고 말았다.

"흐흐흑, 오숙……. 흑… 칠숙……."

가만히 손을 들어 동생의 어깨를 토닥여 주는 초연이었지만, 그녀의 감겨진 눈에서도 한줄기 눈물이 흘러 면사 속으로 사라지고 있었다. 두 여인의 흐느낌에 좌중의 인물들 또한 작은 한숨을 내쉬며 희생된 다섯 도객의 명복을 빌고 있었다.

"괜찮다. 이미 그렇게 된 것을 어찌할까. 너희가 그리 슬퍼하는 모습을 본다면, 그 아이들도 모두 웃으며 눈 감을 수 있을 것이니 이제 그만 하여라."

황보광은 붉어진 눈시울을 하고선 억지로 미소 지으며 초연 자매를 위로했다. 그 후로도 얼마간 그녀들의 흐느낌이 이어졌으나, 무가의 여식들이라 그런지 이내 흐느낌은 잦아들고 있었다.

"유해는 어찌……."

조금은 잠긴 듯한 초연의 목소리에 황보광은 허탈한 미소를 지으며 말했다.

"세상에 한 자루 도를 남겼으니, 그것으로 족하다."

산을 오르다 보았던 새까만 잔해를 기억하곤 혹시나 하여 물었던 것인데, 역시 온전한 시신조차 남기지 못했나 보다. 초연은 면사 속의 입술을 잘근 깨물며 말했다.

"그자들의 신원은 밝혀내셨나요?"

"음… 생포한 자가 여섯 있다. 아마 오늘쯤 그들을 심문할 모양이더구나."

"……."

초연의 침묵이 무엇을 뜻하는지 모를 사람은 아무도 없었다. 아들 자손이 없는 초씨세가에서 초연의 위치는 결코 낮지 않았다. 어떤 면에서는 가주 초한상보다도 세가를 위하는 마음이 더 크다 느껴질 만큼 세가의 소소한 부분에까지 각별한 애정을 보이던 초연이었으니, 그녀가 느끼고 있는 분노는 가주 초한상이나 황보광이 느끼고 있는 분노보다 더하면 더했지 결코 덜하지 않을 것이다. 그녀는 분노하고 있었고, 그녀의 침묵은 이번 일을 결코 그냥 지나치지 않을 것임을 말해 주고 있었다.

"휴, 세가의 일은 추후에 따로 이야기하자꾸나."

초씨세가가 아닌 곳에서 세가의 일을 끄집어내는 것도 보기 좋은 일은 아니었기에, 보다 못한 황보광이 입을 열어 어색해진 좌중의 탁한 공기를 휘저었다.

"험. 황보 대협, 괜찮으시다면 아까 하시려던 말씀을 마저 하시는 것이……."

"허허, 그러세. 어제 일찍 길을 서둘러 산을 오르고 있던 중에……."

제법 눈치가 빠른 이철성이 분위기를 쇄신하고자 말을 꺼내었고, 그 뜻을 짐작한 황보광이 상현 진인으로부터 전해들은 바깥의 상황과 자신이 처했던 안쪽의 상황을 제법 조리 있게 설명하고 있었다. 좌중은 탄성을 터뜨리기도 하고, 분노하기도 하면서 황보광의 이야기에 스스로 살을 붙이며 상상하고 있었다. 불길을 잡기 위해 수십 그루의 거목을 잘라 불길 위로 쓰러뜨리는 대목에서는 모두 '아' 하는 탄성과 함께 철웅에게 시선이 몰렸고, 철웅은 이러한 일에 익숙하지 않아서였는지 가만히 고개를 돌려 창밖만 바라보았다.

근 일다경에 걸친 설명이 끝나자 좌중은 고개를 끄덕이며 자신들의 일인 양 안도했다. 상황을 들어보니 어찌 되었든 칠십여 명의 침입자, 청란마화와 천화통이라는 마물의 손에 다섯 명의 도객만이 희생되었다는 것은 천우신조라고밖에는 말할 수 없었다. 그리고 그런 천우신조의 중앙에 장철웅이라는 사람이 서 있었으니, 그를 바라보는 좌중의 시선이 뜨거워질 수밖에.

"대단하네, 대단해. 허허."

장 의원이 엄지손가락을 곧추세우며 연신 대단하다라는 말을 반복하였고, 그 모습에도 철웅은 가만히 미소 지을 뿐 별다른 말은 하지 못하고 있었다. 그리고 철웅의 이 어색함을 면하게 해준 사람은 좌중의 인물이 아니라, 문밖에서 들린 기침 소리의 주인공이었다.

"허험."

문밖에서 들린 기침 소리에 방문과 가장 가깝게 있던 금평이 자리에서 일어나 방문을 열었고, 문 앞에 서 있던 그 사람을 확인하곤 급히 손을 모아 인사를 올렸다.

"제자 금평이 장로님을 뵙습니다."

금평의 목소리에 사람들의 시선이 방문으로 향했고, 그들의 시선을 받으며 들어온 그 사람은 누군가를 찾는 듯 좌중을 둘러보곤, 어느 한 곳을 향해 고개를 숙이며 도호를 뇌까렸다.

"무량수불. 잠시 시간을 청해도 되겠는지요?"

혁련웅을 향해 고개 숙인 노도사, 그는 목현 진인이었다.

＊　　　＊　　　＊

철웅은 주인이 떠나 버린 빈 의자를 바라보고 있었다. 비좁음이 해소되었다 말하기 힘들 만큼 많은 사람들이 아직 남아 있건만, 혁련웅이 떠난 자리는 한없이 넓어 보이기만 했다.

목현 진인은 혁련웅과 황보광 두 사람을 데리고 어디론가 사라져 버렸다. 방을 나서던 혁련웅의 눈이 잠시 철웅에게 머물렀으나, 두 사람 사이에 오간 교감의 깊이를 가늠할 수 있는 사람은 없었다. 물론 막고 위와의 친분을 핑계 삼아 혁련웅을 보고자 찾아왔던 좌중의 사람들도 아쉬운 눈빛을 지어 보였지만, 철웅의 착잡한 마음에 비하자면 감히 내놓고 말하기 민망할 정도의 어설픈 감정일 뿐이었다.

'화산파의 인내심이란 것도 하루를 넘기지 못하는구나.'

철웅은 한숨이 나왔다. 두 달이라는 시간을 쫓겼음에도 불구하고 결국 스스로 발길을 돌려 찾아온 혁련웅이건만, 그들은 그런 그에게 단

하루의 시간밖에는 허락지 못한 모양이었다. 아무리 좋게 생각해 보려 해도 화산파의 처사는 여러모로 마음에 들지 않았다. 그를 청하지 않고 잡아들이려는 듯 찾아 나선 것 하며, 제 발로 찾아온 귀빈을 닦달하듯 찾아온 것 하며……. 씁쓸한 마음에 버릇처럼 고개를 돌려 창밖을 바라보지만, 제 일 아니라는 듯 침묵하고 있는 화산의 모습에 쓴 웃음만 나올 뿐이었다.

"잠시 바람 좀 쐬고 오겠습니다."

철웅은 자리를 털고 일어나며 장 의원에게 말했다. 가만히 앉아 있자니 마음속의 들끓음이 쉬이 가라앉을 것 같지 않아서였다.

"음, 같이 나가세. 나도 조금 답답하던 참이었네."

조용히 일어나 자리를 떠나는 두 사람의 모습에 이철성과 다른 사람들도 자리에서 일어났다. 그들이 보고자 하였던 혁련웅도 없는 마당에 주인이 떠난 방에 객들이 남아 무엇을 할까 싶어서였는지도 모르지만, 어찌 되었든 그들은 비좁은 방을 벗어나 밖으로 향하고 있었다.

먼저 방을 나선 철웅과 장 의원이었기에, 자소각 밖으로 나온 다른 일행이 두 사람의 뒤를 따르는 듯한 모양새가 되었다. 약간의 거리를 두고 걸음을 옮기던 초미가 들릴 듯 말 듯한 목소리로 철웅을 가리키며 초연에게 물었다.

"언니, 저 사람 어때?"

"음?"

"아까 산을 오를 때 들었던 모습하곤 영 다른 것 같아서."

"넌 어떤 사람일 거라 생각했는데?"

“음, 일단 표정은 얼음장같이 차갑고, 눈에는 살기가 돌아…… 보기만 해도 온몸에 소름이 돋을 줄 알았지.”

“글쎄, 들었던 것보다 고수란 생각이 들지 않는 것은 나와 같구나.”

“쳇, 아무래도 막 소협이 허풍을 친 것 같아. 감히 나 초미에게 허풍을 치다니…….”

“사람을 겉모습만으로 판단할 순 없지.”

초연의 입은 어린 동생 초미에게 가 있으면서도 그 시선은 저만치 앞서 가는 철웅의 등 뒤로 고정되어 있었다. 초미와는 달리 상주 초씨 세가의 장녀라는 자신의 본분에 충실했던 그녀였기에, 자의 반 타의 반으로 제법 이름있는 고수들을 만날 기회가 많았다. 그녀의 경험상 겉으로 강해 보이는 자들 중 진정 강한 자를 찾기 힘들었고, 평범한 모습을 하고 있는 자들 중 그 위명에 못 미치는 자들이 없었다. 그녀의 경험은 눈앞의 사내가 평범한 사내가 아닐 것이라 말해 주고 있었고, 그녀의 느낌이 틀리지 않았다면 막고위의 이야기는 진실이 된다. 매화검수 정도의 고수라 해도, 자신과 비교하기에는 무리가 있었지만.

홀로 생각에 잠겨 걸음을 옮기던 초연의 귓가로 동생의 장난기 가득한 목소리가 들려온 것은 제법 큰 전각 하나가 시야에 들어오던 그때였다.

“언니, 궁금하지 않아?”

“음?”

“저 장 대협이란 사람이 진짜 막 소협의 말처럼 강한 사람인지 아닌지 말이야.”

“글쎄……”

“히히, 궁금한 것을 그냥 지나치면 잠을 설친다구.”

“어쩌려고?”

“히히, ‘초씨세가는 물러서지도 않고, 돌아가지도 않는다’, 당사자에게 직접 물어보는 것이 가장 빠른 해결책! 물론 조금 돌려서 말이지……. 히히.”

“초미야, 그건…….”

“과연! 막 소협의 말마따나 장 대협의 신위는 매화검수와 견주어도 뒤지지 않을 것 같아요!”

초연과 초미의 대화는 겨우 옆에서 함께 걷던 막고위와 진사무 정도나 들을 수 있을까. 대여섯 걸음이나 떨어진 철웅의 귀에까지 들릴 리 없었다. 하지만 얼굴 가득 장난기를 머금고 내뱉은 초미의 마지막 말은 대여섯 걸음이나 앞서 가는 철웅의 귀에도 들릴 만큼 작지 않은 목소리로 내뱉어졌다.

“초 소저! 그게 무슨…….”

“왜 그래요, 막 소협? 막 소협이 그랬잖아요? 천하의 장 대협은 매화검수와 겨루어도 결코 밀리지 않을 것이라고.”

“아니, 그건…….”

“에에? 그럼 아까 나에게 했던 말은 거짓인가요? 장 대협은 참으로 강한 사람이라고. 난 막 소협의 이야기를 듣고 매화검수가 아니라 독보십절과 겨루어도 밀리지 않을 것이라 생각했는데…….”

무슨 소린가 싶어 걸음을 멈춘 철웅도, 당황스러운 이야기에 얼굴이 벌게지며 초미를 바라보는 막고위도, 생각없이 말을 내뱉은 초미 자신조차도 몰랐다. 그들과 불과 오 장여밖에 떨어지지 않은 어느 전각 뒤로 다가오는 한 사람이 있었음을.

"누가 누구와 겨루어 밀리지 않을 것이라고?"

전각을 돌아 나오던 일노일소. 어린 손자 석단룡과 함께 서서 냉기를 풀풀 날리며 초미를 노려보는 허연 백염의 노인. 그는 검절 석위강이었다.

초미의 몸은 뻣뻣하게 굳어가고 있었고, 면사로 가려진 초연의 얼굴 역시 어떠한 표정도 짓지 못하고 있었다. 세상일 아무도 모른다지만, 설마 그곳에 검절이 있었을 줄이야. 하나 말이란 것은 한 번 내뱉어지면 다시는 주워 담을 수 없는 법. 이미 검절의 귀로 들어간 그녀의 말은 검절의 심사를 뒤틀었고, 자신의 심사를 뒤튼 계집 아이가 평소 그렇게도 마음에 들지 않았던 도절 초한상의 여식이라는 사실은, 검절의 두 눈 가득 노기를 담아내게 하기에 충분하고도 남았다.

"누군가 했더니, 버릇없는 초가 놈의 여식이었구나. 그렇지. 초가 놈의 여식이 아니라면, 누가 이런 되먹지 못한 말을 함부로 지껄이고 다닐 수 있을까."

검절의 눈에 어린 노기가 초미와 그 주변의 사람들을 하나하나 훑다가 막고위에 이르러서야 멈추어 섰다.

"저 계집 아이가 말한 막 소협이 자네겠지?"

"예? 아, 예……."

"저 계집 아이가 지껄인 말이 사실인가?"

"아니, 저… 그게……."

막고위는 당황스러웠다. 고개를 돌려 초미를 바라보니 얼굴은 하얗다 못해 퍼렇게 질려가고 있었고, 초연은 가늘게 떨리는 손으로 초미를 감싸듯 안은 채 몸을 반쯤 돌려 동생을 가리고 있었다. 만약 막고위가 그런 말을 한 적이 없다 말한다면, 초미는 분노한 검절에게 어떤 꼴을 당할지 모를 일이었다. 그렇다고 자신이 그랬노라 쉽게 말할 수도 없는 일이었다. 자신이야 마음에 담고 있는 초미를 위해 어느 정도 화를 감수한다 쳐도, 자신이 초미의 말을 인정해 버린다면 당장 철웅이 검절의 검을 받아야 할 입장이었다.

"어찌 말을 하지 못하는가? 저 아이를 감싸려 드는 것인가?"

석위강의 목소리에 실리는 노기가 점점 그 세기를 더하고 있었다. 이미 그와 함께 나타난 어린 석단룡은 어떤 일이 벌어질지 짐작 간다는 듯이 고개를 가로저으며 뒤로 서너 발자국이나 물러섰다. 이대로 둔다면 초미에게 어떤 봉변이 닥칠지 모르는 일이었다. 하지만 우물쭈물하는 막고위의 입에서는 아무런 말도 나오지 못하고 있었다. 아니, 그곳에 있는 그 누구도 감히 나서서 검절의 분노를 식힐 엄두도 못 내고 있었다. 천하에 그 누가 있어 분노한 독보십절의 앞으로 쉽게 나설 수가 있겠는가. 단 한 사람을 제외하곤.

"어르신, 고정하시지요."

"음?"

석위강은 고개를 돌려 자신을 어르신이라 부른 자를 바라보았다. 짙은 남색의 도복을 어깨에 걸친 모습에, 도복이 걸쳐진 어깨에 두꺼운 붕대를 동여매고 선 중년의 사내. 자신의 눈빛을 덤덤히 받아내는 모습에 내심 흠칫했지만, 석위강은 그런 내색을 하지 않으며 그에게 물었다.

"자네는 누구인가?"

"화산에 잠시 몸을 의탁하고 있는 장철웅이라고 합니다."

석위강의 눈빛이 굳어졌다. 초가 계집이 말한 장 대협이란 자가 눈앞의 이 사내라는 것에 내기를 해도 좋을 것 같다는 확신이 들었다. 자신과 겨루어 밀리지 않을 것이란 자가 누구인지 알았으니 이제는 자신의 행동만 남은 것이다.

"저 계집 아이는 그대가 내 검을 받을 수 있을 것이라 했다."

철웅은 난감한 표정을 지으며 뒤를 돌아보았다. 사시나무 떨듯 떨고 있는 초미와 그녀를 감싸 안은 채 검절을 노려보고 있는 초연의 모습이 보였다. 저 귀여운 소저가 왜 저리 두려움에 떨고 있는지 궁금하기도 하였지만, 그런 것을 물을 때는 아닌 듯싶었다.

"아니라고 한다면 저기 있는 소저를 어찌하실 겁니까?"

"흥, 감히 독보십절을 입에 올려 농 짓거릴 하였으니 그에 합당한 벌을 받아야지."

석위강의 얼굴을 바라보던 철웅은 고개를 가로저었다. 눈앞의 노인이 말하는 합당한 벌이 어떤 것인지, 노인의 눈에 어린 노기만으로도 충분히 알 수 있을 것 같았다.

"정말이라면 어찌하실 겁니까?"

이번에는 석위강의 눈빛이 굳어지며 철웅에게 향했다. 잠시 철웅을 바라보던 석위강이 한 자 한 자 끊어 뱉으며 말했다.

"자네가 독보십절과 겨루어 밀리지 않는다는 것을 증명해야겠지."

석위강의 시선은 차갑게 굳어 있었다. 독보십절이란 이름은 결코 이렇게 쉽게 불려선 아니 될 이름이었다. 십절이란 이름으로 자신들만의 영역을 수십 년간 지켜온 절대고수들. 그들이 자신들의 영역을 지켜온 방법은 오직 하나, 도전에 대한 철저한 응징뿐이다. 그것이 강호를 독보천하 할 수 있는 방법이며, 복마전 같은 강호에서 유유자적할 수 있는 이유이다. 그러므로 출신도 모르는 무사 따위와의 비교는 용납할 수 없다. 철저히 단죄하여야만 검절이라는 명예로운 이름을 지킬 수 있는 것이었다. 그것이 그들의 방식이었다.

좌중의 시선은 철웅에게 모였다. 철웅이 독보십절에 대해 모른다 하여도, 그도 무공을 익힌 이상 눈앞의 노인이 절대 만만한 상대가 아니라는 것쯤은 알 수 있을 것이다. 아니, 무공의 무 자도 모르는 촌무지렁이가 보더라도 노인이 보여주고 있는 위엄이나 노기에 질려 뒷걸음질칠 것이 당연했다.

'위험한 노인네군. 강호의… 고수인가?'

철웅은 잠시 고민하지 않을 수 없었다. 눈앞의 노인이 독보십절이라는 거창한 이름에 걸맞는 고수라는 것쯤은 굳이 이런 저런 설명을 듣지 않아도 알 수 있었다. 뒤에 있는 일행이 보여주고 있는 두려움 가득한 눈빛은 무심히 지나치기 힘들 정도로 떨리고 있었기에. 길게 고민할 것도 없었다. 그가 이 자리를 그냥 말없이 떠난다 하여도 그에게 손가락질을 할 사람은 아무도 없었다. 고민을 끝낸 철웅은 잠시 숙였던 고개를 들고 석위강에게 말했다.

"잠시만 기다리십시오. 검을 빌려오도록 하지요."

'감히……'

자신의 대답도 듣지 않은 채 등을 보이며 걸어가는 철웅의 모습. 석위강의 눈에서는 불꽃이 일었다. 하지만 그의 타오르는 눈빛 속에는 한 가닥 놀라움이 스치고 있었다.

"번번이 자네에게 신세지는구먼."

이철성의 앞에 서서 한 손을 내밀고 있는 철웅의 모습에 이철성은 감히 큰 소리를 내지는 못하면서도 다급히 그의 손을 만류했다.

"장 대협, 저기 있는 분은 독보십절 중의 검절이란 분으로, 전 강호에서 검에 관한한 다섯 손가락 안에 드는 절대고수입니다."

"그래서 어쩌란 말인가?"

"예?"

이철성은 눈을 껌뻑이며 철웅을 바라보고 있었다. 자신이 한 말을 철웅이 잘못 들은 것은 아닌가 생각해 보았지만, 뒤이은 철웅의 말에 자신이 검절이라는 사람에 대해 설명을 잘 못한 것은 아니었다는 것을 알 수 있었다.

"저 노인이 대단한 고수라는 것은 자네가 굳이 설명해 주지 않아도 알 수 있을 것 같군. 하나 내 평생 여자를 내세워 가면서까지 싸움을 피했던 적은 없네."

말을 하며 가만히 눈을 들어 초미와 막고위를 바라보는 철웅의 모습에 이철성의 시선도 따라 움직였다. 비 맞은 참새마냥 오들오들 떨고 있는 초미와 언제 다가갔는지 초연의 반대편에 서서 그녀의 앞을 가리고 있는 막고위의 모습이 보였다. 이철성은 고개를 가로저으며 자신이 검을 내어줄 수밖에 없다는 것을 알았다. 그리고 무슨 말을 더 하려 철웅을 바라보았지만, 철웅의 얼굴에 어린 미소를 보곤 입을 닫을 수밖에 없었다.

“난 괜찮네.”

철웅은 이철성의 손에서 검만을 빼내었다. 어차피 왼손을 쓸 수 없으니 검집을 잡을 수도 없어서였겠지만 자고로 무인이 검집을 버리고 싸움에 임하는 것은 생사대결을 할 때나 볼 수 있는 모습이었기에, 이철성의 손에서 검을 뽑는 그 모습은 자못 비장해 보이기까지 했다.

“어르신, 이곳은 사람들의 이목이 있으니 자리를 옮기도록 하시지요.”

한 점 두려움도 느껴지지 않는, 너무나 자연스러운 철웅의 모습에 석위강은 노기를 지우지 않으면서도 순순히 대꾸해 주었다.

“좋아. 자네가 앞장서게.”

철웅은 잠시 그들이 어울릴 만한 곳으로 마땅한 곳을 생각하기 시작했다. 그리고 성큼성큼 걸음을 옮겨 자소각의 뒤편으로 향했다. 화산의 경내에서 그가 가본 몇 안 되는 곳 중의 한 곳. 재희와 처음 만났던 그곳으로…….

*　　　*　　　*

“저곳이군.”
“번을 서는 자는 둘.”
“매화검수다.”
“암동 입구가 좁아.”
“스며들기 힘들어.”

“…해치운다.”
“소란스러워질 텐데?”
“하는 수 없지.”
“크크…….”

*   *   *

목현 진인이 혁련웅과 황보광을 이끌고 찾은 곳은 남천궁의 한 집무실이었다. 남천궁 안에 있는 사십여 칸의 내실 중 세 번째로 큰 방으로 목현 진인의 집무실이었고, 대화산파 내에서 그의 지위가 어떤 것인지를 말해 주는 방이었다.

“무량수불. 본 문을 오르시는 길에 불미스러운 일이 있었다 들었습니다. 다시 한 번 사과드립니다.”

“허허, 무탈하게 산을 올랐으니 나에게 미안할 것 없소. 그보다 여기 있는 황보 대협의 아우님들이 여럿 변을 당하였으니 그에 대한 부분만 화산에서 신경 써주시면 아무 문제 될 것이 없을 듯하오.”

“그 점은 염려하지 마십시오. 화산파를 대신하여 최대한 보상을 해 드릴 것을 약조드리지요.”

황보광을 바라보는 목현 진인의 눈에 흡족함이 어렸다. 그리고 그 흡족함의 정체가 자신들을 화산으로 올 수밖에 없게끔 한 그것이라는 것을 황보광은 알 수 있었다. 화산은 약조를 지킬 것이다.

“어제 본 파의 장문인이신 옥현 사형과 이미 자리를 가지셨다 들었습니다.”

"그러했지요."

"무엇을 바라십니까?"

목현 진인은 혁련웅을 바라보는 눈길에 무게를 더 했다. 혁련웅과 같은 강호의 늙은 생강과 이야기할 때 쓸데없는 사설은 길 필요가 없었다. 이미 다 알고 있으니 시치미 떼지 마라. 화산을 스스로 찾았을 때는 이미 자하신검을 제 주인에게 주려 마음먹었음이니, 대가를 바란다면 지불해 주겠다. 목현 진인은 혁련웅의 눈에 눈으로 묻고 있었다. 목현 진인 역시 강호의 늙은 생강이었다.

"무엇을 줄 수 있소?"

미소까지 머금은 혁련웅. 더 이상 시간을 끌 필요가 없었다. 철웅을 만났고, 장 의원이 돌아온 것도 보았다. 자하신검은 자신의 품으로 돌아온 것이나 진배없었다. 목현 진인을 바라보는 혁련웅의 눈빛 속에서 탐욕 같은 것은 찾을 수가 없었다. 애초에 무엇을 원해서 화산을 오른 것이 아니니, 무엇을 주겠다고 한다 하여 없던 탐심이 생길 리 없었다.

"노옹께서 가지고 계신 물건은 원래 주인이 따로 있던 물건. 잃었던 물건을 되찾아주셨으니 도리에 어긋남없이 보상해 드리겠습니다."

목현 진인은 계산을 하고 있었다. 원래의 주인이 자신들이었음을 주지시킨 것은 혁련웅의 위치를 기보를 되찾아준 은인에서 자신들의 물건을 돌려준 귀빈으로 낮추어 협상을 유리한 쪽으로 이끌고자 함이었다. 어찌 되었든 자하신검이 화산파로 돌아온 일은 머지않아 천하가 다 알게 될 일이었다.

문파의 기보를 되찾아준 귀빈에게 보답을 소홀히 한다면, 강호 동 도들의 웃음거리가 되기 십상이었으니 그에 합당한 보답을 하는 것 이 당연지사였다. 하지만 무엇을 원하는지 말하지 않으니 일상적인 관례로 보답하겠다 말한 것이고, 물건의 일 할에 해당하는 관례상의 보상을 해주겠노라 선수를 친 것이었다. 저자에서 물건 값을 흥정하 듯.

"허허, 일 할이라……. 자하신검의 가치가 얼마인지를 모르니, 그 일 할이란 것이 얼마나 되는지도 모르겠고……. 그보다 나는 아직 그 대들이 잃어버린 물건을 가지고 있다 말한 적이 없소만?"

혁련옹의 입가에 걸린 미소는 어린아이의 그것처럼 천진해 보이기 만 하였다. 하나 그 천진한 표정을 하고 목현 진인의 속을 뒤집어놓고 있었으니…….

'여우 같은……'

목현 진인은 속으로 쓴 소리를 뱉었다. 대화산파의 장로를 상대로 장난을 치는 노인을 보니 괘씸한 마음이 들기도 하였지만, 한편으로는 마음이 놓였다. 저런 농 짓거리는 결과를 위한 요식일 뿐이라는 것을 목현 진인은 잘 알고 있었다.

"허허, 무량수불. 노옹의 그 말씀은 그저 농으로 받겠습니다. 단, 보 상은 정녕 섭섭지 않게 해드릴 것입니다. 흠, 황금 백 관. 작은 성의입 니다."

황보광은 하마터면 자리를 박차고 일어설 뻔했다. 황금 백 관. 말이 황금 백 관이지, 금자로 따진다면 일만 이천 냥, 은자로 이십오만 냥에 달하는 어마어마한 액수다. 평민 한 사람이 죽어라 안 쓰고 안 입고 모아봐야 일 년에 은 열 냥 모으기가 버거운 실정에서, 보상금 일 할로 황금 백 관을 내놓을 정도이니 화산파에서 자하신검을 얼마나 중히 여기는지 능히 짐작할 수 있었다.

"과연 대화산파요. 황금 백 관이라……. 허허, 꿈에서도 본 적이 없는 거액이구려."

"작은 성의일 뿐입니다. 그마만큼 저희에게 귀한 물건이기도 하고……."

"허허, 작은 성의가 황금 백 관이니 조금 더 과한 성의가 무엇일지도 궁금하구려."

혁련옹과 목현 진인의 눈이 허공에서 맞부딪쳤다. 담판은 이제부터였다. 황금 백 관이 큰돈이긴 하였으나, 그것은 어디까지나 밑밥에 불과한 것. 목현 진인은 의미심장한 미소를 지으며 자신이 준비한 패를 꺼내 들었다.

"황금 백 관 위에는 작은 령패 하나가 올라갈 것입니다. 일곱 개의 매화가 수놓인……."

"헉? 매화조령(梅花璪令)?"

이번에는 혁련옹도 마냥 미소 짓고 있을 수만은 없었다. 물론 두 눈이 튀어나올 듯 커지고, 입이 반쯤 벌어진 황보광에 비한다면야 거의 무표정하다 할 만큼 차분한 신색을 유지하고는 있었지만.

매화조령(梅花璪令).

화산파에서 배분과 서열을 정할 때 사용하는 방법 중의 하나가 옷소매에 매화를 수놓는 것이었다. 일반 제자들은 배분에 따라 세 개까지의 매화가 수놓이고, 무공이나 도력을 인정받은 제자들부터 네 개의 매화가 수놓이게 된다. 매화검수 역시 대화산파에서 그 능력을 인정받았기에 네 개의 매화를 수놓을 수 있는 것이듯.

다섯 개의 매화부터는 소매에 매화를 수놓지 않고 작은 패를 만들어 새기고 다니는데, 매화검수의 위치를 지나 제자를 받아들일 수 있는 위치가 되면 다섯 개. 화산파의 대소사를 관장하는 장로의 직위가 되면 여섯 개. 장문인은 여덟 개의 매화가 새겨진 령패를 가지며, 화산파의 몇 안 되는 원로가 되면 아홉 개의 매화가 새겨진 패를 가지게 된다. 이러한 패들을 흔히 매화조령이라 부르는데, 특이하게도 화산파에서는 일곱 개의 매화가 새겨진 매화조령을 가진 자를 볼 수가 없다.

매화조령은 외부의 인물에게 수여되는 패였으니, 강호에서 위상을 드높인 화산파의 속가무문이나 화산파의 큰 은인에게만 전달되는 패였다. 일곱 개의 매화는 그 위상이 여섯 개의 매화를 가진 화산파의 본산 장로와 대등할 지경이었고, 화산파의 대소사에도 장로와 마찬가지로 관여할 수 있는 권리가 주어졌다. 또 화산파의 장로와 마찬가지의 위치였으니 혹 강호에서 일곱 개의 매화가 새겨진 매화조령을 가진 자와 시비가 붙는다면, 그는 그 사람이 아니라 화산파 전체와 싸울 각오를 해야 했다. 강호 제일의 면죄부인 셈이었다.

하나 화산의 역사 속에서 외부인에게 이 패가 전달된 적은 단 한 번도 없었으니, 화산의 심처에서 주인을 기다리며 긴 잠에 빠져 있던 매화조령이 드디어 세상에 나오려 하고 있는 것이다.

'천하의 모든 강호인들에게 쫓겨본 당신이었으니, 매화조령이 얼마

나 큰 힘이 되어줄지 충분히 짐작할 수 있겠지. 내가 준비한 패는 다 펼쳐 보였소. 후후.'

목현 진인의 눈빛은 차분히 가라앉아 있었지만, 가슴은 적잖이 빠르게 뛰고 있었다. 자신이 내건 패는 강호에 적을 둔 자라면 결코 쉽사리 포기할 수 없는 것이었다. 대화산파를 배후로 둘 수 있는 기회를 마다할 자가 있다면 그자는 제정신이 아닐 것이다. 더군다나 혁련웅과 같이 수많은 추적자들에게 쫓기고 있는 입장이라면 더 더욱. 혁련웅은 아무 말이 없었다. 옆에서 듣고 있는 황보광의 목으로 마른침이 넘어가고 있었지만, 혁련웅의 고민은 쉬이 끝나지 않고 있었다.

"정녕 과한 성의요. 함부로 덥석 받아들이기엔 위험하다는 생각이 들만큼……."

황보광의 눈이 혁련웅을 바라보고 있었다. 고민하지 말고 어서 제의를 수락하라 재촉하는 듯. 하나 목현 진인은 혁련웅의 말을 듣고 두근거리는 가슴을 진정시키고 있었다. 그는 매화조령을 보관 중인 남천궁의 심처에 대한 생각을 하고 있었다.

황금 백 관을 이곳에서 주어야 하는지, 전표로 주어야 하는지, 실물로 주어야 하는지 등의 소소한 생각들을 하고 있었다. 혁련웅에게서 자하신검을 언제쯤 받아야 할지, 어디서 받아야 할지… 그는 홀로 이후 벌어질 일들에 대한 계획을 짜고 있었다. 협상은 끝났다. 그리고 침묵을 깨고 나온 혁련웅의 목소리를 들으며 조용히 도호를 뇌까렸다.

"허허, 성의를 고맙게 받아들이겠소."

“무량수불……. 장문인을 대신하여 감사드럽니다.”

목현 진인은 가만히 미소 짓고 있었다. 자하신검은 화산으로 돌아왔
다.

第十六章
파검(破劍)

앞으로 나는
자네를 파검(破劍)이라 부르겠네

철웅은 자신이 서 있는 곳의 주변을 둘러보고 있었다. 요 며칠 날씨가 따사로웠던 탓인지 돌계단에 붙어 있던 살얼음들은 모두 녹아 사라져 있었고, 공터 옆 수풀은 때마침 불어온 삭풍에 밀려 살래살래 고개를 흔들고 있었다. 마치 검절을 이끌고 돌아온 철웅을 탓하듯이.

철웅은 낡은 사당 앞 공터의 중앙에 서더니 천천히 몸을 돌렸다. 그의 눈에 보이는 사람은 많았으나 그들은 이제 두 사람이 그어놓은 경계 밖의 사람들이었다. 그곳에는 철웅과 검절 단 두 사람만이 존재하고 있었다.

"내가 누군지 아는가?"

석위강은 뒷짐을 진 채 철웅에게 물었다. 워낙 기골이 장대한 석위강이었기에 마치 위에서 아래를 내려다보며 말하는 듯하였다. 그리고 실제 두 사람의 위치도 그 느낌과 별반 다르지 않았다.

"검절이라는 호를 쓰시는 분이라 들었습니다."

석위강은 여전히 뒷짐 진 두 손을 풀지 않았다.

"들었다라… 내가 누구인지 정녕 모르는가?"

철웅의 눈빛은 한 점의 흔들림도 없었고, 그의 목소리도 그의 눈빛만큼이나 무심하였다.

"천하에서 손꼽히는 검호라 들었습니다."

석위강은 다시금 물었다.

"천하에서 손꼽히는 검호라……. 그게 무슨 뜻인지 아는가?"

철웅의 무심한 목소리는 여전하였으나 그의 눈빛은 조금씩 아래로 침잠되고 있었다.

"제가 모르는 어떤 뜻이 숨어 있다 하더라도 지금 이 상황을 바꿀 만한 것은 아니라고 봅니다."

석위강의 눈은 웃고 있었다.

"배짱인가? 겁이 없다라고 말하기엔 나이가 너무 많은 것 같구먼."

"배짱만 가지고 싸움을 할 나이는 지났지요. 하나 제 나이가 어렸다 하여도 지금 이 상황이 바뀌진 않았을 것 같군요."

석위강의 눈가에 지어졌던 미소가 걷혔다. 그리고 마주 잡은 두 손도 놓아버렸다.

"몸도 성치 않은 자를 상대로 검을 뽑고 싶지 않다. 지금이라도 스스로 모자람을 인정하고 물러선다면 더 이상 핍박하지 않겠다."

석위강으로서는 크게 상대를 보아준 것이었다. 명색이 강호를 독보하는 자신이었다. 이름도 없는, 게다가 몸도 성치 않은 자를 상대로 검을 휘두른다면 결과와 상관없이 자신의 명성에 흠이 될 것이 분명했다. 하나 이제 와 먼저 물러날 수는 없는 일이었기에 사내에게 포기를 종용하는 것이었다. 그것이 강호의 도리에도 맞는 것이었고, 그가 생각하기에 가장 보기 좋은 결말이었다. 하지만 장철웅이란 사내의 생각은 그와 달랐다.

"손속에 사정을 두어주시길 바랄 뿐입니다."

석위강은 머리 한쪽이 지끈거림을 느꼈다. 대체 이 대책 없이 배포만 큰 사내는 누구란 말인가? 자신은 수차례의 기회를 주었다, 스스로 무릎 꿇고 사죄할 기회를. 무공을 익힌 자라는 것은 숨 쉬는 호흡만 보아도 알 수가 있었다. 운기토납의 격식을 갖춘 호흡은 아니었지만, 그의 호흡은 그 보보(步步)와 흐름을 같이하는 호흡이었다. 무의식중에 동기화된 것이겠지만, 항상 준비되어 있는 자세. 분명 얕은 무공을 가진 자는 아니었다.

하나 특이하게도 제법 쓸 만한 무공을 지니고 있는 듯한 느낌과는 달리 몸속에 축적된 내력은 전무한 듯하였다. 아마도 오랜 시간 외문 무공을 익혔던 자인 것 같았다. 만약 그 느낌이 틀렸다면 눈앞의 이자는 자신보다도 한 단계 위의 고수라는 말이 된다. 자고로 기운이라는 것은 고수가 하수를 속일 수는 있어도, 하수가 고수를 속일 수는 없는 법이니까. 자신의 생각을 종합해 보니, 눈앞의 사내는 어줍지 않은 한 수 재간을 믿고 덤비는 하룻강아지이거나 자신의 주제를 알면서도 겁을 든 멍청이였다.

'그것도 아니라면……'

입 안이 씁쓸했다. 어쩌면 근래 보기 드문 자일 수도 있다, 남을 위

해 기꺼이 검을 들 수 있는. 자신의 생각을 확인하고 싶었을까. 석위강
의 시선은 철웅에게서 떨어질 줄 몰랐다.

　철웅은 자신의 손에 들린 검을 바라보고 있었다. 피할 수 있다면 피
하는 것이 좋았다. 하나 이대로 물러선다 하여 막고위와 초미에게 떨
어질 불벼락이 비껴날 것 같지는 않았다. 아무리 작은 인연이라 하여
도 막고위, 아니, 그의 사형 이철성과의 교분을 보아서라도 물러설 수
없었다. 내키지 않지만, 피할 수만도 없는 싸움이었다. 물론 강한 상대
와 싸워야 한다는 것에 떨린다거나 두려운 마음이 드는 것은 아니었다.
　'싸우지 않고 이기는 것이 상책이요, 싸워 이기는 것은 하책이다. 하
나 이기지도 못할 싸움을 피하지도 못하는 이 상황은 무엇이란 말인가.
하아, 혁련 어른의 말씀이 맞구나. 내가 피한다 하여도 끊임없이 달려
드는… 그것이 강호…….'
　철웅의 눈은 석위강을 바라보고 있었다. 어이가 없어 실소라도 나올
만한 상황이었지만, 그가 처한 상황은 생각보다 심각했다. 몇 마디 말
로 상황을 바꿀 때는 이미 지났다. 철웅은 가슴을 가라앉혔다. 어차피
싸우기로 마음먹었다면 마음을 굳혀야 했다.
　한 번이라도 검을 쥐어본 사람이라면 싸우기 직전의 묘한 흥분을 경
험하게 된다. 가슴의 요동이 귀에 들릴 만큼 세차지고, 수많은 생각이
머리 속을 스친다. 상대가 강하든 약하든 패배에 대한 두려움인지, 승
리에 대한 기대감인지도 모를 묘한 흥분이 전신을 휩쓴다.
　거의 모든 사람이 이러한 경험을 하지만 경험이 많은 자와 경험이
적은 자, 강자와 약자는 이후의 반응이 사뭇 다르다. 흥분을 가라앉히

고 냉정히 싸움에 임하거나 전신 가득 흥분에 도취되어 싸움에 임하거
나 경험이 많을수록 노련해지고, 노련한 자일수록 흥분을 경계한다.
그리고 철웅은 충분히 많은 경험을 가지고 있었고, 자신의 가슴을 진정
시킬 만한 노련함도 지니고 있었다. 그의 가슴은 그의 두 눈만큼이나
차갑게 가라앉고 있었다.

석위강의 눈은 그런 철웅의 변화를 놓치지 않고 있었다. 감히 천하
의 검절을 상대로 싸울 마음을 굳힌 것 같았다. 석위강은 가만히 손을
뻗어 검을 잡아갔다.

스르릉.

검집을 빠져나오는 검이 울린 맑은 마찰음이 귀를 간질였다. 검절의
손에 검이 들리자 그의 기도가 일변했다.

"삼초를 양보해 주겠다. 오라."

강호의 예법이었다. 고수가 하수를 상대할 때 자신의 체면을 생각해
서 몇 수의 선공을 양보한다. 단 세 번의 공격만을 양보한다 하였으니
검절로서는 그의 실력을 높이 샀다 말할 수도 있을 것이다. 철웅의 어
깨가 좌우로 움직이자 어깨에 걸려 있던 남색 도복이 바닥으로 힘없이
떨어져 내렸다. 그리고 들릴 듯 말 듯 나지막이 자신에게 속삭였다.

"선공을 양보하는 싸움이라……."

철웅은 검을 곧게 잡았다. 좌측 어깨에서부터 정확한 대각선을 이루
고 있는 검신이 정오의 햇살을 받아 밝은 빛을 뿌리고 있었다. 연화봉
의 정상에서 불어온 한줄기 바람이 두 사람 사이를 스치던 그 순간, 철
웅의 몸이 바닥을 차고 나오며 검절과의 거리를 순식간에 좁히고 있었
다.

‘움직임이 빠르군.’

석위강은 검을 살짝 들어 달려드는 철웅을 맞이할 준비를 하였다. 왼팔을 가슴으로 바짝 끌어당기고, 오른손의 검을 바닥에 끌다시피 낮게 하며 달려들던 철웅이 검절의 목덜미를 향해 검을 뿌렸다. 사선으로 올려치는 그의 검이 양광을 받아 빛을 뿌렸고, 그 모습이 마치 먹이를 향해 달려드는 표범과도 같아 보였다.

챙~!

검절은 검을 휘두르지도 않았다. 살짝 몸을 비틀며 검을 들어 자신의 목줄을 노리고 날아드는 검을 자신의 검끝으로 살짝 튕겨내 버렸다.

“합~!”

온몸의 무게가 실린 철웅의 검이었으나 단지 손목으로 움직인 검절의 일수를 감당치 못하고 크게 튕겨져 버렸다. 하지만 철웅은 튕겨 나가는 검을 억지로 바로잡으려 하지 않았다. 오히려 튕겨 날아가는 힘을 따라 허리를 굽히며 몸을 회전시켰다. 검절을 향해 달려들던 철웅은 마치 그렇게 하리라 마음먹었던 사람처럼, 튕겨지는 검을 따라 땅으로 꺼지듯 바닥으로 몸을 낮추며 검절의 발목 어림을 쓸어갔다.

‘음?’

의외의 공격에 조금은 놀란 검절이었지만, 그의 표정에서 조급함은 찾아볼 수 없었다. 여전히 손목만을 움직여 하체를 휩쓸어오는 철웅의 검을 막아내면서도 한 발짝도 움직이지 않았다.

캉!

철웅은 하체를 노리던 공격마저 무산되자 재빨리 몸을 뒤로 뺐다. 하지만 한 걸음 거리를 벌리는 듯 보였던 그는 좌보로 땅을 차며 검을 눕혀 복부를 노렸다. 복부를 향해 들어오는 검극이 좌우로 미세하게 흔들려 어디를 노리고 들어오는 것인지 확실치는 않았지만, 가만히 선 채로 막아내기는 힘들어 보였다. 하지만 검절은 자신이 서 있는 자리에서 움직일 마음이 없었다.

티디딩~!

검절은 단지 손목의 놀림만으로 온몸을 던져 공격해 들어오는 철웅의 검을 손쉽게 막아내고 있었다. 어깨 한 번 크게 움직이지 않고, 두 발은 바닥에 뿌리라도 박힌 듯 떨어질 줄 몰랐다. 상식적으로 온몸의 무게를 실어 들어오는 검을 손목의 힘만으로 막아낸다는 것은 쉽사리 납득하기 어려운 일이었으나 검절의 심후한 내공은 그것을 가능하게 해주고 있었고, 철웅 역시 그것을 느끼고 있었다. 검절의 방어에 도리어 튕겨진 철웅은 삼 장 가까이 물러선 후에야 멈추어 섰다.

전권 밖, 칠 장여나 물러나 있는 장 의원과 이철성 일행은 숨조차 제대로 쉬지 못하고 있었다. 단 두 번의 공방이었지만, 그들도 검을 든 무인이었기에 그 두 번의 오감이 예사로운 것이 아님을 알 수 있었다.

'눈으로 따라잡기 힘들 정도의 빠름이다. 한 팔을 쓰지 못해 중심을 잡기도 힘들 터인데 저 정도의 몸놀림이라니……'

이철성은 매화검수와의 일전과는 또 다른 양상의 대결을 바라보며 스스로의 안계를 넓히고 있었다. 화음 저자에서 벌어졌던 매화검수 운엽과의 대결이 훨씬 긴박하고 강단 있는 접전이었지만, 지금의 모습을 보면 이전의 싸움은 감히 비길 수 없을 듯했다.

'매화검수와의 싸움은 말 그대로 싸움이었다. 지금 이 모습이야말로

진정한 무인들의 대결이다. 나는 장 선배의 진면목을 반의 반도 보지 못한 것이구나.'

놀람은 이철성뿐만이 아니었다. 그와 조금 떨어져 있던 초연의 눈에도 이채가 어리고 있었다.

'검에 주저함이 없다. 승패를 점치고 달려드는 검이 아니다. 승패란 상대와 나와의 실력을 가늠하는 대에서 이미 결정난다 할 수 있다. 마음속에서 이미 패할 것이라는 마음이 생긴다면, 그 마음은 십중팔구 결과로 나타나게 마련이다. 저 사내는 천하에 적수가 없다는 검절 석위강을 상대로 패배를 생각지 않고 있다. 하나 결코 무모해 보이지 않는 것은 그의 검이 두려워하지 않고 있기 때문이다. 정녕 부동심을 얻은 사람이구나.'

사람들은 제각각의 상념에 젖어 있었으나, 그들이 느끼고 있는 놀람만큼이나 그들이 점치고 있는 승부의 결과도 다르지 않았다.

'검절은 넘을 수 없다.'

그들은 철웅의 패배를 점치고 있었다. 놀라운 무공이었고, 본받을 만한 자세였으나 검절이란 벽은 그러한 것으로 넘을 수 있는 것이 아니었다. 그곳에 있는 사람들 중 철웅의 안위를 걱정하는 것은 장 의원 한 사람뿐인 듯했다.

'죽지만 말게……. 제발 죽지만 말게……. 기왕지사 싸워야 한다면, 죽지만 말아주게……. 내가 어떻게든, 어떻게든…….'

감히 그들의 싸움에 끼어들 만큼 대담하지 못한 장 의원이었기에, 마음속으로 빌고 또 비는 것이 그가 할 수 있는 전부였다.

‘후, 이런 식이라면 변변한 공격 한 번 제대로 해보지 못하고 제풀에 지쳐 쓰러질 것이 뻔하다.’

이미 두 초식이 흘러가 버렸다. 이번의 공격마저 무산되어 버린다면, 눈앞의 노인은 가차 없이 자신을 향해 검을 뿌려댈 것이다. 철웅은 가만히 검절을 노려보았다. 방법을 찾고 있었다. 마지막 일검을 통쾌히 작렬시킬 방법을.

‘허허. 무엇을 찾으려 하는가?’

검절은 미소 짓고 있었다. 강자의 여유였고, 자신감이었다. 사내의 검이 어떤 검인지 알 것 같다. 자신의 생각대로 내력이라 부를 만한 것은 없는 것 같았다. 물론 검의 위력만 가지고 말하는 것은 아니다. 검과 검이 맞부딪칠 때의 울림이 그에게 가르쳐 준 것이다.

검이 가르쳐 준 것은 그것 말고도 또 있었다. 이 사내의 검이 대단히 빠르다는 것과 적어도 노려야 할 곳과 노려야 할 때를 정확히 알고 있다는 것. 처음의 일초는 누구라도 예상할 수 있는 것이었다. 하지만 이어진 제 이초는 오랜 경험을 가진 자가 아니고선 쉽사리 펼치기 힘든 일수였다. 풍부한 실전 경험이 바탕 되지 않고서는 흉내 내기도 쉽지 않은. 하지만 그것뿐이었다.

‘내가 본 부분은 네 실력의 삼 할 정도. 매화검수와 자웅을 겨룰 정도는 됨을 인정해 주지. 하나 나와 검을 섞기엔 백 년도 이르다.’

검절은 사내의 공격을 기다렸다. 자신을 노려보는 꼴이 적잖이 당황한 모양이었다. 거센 공격이었음에도 상처는커녕 서 있는 자리에서 미동조차 못하게 하였으니, 경험이 있는 자라면 자신과의 차이를 인정하고 있을 것이다. 물론 경험만으로 그 차이를 넘을 수 없겠지만.

‘틈이 없다. 저 노인은 이미 검이다. 마주쳐 깨뜨리는 수밖에 방법이 없다.’

철웅은 틈을 찾는 것을 포기했다. 하지만 싸움을 포기한 것은 아니었다. 그에게는 경험과 함께 검절이 생각지 못한 또 한 가지가 있었다.

‘후, 강호에 나와서 사용할 수 있는 병법이 고작 고육계(苦肉計) 하나뿐이라니…….’

철웅은 자신의 신세가 한탄스러웠다. 모질게도 살아남아 다시금 세상에 돌아왔건만 그토록 피하고 싶었던 혈향의 저주는 지겹게도 그의 뒤를 쫓고 있었고, 혈향의 저주를 피하기 위해 결국 한쪽 팔을 희생시킬 뻔했다. 그러나 그것만으론 부족했던 것인지 혈향은 그에게 또 다른 희생을 강요하고 있었다.

“마지막 일초가 남았습니다. 하나 그전에 한 가지만 여쭙지요.”

자신을 노려보던 사내의 뜬금없는 질문에 석위강은 의아해하였지만, 이내 고개를 끄덕이며 그의 말에 답했다.

“말해 보라.”

“검절 어르신은 저에게 자신을 증명하라 하셨지요.”

“그렇다.”

“그 약속, 잊지 마십시오.”

“……?”

석위강은 영문을 알 수 없는 철웅의 말에 잠시 혼란스러웠지만, 이내 눈빛을 굳히며 자세를 바로잡았다. 자신의 앞에서 기회를 엿보던 사내의 행동에 이상한 느낌을 받아서이기도 하였지만, 그가 남긴 말의 여운이 예사롭지 않아서라는 것이 더 맞을 것이다. 그리고 이어진 사내의 행동은 그 느낌을 증폭시키고 있었다.

"으음……."

철웅은 자신의 목에 걸린 천에서 왼팔을 빼내고 있었다. 얼굴 가득 주름을 만들며 인상을 찌푸리는 것이 어지간히 고통스러운 듯하였지만, 사내는 개의치 않고 천천히 팔을 빼내었다. 천에서 빠져나온 왼팔은 힘없이 아래로 떨어졌으나 이내 이를 악물고 힘을 주며 왼팔로 검을 움켜잡고 있었다.

'저것이 무엇을 하는 짓인가?'

검절은 놀라고 있었다. 양수검이 아닌 이 척(二尺) 삼 촌(三寸)의 단검을 양수검처럼 움켜쥐고 있는 모습도 그렇지만, 왼쪽 어깨에 감겨 있던 붕대에서 붉은 피가 배어 나와 금세 핏물을 떨어뜨릴 것 같은 모습이 그를 놀라게 하고 있었다. 검절은 미간을 조금 찌푸렸다. 저 정도의 상처라면 그 고통이 이만저만이 아닐 것이다. 사내의 얼굴에 송골송골 맺힌 땀방울들이 그의 짐작을 확신케 하고 있었다.

'비장의 한 수라도 있다는 것인가?'

검절은 고통을 참아내며 검을 잡는 그 모습에 자신도 모르게 검을 움켜 잡았다. 강호의 모든 무공에는 구명절초(求命絶招)라는 것과 동귀어진(同歸於盡)의 한 수가 있다. 죽음을 목전에 둔 상황이 아니라면 결코 사용하지 않으나 세상에 알려지지 않았기에 능히 상대의 허를 찌르고 목숨을 구할 수 있는 비장의 한 수가 구명절초이고, 자신의 목숨을 버리면서까지 상대와 함께 양패구상(兩敗俱傷)할 수 있는 최후의 초식이 동귀어진의 수다. 석위강은 눈앞의 사내에게서 그러한 기운을 느낄 수 있었다.

'목숨을 버리려 하고 있군. 못난······.'

사내의 모습은 그를 실망시켰다. 무릇 무인이라면 뜻을 위해 목숨을 버릴 줄도 알아야 한다. 하나 지금 눈앞의 사내는 자신의 목숨을 아무런 값어치 없이 내버리는 것과 같았다. 한(漢)의 명장 한신(韓信)과 같이 굴욕을 참고 시정잡배의 가랑이 사이를 지나가지는 못한다 하여도, 검절이라 추앙받는 자신에게 머리 한 번 조아리는 것은 충분히 받아들일 수 있을 만한 일이건만. 하지만 못났다 말하는 머리와는 달리 그의 마음은 또 한 번 노한 기운을 누그러뜨리고 있었다.

'허허, 기어코 나를 꺾으려 하니 화를 내야 할 터인데, 어찌 이리도 마음이 동요치 않는 것인가. 내 검은 너의 목숨을 원하지 않는구나.'

검절의 입에 걸려 있던 미소는 여전하건만, 그 미소가 주는 느낌은 사뭇 달랐다. 그런 석위강의 마음을 알 리 없는 철웅은 두 손으로 맞잡은 검을 들고 천천히 발걸음을 떼었다.

'기회는 한 번뿐이다. 다음은 없다. 저 노인이 휘두를 검을 막을 방법 따위도 없을뿐더러, 이번 공격이 끝나면 검을 들 기회조차 없을 것이다. 결과는······ 하늘만이 알겠지.'

철웅은 조급해하지 않았다. 단 한 번의 휘두름. 그의 머리는 맹렬히 회전하고 있었으나 그의 몸은 너무나 느리게 움직이고 있었다.

'단 한 번. 죽든 살든 단 한 번.'

철웅과 석위강과의 거리는 삼 장. 발걸음을 옮기면서도 그의 머리는 분주히 회전하고 있었다. 그런 그의 머리 속이 잠시 흐트러지며 어떤 모습이 떠올랐다. 찰나지간 떠오른 모습이었지만, 철웅은 속으로나마 미소 지을 수 있었다.

‘후… 어쩌면 그대들과 만날 날이 오늘일지도 모르겠네. 허허.’

철웅의 걸음은 조금씩 일정한 운율을 띠고 있었다. 수순을 밟으며 걸음을 옮기는 것 같지는 않으니 보법은 아닌 듯했지만, 그의 걸음은 묘한 분위기를 풍기고 있었다. 석위강은 그런 그의 모습에 조금씩 무게가 실린다 생각했다. 자신을 향해 다가오는 그는 분명 한 사람이었건만, 그의 주위로 몰려드는 기운은 한 사람의 그것이라 말할 수가 없었다.

‘묘하군. 단순히 걸음을 옮기는 것이 아니다. 마치… 마치…….’

검절 석위강은 자신이 느낀 느낌을 설명할 적당한 말을 찾지 못하고 있었다. 무엇인가 생각이 날 듯하면서도 가물거리며 기억나지 않는 어떤 모습이 그의 머리 속을 맴돌았다. 자신과의 거리는 조금씩 좁혀지고 있었건만, 알 수 없는 불길함이 그의 뇌리를 자극하고 있었다. 그리고 사내와 자신과의 거리가 일 장 남짓할 만큼 가까워졌을 때, 자신의 머리 속을 맴돌던 그것이 무엇인지 깨달을 수 있었다.

‘마치 군마(軍馬)의 그것과 같은 느낌이 아닌가?!’

석위강은 볼 수 없었다. 철웅의 양 옆으로 늘어선 수십의 그림자를. 하나같이 검은색의 갑주를 입고, 새파란 귀광을 번뜩이는 장창을 들고 서 있는 그들을.

‘……진군이다!’

철웅의 발이 땅을 박차고 뛰어올라 검절을 덮쳐 갔다. 자신의 등을 받치고 있던 쉰여섯 망령들과 함께……

날아올랐다. 그렇게 밖에는 설명할 길이 없었다. 근 일 장 가까이 뛰어오르며 검절을 향해 짓쳐 드는 모습은, 마치 먹이를 노리고 내리 꽂히는 매의 그것과 같았다.

'음?'

석위강의 눈이 살짝 감겼다. 철웅이 태양을 등진 채 날아들고 있었기에, 철웅의 검을 자세히 볼 수가 없었던 것이다. 하나 눈으로 상대를 좇던 시절은 이미 오래전에 지난 검절이었다. 귓가로 들리는 파공음과 역광으로 보이는 사내의 자세만으로도 사내의 검이 어떻게 파고들지 능히 짐작하고 대비할 수 있는 그였기에, 주저없이 검을 들어 철웅의 검과 맞서갔다.

'장난으로 맞받기엔 검에 실린 기세가 예사롭지 않구나. 힘의 차이를 극복하기 위해 도약을 선택한 것인가?'

힘의 차이는 분명했다. 그리고 그 차이를 극복하기 위해 철웅이 선택할 수 있는 방법은 말 그대로 힘껏 내려치는 것뿐이었다. 힘껏 내려치기 위해 그는 날아올랐다. 일장이라는 높이의 차이에서 오는 낙차와 검에 무게를 싣기 위해 고통을 감수하며 맞잡은 양수(兩手). 떨어져 내리는 철웅의 검에 실린 무게는 이전과는 비교할 수가 없었다. 석위강은 검을 수평으로 들어 올리며 수세를 취했다.

카강!

일도양단의 기세로 내려쳐진 철웅의 검은 들어 올려진 검절의 검에 막혀 버렸다. 하나 철웅의 공세는 멈추지 않았다.

가가각!

내려쳐지던 철웅의 검극이 뒤로 꺾이며, 귀에 거슬리는 쇠 긁는 소리와 함께 검절의 검을 흐르듯 타 내려가고 있었다.

'끝내 내려쳐 보겠다는 것인가?'

검절은 가만히 선 채로는 사내의 공격을 흘리기 어렵다는 것을 인정
해야 했다. 판단과 동시에 행동으로 옮겼다. 주저없이 반 보가량 물러
나며 왼쪽 어깨를 틀어 사내의 검을 땅으로 흘려보냈다. 철웅의 검이
방향을 튼 것은 검절의 검신을 따라 흘러내리던 검이 바닥에 내려 꽂
히기 직전이었다. 철웅은 다시 한 번 몸을 회전시켰다. 검이 맞닿아 있
는 상태에서 허리의 회전만으로 몸을 틀었기에 배후를 보인 꼴이 되었
다. 하지만 워낙에 빠른 움직임이었기에, 사람들의 눈에 그가 회전한
다 싶었을 땐 이미 그의 검이 검절의 검에서 멀리 떨어져 나와 원을 그
리며 검절의 목 줄기를 향하고 있었다.

쐐에엑!

듣기 거북스런 파공음이 자신의 목을 노리고 달려듦에도 검절의 눈
빛은 변함이 없었다. 하나 눈빛과는 달리 이 정도의 매서운 공격을 선
자세 그대로 받아낼 수는 없었기에, 황급히 보법을 밟아 거리를 두며
자신에게 날아드는 검을 막기 위해 검을 휘둘렀다.

챙!

검절은 사선으로 내려져 있던 검을 반원을 그리듯 크게 휘둘러 철웅
의 검을 막았다.

캉!

휘리리릭!

그들의 접전을 바라보는 사람들의 눈이 경악으로 물들고 있었다. 철
웅의 검이 충격을 이기지 못하고 허공으로 튕겨 날아가고 있었다. 자
세를 바로잡지 못한 채 빠르게 휘둘렀기에 검절이 강하게 휘두른 검의
여세를 이기지 못한 것이었다. 눈앞에 펼쳐진 절망적인 상황에 사람들

은 두 눈을 질끈 감아버리고 말았다. 피를 뿌리며 쓰러질 철웅을 바라보지 못하겠다는 듯. 하지만 철웅의 눈에 이채가 발한 것은 바로 그 순간이었다.

'지금이다!'

철웅은 기회를 노리고 있었다. 아니, 그는 스스로 기회를 만들었다, 검을 휘두를 기회가 아닌 그를 쓰러뜨릴 기회를. 검절의 검이 철웅의 검을 쳐내는 순간 검절은 흉부가 노출되어 있었다. 반 보밖에 물러서지 않았으니 나머지 반 보만큼의 가슴이 보였고, 철웅과의 거리는 지척이었다. 검절의 시선 역시 순간적으로 멀찍이 은광을 뿌리며 날아가는 철웅의 검으로 향하고 있었다. 잠시 한눈을 팔았던 검절의 뇌리에 이상한 느낌이 든 것은 바로 그때였다.

'내가 지금 싸우고 있는 자가 손에 쥔 검을 놓칠 만큼 나약한 자였던가?'

석위강은 등골을 타고 오르는 오싹한 느낌에 급히 눈을 돌려 사내를 찾았다. 그런 그의 눈에 보인 것은 시야를 가득 채우며 날아드는 사내의 커다란 주먹이었다.

"이런?!"

검절은 자신의 나태했던 마음을 꾸짖고 황급히 거리를 벌리며 좌장(左掌)을 마주 내뻗었다. 다급한 상황이긴 하였으나 순간적으로 끌어올린 내공이 그의 좌장으로 응집됐고, 둔탁한 파육음과 함께 가까스로 철웅의 정권을 막을 수 있었다.

퍼억! 우드득!!

온몸을 내던진 철웅의 주먹이었지만, 이미 강철처럼 단단해진 검절의 좌장에 부딪치며 뼈가 탈골되는 듣기 거북한 소리와 함께 기이한 각도로 꺾이고 있었다.

'큰일날 뻔했군. 방심했어.'

검절은 자신의 손바닥으로 전해지는 육중한 느낌에 흠칫 놀랐다. 정권에 실렸던 기운이 감히 경시하지 못할 만큼 강맹했던 탓도 있었지만, 그보다는 그의 주먹 자체가 돌과 같이 단단해 놀라고 있었다. 만약 그런 주먹을 부지불식간에 맞았다면, 큰 위협은 되지 않았을지 몰라도 크게 체면을 구길 뻔하였다는 것은 능히 짐작할 수 있었다. 다행히 그가 다급히 내뻗은 일장은 바위와 같은 사내의 주먹을 바수며 탈골시킬 정도로 강맹하였다.

그 역시 누구 못지않게 많은 경험을 가지고 있는 강호의 노검수였기에 시기적절하게 방어할 수 있었던 것이다. 하지만 그는 또다시 방심하고 있었다. 위험을 벗어난 사람의 당연한 심리였지만, 철웅은 그것을 놓치지 않았다. 아니, 노리고 있었다.

"하압!"

부러진 오른손을 돌보지도 않은 채 철웅은 온몸을 내던지며 자신의 남은 한 손을 검절의 복부로 질러 넣었다. 아무도 생각지 않았던 그의 왼손. 검절조차 그가 고통을 견디며 좌수(左手)를 사용하리라곤 생각하지 않았다. 분명한 방심이었고, 결과는 명확했다.

퍼억~!

"허억?!"

철웅의 좌권(左拳)이 검절의 복부에 작렬했다. 전신의 무게가 복부에서부터 어깨를 지나 주먹으로 뿜어지는, 불과 며칠 전 재회를 노리던 사내의 얼굴을 함몰시키며 죽어 버린 괴력의 좌권이었다. 천하의 검절이라 하여도 뼈와 살로 이루어진 인간. 검절의 얼굴이 고통으로 일그러지며 다섯 발자국이나 뒤로 밀렸다.

"허억… 허억……."

철웅의 얼굴에는 오른손이 부러진 고통과 왼쪽 어깨의 상처가 터져 버린 고통이 함께 나타나고 있었다. 그의 우수(右手)는 힘없이 부러져 덜렁거리고 있었고, 피가 흐르는 그의 좌수(左手) 역시 적어도 며칠 안에는 다시 들기 어려울 것 같았다. 철웅의 두 날개가 모두 꺾여 버렸다. 하지만 고통으로 일그러진 그의 얼굴에 떠오른 것은 한줄기 미소였다.

"이……."

검절은 자신이 물러선 발자국을 바라보고 있었다. 제아무리 강맹한 일권이었다 하더라도, 내공을 운용하여 보호하고 있는 검절의 신체를 상하게 할 수는 없었다. 오장육부를 뒤흔들어 놓는다는 내가권(內家拳)도 아니었으니 내상(內傷)을 걱정할 일도 없었다. 하지만 그도 피와 살로 이루어진 인간이었기에 뜻하지 않게 일권을 허락한 복부에서 전해지는 통증만은 어찌할 수가 없었다. 그러나 그가 받은 정신적 충격에 비한다면 육체의 고통쯤은 아무것도 아니었다.

"네놈이… 감히……."

그의 두 눈은 불타오르고 있었다. 강호의 동도들에게 검절(劍絶)이란 칭호를 받았던 십오 년 전 그날 이후로 이런 낭패는 당한 적이 없었다. 그를 찾아와 비무를 청했던 자들도 부지기수요, 이름을 날려 보고자 자신을 노렸던 암습도 헤아릴 수 없을 지경이었지만 오늘과 같은 낭패는 기억에 없었다. 그의 가슴에서 시작된 살심(殺心)이 그의 눈으로 뿜어져 나오고 있었고, 그가 들고 있는 검에 맺힌 파리한 기운이 그가 얼마나 분노하고 있는지 잘 알려주고 있었다. 자신이 뒷걸음질친 다섯 걸음을 진각을 밟듯 굳게 밟아오는 걸음이, 그의 분노가 얼마나 깊은지 말해 주고 있었다.

천천히 다가서던 검절의 걸음이 멈춰 선 것은 들고 있는 검으로 철웅의 목을 내려치기 더없이 적당한 거리까지 다다랐을 때였고, 철웅의 목을 내려치기 위해 올려졌던 검절의 검이 멈추어 선 것은 철웅의 눈과 검절의 눈이 마주친 그 순간이었다.

'웃고…… 있다?'

사내의 눈은 웃고 있었다. 무시하고 검을 내려치기엔 그 미소가 담고 있는 의미가 가볍지 않은 듯했기에, 검절은 잠시 사내에 대한 단죄를 미뤘다.

"마지막 유언이라도 남기고 싶은 건가?"

"…잊으셨습니까?"

"……?"

검절은 사내의 말을 곱씹었다. 그리고 자신이 잊고 있던 것이 무엇인지를 기억해 냈다. 마지막 한 초식을 펼치기 전 그 약속.

"자신을 증명해야 한다 하셨지요. 아직… 모자란 것입니까?"

검절의 눈 꼬리가 바르르 떨렸다. 그의 검에 맺혀 있던 새파란 기운이 그 빛을 더하고 있었다. 그는 당황하고 있었다. 사내의 말에 찬물이라도 뒤집어쓴 것 같았다. 사내의 말처럼 자신은 분명 증명하라 했고, 천하의 검절을 다섯 걸음이나 물러서게 하였으니 증명은 충분히 한 셈이다. 자신을 쓰러뜨리지 못하였으니 증명한 것이 아니란 말 따윈, 세상이 비웃을 억지일 뿐이다.

하지만 잘했다 칭찬하며 물러서기엔 상처난 자존심이 쉽게 허락해 주지 않을 것 같았다. 변변한 외호조차 없는 자에게 일권을 허락하고 다섯 걸음이나 물러서 버렸으니, 낭패도 이런 낭패가 없었다. 물론 자신을 물러서게 한 사내의 목숨은 자신의 손바닥 위에 놓여 있었지만, 그의 고민은 쉽게 결론을 내리지 못하고 있었다.

"하나만 묻겠다."

검절의 검은 어느새 새파란 기운을 떨치고 본래의 색을 되찾았다.

"검을 놓친 것도 그대의 의지였는가?"

철웅은 미소를 지우지 않은 채 가만히 고개를 끄덕였다.

"오른손을 희생시킨 것도?"

"일검에 잘릴 것이라 생각했는데, 부러진 것으로 끝났으니 제 운이 좋았던 것 같습니다."

검절은 철웅의 덤덤한 말에 등골이 오싹해짐을 느꼈다. 한 팔을 버릴 각오라는 것은 목숨을 버리는 것과는 또 다른 종류의 각오였다. 어쩌면 목숨을 버리는 것보다 신체의 한 부분을 희생시키는 것이 더 큰 의지를 필요로 하는 일일 수도 있었다. 죽어가며 고통 받는 자도 있지만, 고통을 못 이겨 죽는 자도 있으니……. 눈앞의 사내는 웃고 있지만, 기이하게 꺾여 버린 손과 끊임없이 피를 뿜어내는 어깨는 보는 이로 하여금 절로 치를 떨게 하였다.

"마지막 일격으로 좌수를 선택한 것도……."

"검으로는 어르신을 어찌할 수 없다 생각했습니다."

검절은 지그시 눈을 감았다. 자신은 진 것이다. 사내에게 진 것이 아니라 자기 자신에게 진 것이다. 방심은 그 무엇보다 위험한 암수다. 스스로 자각하지 못하기에 그 어떤 암수보다 위험한 것이다. 사내는 그것을 노렸다. 아니, 자신의 방심을 이끌어내었다. 자신은 사내에게 진 것이고, 자기 자신에게 진 것이다. 검절도 그것을 인정할 수밖에 없었다.

"너는… 너 스스로를 증명했다."

검절은 자신의 검을 천천히 검집으로 가져갔다. 그리고 철웅을 바라보았다.

"훌륭했다. 이름 없는 무사라 말하기 힘들 만큼."

그의 눈은 웃고 있었다. 어쩌면 자신의 명예에 큰 흠이 났다 여길 수도 있건만, 그는 그런 것을 완전히 털어내 버린 듯했다.

"장철웅이라 했던가?"

"……예."

"혹 군부에 있었는가?"

"그걸 어찌?"

검절의 미소가 짙어졌다.

"그럴 줄 알았네. 강호의 검은 아니었어. 나를 향해 다가오던 모습에서 그런 느낌을 받았지. 병기를 놓친 것이 아니라 버린 것이라는 말을 들으니 이해가 가는군."

강호에서 병기는 목숨과도 같았다. 승패를 위해 병기를 버리는 강호인은 그리 많지 않았다. 하나 군부의 인물이라면 능히 그럴 수 있으리라. 가만히 다가선 검절이 한 손을 들어 철웅의 어깨를 짚었다.

"음……."

검절의 일지가 어깨의 혈 두어 군데를 짚자 어깨로 흐르던 피가 조금씩 멈추더니 이내 그 흐름을 다했다.

"자네가 이겼네."

사람들 모두 경악으로 눈이 부릅떠졌다. 검절 스스로 자신의 패배를 자인했다. 단 일 수를 허락한 것뿐이었건만, 언제라도 철웅의 목숨을 취할 수 있었지만 검절은 그리하지 않았다. 경악으로 물들었던 사람들의 눈이 조금씩 안정을 되찾아갔다. 그리고 그들의 머리 속에 있던 검절의 모습 역시 달라지고 있었다. 강호를 독보하는 일대의 검호에서 존경받아 마땅한 강호의 선배로. 자신의 명예보다 무인으로서의 신의를 존중할 줄 아는 대범함을 지닌 노강호로 좌중의 머리 속에 각인되고 있었다.

"흠. 자네가 괜찮다면, 내가 자네의 외호를 하나 지어주지. 명색이 검절이라 불리는 나인데 외호 하나 없는 무명자에게 패했단 소리는 듣기 싫으니……."

"패하셨다는 말씀은 당치 않으십니다. 옷자락이나마 스쳐보기 위해 발버둥 친 것뿐입니다."

"내가 패했다 했으니 패한 것이네. 흠. 그래, 앞으로 나는 자네를 '파검(破劍)'이라고 부르겠네."

"……?!"

철웅의 놀람은 좌중의 놀람에 비한다면 아무것도 아니었다. 검절이 말한 파검은 검절을 깨뜨린 자라는 뜻도 있었지만, 그 내막을 모르는 자라면 의미를 곡해하기 충분한 외호이기도 했다.

과장하여 해석한다면 천하의 모든 검을 꺾는다라는 뜻으로 받아들일 수도 있는 외호였다. 감히 천하에 누가 있어 파검이라는 광오한 외호를 사용할 수 있단 말인가? 천하의 모든 검을 든 자와 싸울 생각이 아니라면 감히 생각조차 하지 못할 외호였다. 파검이라는 외호를 달고 다닌다면 가는 곳곳 시비가 끊이질 않을 것이고, 철웅은 그 모든 사람들의 검과 일일이 맞부딪쳐야만 할 것이다. 참으로 고약한 외호가 아닐 수 없었다. 검절이 철웅을 괴롭히고자 하는 악한 마음을 품고 지은 것이란 생각이 들 만큼.

하지만 검절의 뒤이은 이야기에 사람들은 안도했다. 아니, 안도하려던 마음도 잠시, 자신들에게 떨어진 불호령에 좌중의 안색이 일변했다.

"너희 모두 들어라. 나는 오늘부터 여기 있는 사내를 파검이라 부를 것이다. 그리고 천하에 고하라. 파검을 쓰러뜨릴 자는 나 검절뿐이며, 나에게 허락을 득하지 않은 자가 파검의 검을 시험하려 한다면, 내 검이 용서치 않을 것이다."

엄청난 선언이었다. 당금 강호에 검절과 검을 섞을 자가 몇이나 되겠는가? 그리고 검절과 검을 대할 수 있는 자 중 굳이 철웅을 찾아와 꺾을 자가 또 몇이나 되겠는가? 이는 강호의 누구도 철웅을 향해 검을 들지 말라는 말이나 진배없었다.

"어찌… 그런……?"

"자네는 나에게 큰 깨달음을 주었네. 무인에게 있어 순간의 방심이 얼마나 치명적인 것인지, 내가 얼마나 안일해졌는지. 한 갑자가 넘는 세월이, 검절이라는 허명이 나를 스스로 안주하게 만든 것이지. 어쩌면 모른다 하여 크게 달라질 것이 없을지도 모를 것이지만……. 자네의 일권은 나태해진 나의 검을 담금질해 주었네. 그것만으로도 나는 자네에게 큰 빚을 진 것과 같지. 그저 작은 보답이라고 생각하게. 음, 어쩌면 자네가 지금보다 더욱 강해져서 진정 나의 검을 깨뜨릴 수 있기를 바라는 것일지도 모르고……. 허허허."

검절은 고개를 뒤로 젖히며 유쾌하게 웃었다. 철웅이나 좌중이 놀라거나 말거나 상관도 없다는 듯.

파검 장철웅.

철웅은 서서히 강호인이 되어가고 있었다. 원했든 원치 않았든…….

第十七章
자객(刺客)

"가만히 있게……."

장 의원의 얼굴은 굳어 있었다. 잔경련조차 일지 않는 무표정한 얼굴에서 굳이 감정이랄 만한 것을 찾으라 한다면, 굳은 얼굴 뒤로 미처 다 숨기지 못한 분노의 흔적뿐.

우두둑!

"음……."

철웅의 눈이 감겼다. 탈골된 손목을 끼워 맞추는 장 의원의 손길은 야박하기 그지없었다. 고통 후의 편안함이 없었다면 낮은 신음 정도로 끝나지 않았을 것이란 생각이 들 정도로.

"……식지와 약지가 부러졌네. 식지는 부러진 정도가 심해."

평소와는 다르게 딱딱 부러지는 말투. 철웅은 가만히 자신의 의형을 바라보았다. 정이 많은 사람이다. 얼마나 정이 많은지, 마을에서 내침을 당하는 자신을 홀로 보내지 못하여 함께 길을 나섰다. 어쩌면 천하에서 자신을 진정으로 위해주는 단 한 사람일지도 몰랐다. 그런 그가 자신의 이런 모습에 화를 내는 것은 당연하다. 다만 소심한 성격 탓에 속내를 내비치지 않으려 하는 것에 미안할 뿐.

"전 괜찮습니다."

"뼈라는 것은 부러지는 순간 붙기 시작하네. 자네나 나나 나이가 있으니 그 속도가 더디긴 하겠지만, 그래도 치료는 빠를수록 좋아."

장 의원은 벌떡 일어나더니 공터 가장자리에 있는 수풀 쪽으로 걸음을 옮겼다. 걸음을 옮기는 중에도 일행 누구와도 시선을 맞추지 않는 것을 보면 어지간히 마음이 상하긴 상한 모양이다. 맨손으로 나뭇가지 몇 개를 꺾어 들고 돌아온 장 의원이 품에서 꺼낸 것은 작은 목합(木盒)이었다.

"조금 아플 걸세. 참게."

장 의원은 철웅의 대답도 듣지 않고 목합을 열어 은침 몇 개를 손에 쥐었다. 그리고 지체 없이 철웅의 식지와 약지에 침을 꽂기 시작했다.

"으… 음……."

철웅의 인상이 다시금 구겨졌다. 일부러 아프게 놓는 것이 아닌가 싶을 정도로 고통이 심했다. 잠시의 시간이 흐른 후, 침을 빼낸 장 의원은 자신의 소맷자락을 찢어 미리 꺾어놓았던 가지와 함께 철웅의 손가락에 묶었다.

"혹여 뼈의 모습이 상할까 서둘러 치료를 하였네. 내려가 약을 다리고 치료를 조금 더 한다면 이삼 주 안에 제자리를 찾을 것이네."

　장 의원은 은침을 목합에 담으며 말했다. 그리고 철웅의 대답도 듣지 않고 그의 왼쪽 어깨를 살피기 시작했다. 하나 이번에는 장 의원의 인상도 철웅만큼이나 찌푸려지고 말았다.

　"음… 다시 상처가 벌어졌어. 아니, 더 크게 찢어져 버렸군. 아무래도 올 겨울이 가기 전에 상처가 아물긴 틀린 것 같네."

　장 의원은 가슴이 아려왔다. 검이 세 치 가까이 뚫고 들어갔던 큰 상처건만, 그 상처가 다시 두 치 가까이나 벌어지고 말았다. 말이 두 치지, 생살이 두 치나 찢어졌을 정도면 그 고통은 이루 말할 수가 없을 것이다. 그럼에도 자신의 의제는 웃고 있었다. 미련하게도…….

　'자네의 과거에 비한다면 아무것도 아닌 상처겠지.'

　처음 철웅을 만났던 날. 그의 전신에 똬리를 틀고 있던 수십 개의 크고 작은 상처들을 보며 얼마나 놀랐던가. 자신이라면 그 상처들의 반의 반도 견디지 못하고 고통 속에서 죽었을지 모른다.

　'고통을 고통이라 느끼지 못할 만큼 힘들게 살아왔을 자네이건만……. 하늘이 무심키만 하구먼…….'

　장 의원은 품에서 작은 단환을 꺼내었다. 설마하는 마음에 구하긴 하였지만, 이리도 빨리 금창약을 쓰게 될 줄은 몰랐다. 비록 자신이 손수 조제한 것은 아니지만, 다른 사람이 아닌 자신의 의제에게 쓰게 될지도 모른다는 생각에 평소보다 더욱 까다롭게 골랐던 약이었다. 약을 팔던 의원에게 소소한 부분까지 일다경이나 캐묻고도 모자라 직접 맛을 보며 확인한 약이니 효과는 괜찮을 것이다. 장 의원은 밀랍을 벗기고 단환을 입에 넣더니, 몇 번 씹어 적당히 녹인 단환을 다시 뱉어 철웅의 환부에 고루 발랐다.

"내려가서 다시 치료함세."

장 의원은 남은 소맷자락을 마저 찢어 철웅의 어깨를 감쌌다. 제법 보기 좋았던 그의 옷은 양 소매가 모두 찢어져 볼품없게 되었지만, 그런 것을 눈여겨보기엔 장 의원의 표정이 너무나 진지했다. 그를 바라보는 일행은 물론 철웅을 그리 만든 검절조차 쉽사리 말을 붙이기 어려울 정도로.

*　　　　*　　　　*

"휴, 여기가 마지막인가?"

상청궁의 뒤로 나 있는 소로를 오르는 소년은 일행과 외따로 떨어져 있던 소아였다. 장 의원과 함께 산을 오른 소아였지만, 아침나절부터 들이닥친 낯선 사람들을 피해 화산의 경내를 두리번거리고 있었다. 철웅과 혁련웅을 찾아온 사람들은 한눈에 보기에도 하나같이 명문세가의 자제들 같았다. 점소이로 살아온 소아가 모른 척 앉아 있기엔 의자에 돋은 가시가 너무 길게 솟아나와 있었다.

"여기가 연화봉의 가장 높은 곳으로 이어진 길이렸다?"

내세울 것 없는 자신의 모습에 조금 서글퍼진 소아였지만, 활달한 천성 탓인지 화산의 경내를 거니는 동안 우울했던 마음을 모두 털어버렸다.

화산파는 무림의 문파라면 당연히 갖추었음직한 연무장이라는 것이 없었다. 화산파가 개개인의 수련을 중시하고, 무공과 도력 양쪽을 모두 중요하게 여기는 탓도 있겠지만, 그보다는 기암괴석으로 이루어진 연화봉에서 연무장으로 사용할 만큼 넓고 평탄한 곳을 찾을 수가 없어서였다는 쪽이 맞을 것이다. 그런 문파의 분위기 탓인지 다른 문파와는 달리 그다지 금지로 정해진 곳도 별로 없었고, 외인의 출입을 금하는 곳도 없었기에 외인인 소아가 이렇듯 화산파의 경내를 활보하고 다닐 수 있었던 것일게다.

"봄이나 여름에 왔다면 볼 게 참 많았을 것 같은데, 보이는 것이라곤 온통 산과 눈뿐이니……."

연화봉 정상으로 이어진 좁은 소로를 따라 걸음을 옮기던 소아의 투덜거림에도 화산은 말없이 소아의 모습을 바라보기만 하였다.

"어? 저기 누가 있네?"

소아는 석로의 갈림길에서 두리번거리다 우측으로 나 있던 석로가 이어져 있는 동굴 입구에 사람이 서 있는 것을 볼 수 있었다. 잠시 왼쪽으로 돌아간 소아의 눈에 보이는 것이라곤 끝없이 이어진 석로뿐이었으니, 오른쪽의 동굴 쪽으로 소아의 걸음이 내디뎌진 건 당연한 결과였는지도 모른다.

"안녕하세요!"

동굴의 입구를 지키던 매화검수들은 자신들을 향해 다가오는 소년을 보며 약간의 경계를 하고 있었다. 사문을 침입한 자들을 가둔 동굴을 지켜야 하는 임무가 자신들에게 부여되어 있었기에, 반갑게 인사하는 소년에게 차갑게 대답한 것은 그저 임무에 충실하고자 그러했던 것뿐이었다.

"누구냐?!"

소아는 사내의 차가운 대답에 흠칫 놀랐지만, 이 정도에 놀라 머뭇

거릴 점소이 삼 년 풍월이 아니었다.

"헤헤, 저는 소아라 하구요, 상.현. 진.인.께 볼일이 있어 올라온 사람입니다."

일부러 상현 진인이란 이름을 힘주어 말한 소아였고, 역시나 사내들은 소아가 기대한 반응을 보여주고 있었다. 천하의 어떤 사람이 자파의 장로를 찾아온 손님에게 무례할 수 있을까. 산속에 처박혀 도만 닦던 사내들쯤이야 앉아서도 요리할 수 있는 전직 점소이 소아였다. 사내들의 눈빛에는 놀람과 함께 아차 하는 표정이 떠올랐다.

"혹시, 화음에서 운엽과 겨루었다던 그……."

"헤헤, 그분이 저희 대인이시죠."

사내들은 서로 쳐다보며 요즘 경내에 떠도는 그 사내의 이야기를 떠올렸다. 비록 자신들의 동배인 운엽과 겨루었다고는 하나 그의 사부인 상현 장로가 지극히 신경을 쓰는 사내. 자신들이 산을 오르며 보았던 검게 탄 잿더미 속에서 사람들을 구해내는데, 그 사내가 나타나 큰 힘이 되었다던 이야기. 천 리를 달려가는 소문이란 놈이 뛰놀기엔 화산은 비좁은 곳이었다. 자세한 내막은 아직 알려지지 않고 있었으나 대단히 중요한 사람일 것이라는 소문은 무성히도 나돌고 있었다. 그러니 그 사내를 대인으로 모신다는 소년에게 조금은 경계를 풀어도 되겠다 싶은 마음이 드는 것은 어찌 보면 당연한 일이다.

"그랬구나. 그런데 이곳까지는 어찌 올라왔느냐?"

"아, 대인께서 다른 분들과 담소를 나누고 계셔서 잠시 바람이나 쏘일 겸 거닐다 보니 여기까지 온 거지요."

"그러하였구나. 하나 이곳은 화산파의 금지다. 아무래도 이곳에서 내려가야 할 듯하구나."

사내들의 목소리는 한결 부드러워져 있었다. 능청스럽게도 눈웃음을 살살치는 꼬마 녀석이 막내 동생처럼 살갑게 느껴지기도 하였거니와 상현 장로의 손님으로 찾아온 사람과 굳이 낯가리며 딱딱하게 굴필요도 없었기 때문이다.

"예? 저는 그런 말은 처음 들었어요. 여기가 굉장히 중요한 곳인가보죠?"

"음? 음… 이곳은 화산파의 죄인을 가두어두는 곳이란다."

"아!"

소아는 절로 한발 물러섰다. 그리 크게 놀란 것은 아니었지만 놀란 것처럼 보여주어야 할 경우도 있었다, 지금처럼.

"하하, 그렇게 놀랄 필요 없단다. 이 안에 있는 자들은 모두 손발이 포박되어 있고, 혈도가 점해져 있어 평범한 사람들과 별반 다를 것이 없으니."

"그래도 대협들과 같은 매화검수가 두 분이나 지키고 계시는 걸 보니…… 굉장히 큰 죄를 지었나 보죠?"

호기심이 왕성한 소아였고, 궁금한 것은 참지 않는 것이 정신 건강에 좋다는 것을 잘 알고 있는 중늙은이 전직 점소이였다. 금상첨화로 점소이 생활에 터득한 처세는 자신이 원하는 대답을 어찌해야 얻을 수 있는지 가르쳐 주었다. 약간의 과장과 약간의 칭찬. 어쩌면 수련과 수행만이 삶의 목표인 매화검수가 상대하기에 점소이 소아는 벅찬 상대일지도 몰랐다.

"하하, 물론 큰 죄를 지었지. 감히 본산을 넘본 자들이니 죽어 마땅한 자들이지."

　원하는 대답은 여기까지였다. 동굴 안에 잡혀 있는 자들은 엊그제 화산에 침입했던 이들 중 사로잡힌 사람들이었다. 궁금해하던 것은 그들이 누군가 하는 것이었지 몇 명인지, 누가 잡힌 것인지까지에는 호기심이 일지 않았기에 소아는 다시 산을 내려가기로 마음먹고 있었다.

　"휴, 정말 고생이 심하시겠네요. 그럼 저는 더 방해 안 하고 이만 내려가겠습니다. 추운데 몸조심하세요."

　"그래, 너도 조심해서 내려가려무나."

　"예."

　소아는 머리를 조아려 보이곤 발걸음을 되돌려 산을 내려가기 시작했다. 지금쯤이면 찾아왔던 사람들도 대부분 돌아갔겠지 싶은 마음에, 어제 산을 오르며 사두었던 빙당호로(餠糖葫蘆)나 꺼내 먹어야겠다 생각하며.

＊　　　＊　　　＊

　"꼬마가 간다."

　"성가시군."

　"조금만 참자."

　"빨리 처리하고, 소주(小主)에게 돌아가야지."

　"서두르지 말자. 언제 다시 이런 임무가 생길지도 모르는데."

　"크크, 하긴. 소주 곁에 머무른 이후 좀처럼 칼을 쓸 일이 없었지."

　"일다경이면 충분하겠지?"

"저놈들을 처리하는데?"

"아니, 말코들이 눈치 채고 이곳으로 올라오기까지."

"일다경이면 충분하지. 놈들을 처리하는데도, 이곳을 떠나는데
도……."

"꼬마가 비탈을 내려가면 시작하자."

"좋아."

*　　　　*　　　　*

진운과 정운은 산을 내려가는 소아를 바라보고 있었다. 잠시 일상사
를 떠들다 보니, 경계의 긴장이 조금 느슨해져 있었다. 자신들을 노리
며 좌우로 스며드는 기운도 알아차리지 못했을 만큼. 두 사람의 매화
검수가 자신들을 향해 다가오는 살기를 알아차린 건, 자신들을 옥죄는
살기와 겨우 일 장 가까이의 거리까지 허락한 후였다.

"누구냐?!"

불현듯 느껴진 기운이 살기라는 것을 알아차린 것과 동시에 두 사람
은 검을 뽑아 들며 소리쳤다. 자신들의 등 뒤에 매달려 있는 경종을 치
기에는 너무 가까운 거리를 허락하고 말았다. 우측에 서 있던 진운이
경종 쪽으로 한발 물러서자 수풀 속의 살기가 모습을 드러내며 그를
향해 쇄도했다.

쉬이익~!

"허업!"

챙!

이미 기척을 감지하고 있었기에 쇄도해 들어오는 검을 막아내는 데에는 무리가 없었다. 하나 맞부딪쳐 본 검의 경력이 예사롭지 않았고, 쇄도해 들어오는 검은 하나가 아니었다.

휘리릭!

휘익!

진운을 향해 쇄도한 검이 빠르고 날카로웠다면, 정운을 노리고 날아드는 검은 무겁고 위력적이었다.

캉!

"으윽?!"

내려치던 검을 막아서던 정운은 하마터면 검을 손에서 놓칠 뻔하였다. 세 걸음이나 물러서고 나서야 자신을 물러서게 한 자를 확실히 바라볼 수 있었다. 길이는 삼 척 오 촌에 달하고, 두꺼운 검신의 폭이 한 뼘은 됨직한 거검(巨劍)을 든 자 역시 전권으로 나타난 다른 세 사람과 마찬가지로 검은 무복에 복면을 뒤집어쓰고 있었다.

"카악!"

기이한 괴성과 함께 거검의 복면인이 다시금 정운을 향해 돌진해 왔다. 하지만 정운은 거검만을 바라볼 수 없었다. 자신의 우측을 노리며 들어오는 협봉검(狹鋒劍)을 무시할 수 없었기 때문이다.

"하앗! 매화구변(梅花九變)!"

정운의 검이 매화이십사수의 검결을 펼치며 두 복면인을 상대하는 사이, 진운도 두 복면인을 맞아 매화이십사수를 떨쳐 내고 있었다.

"매화낙락(梅花落落)!"

쌍수검을 휘두르던 복면인을 떨쳐 내고, 자신의 배후로 달려드는 검을 떨치기 위해 풍차처럼 몸을 회전시킨 진운은 지금 상황을 어찌 해결할 것인가 생각지 않을 수 없었다.

'이자들은 포로를 노리고 온 자들이다. 하아, 본산의 경계가 어찌 이리 허술해졌단 말인가? 시간을 끌어야 한다. 본산에서 구원이 오기 전까지 시간을……'

잠시 딴생각을 하던 진운은 하마터면 어깨에 일검을 허락할 뻔했다. 눈앞의 복면인들은 정신을 분산시키며 어찌할 수 있을 정도로 만만한 상대들이 아니었다. 진운이 급히 정신을 차리며 자신의 하체를 쓸어오는 검을 막고선 복면인들을 향해 검결을 쏟아내었다.

"이놈들! 매화토염(梅花吐艶)!"

진운의 검극이 파르르 떨리며 하체를 노리던 복면인을 향해 내리 꽂혔다. 그러나 그의 검은 복면인의 세 치 앞에서 갑자기 날아든 쌍수검에 의해 진로가 막히고 말았다.

카강!

일진(一進)과 일퇴(一退)가 자유로웠고, 공격과 수비가 조화로운 것이 오랜 시간 서로 맞추어온 검이라는 것을 깨달을 수 있었다. 아직까지는 위험하다 느낄 정도는 아니었지만, 조금만 시간이 흐른다면 자신에게 불리한 상황으로 변할 것이 자명했다.

'경종을 울려야 하는데……'

거검과 협봉검을 막아내고 있는 정운도 정신이 없기는 마찬가지였다. 거검의 위력도 무시할 수 없었지만, 날카롭게 파고드는 협봉검의 예리함은 결코 쉽게 막을 수 있는 상대가 아니었다. 두 번의 격돌로 이가 나간 검을 보니 이대로 나간다면 몇 수 못 가 부러져도 이상할 것이 없다 싶을 정도로 거검의 기세는 위력적이었다.

"흐흐, 화산파 아이들도 제법 하는데……."

"예전보다 많이 나약해졌어. 십여 년 전만 하더라도 매화검수의 검이 이 정도는 아니었는데……. 재미없군."

진운이 들었다면 입에 거품을 물고 달려들 만한 대화였지만, 장검과 쌍수검을 휘두르던 두 복면인은 이미 싸움에 흥미를 잃고 있었다.

"이제 끝내도록 하자."

네 사람이 전음을 주고받은 그 순간, 거검이 빠르게 정운을 향해 날아들고 있었다.

'빠르다! 실력을 숨기고 있었나?'

정운은 감히 맞받지 못하며 가슴 어림으로 날아드는 거검을 피해 허리를 뒤로 꺾었다. 그런 정운을 노리며 내리 꽂히는 협봉검은 날카롭기 그지없었으나, 매화검수라는 이름 값을 하려는 듯 정운은 이를 악물고 검에 내공을 실으며 허리를 곧게 펴 협봉검과 마주쳐 갔다.

타다다당!

내려치는 협봉검과 올려치는 정운의 검이 허공에서 마주치며 수십 번의 격타음을 울렸다. 정운의 검과 마주친 협봉검의 복면인이 물러서자 다시 거검의 복면인이 자리를 메우며 정운의 정수리를 쪼갤 듯 달려들었다.

부우웅!

마치 철부를 휘두를 때나 날 법한 파공성에 놀란 정운이 황급히 보법을 밟으며 내려치는 거검을 피했다. 하지만 땅으로 내려 꽂히던 거검이 바닥을 차듯이 급히 꺾이며 정운의 허리를 노리며 날아들었다.

‘이… 이런?!’

정운은 다급히 검을 세워 거검을 막았지만, 정운의 검이 거검의 위력을 견디지 못하고 부러져 버렸다.

쨍~!

하나 정운은 검이 부딪치는 그 순간 이미 몸을 누이고 있었다. 강호에서는 검을 피하는 모습이 게으른 나귀가 구르는 것과 같다 하여 펼치길 꺼려하는 나려타곤(懶驢陀滾)의 초식이었지만, 품위있게 죽는 것보다는 추태를 보이며 살아남길 선택한 정운이었다.

“이놈들!!”

다급히 몸을 일으킨 정운의 눈에서 불꽃이 튀었다. 반 토막난 자신의 검은 바라보지도 않은 채 땅을 박차며 거검의 사내를 향해 몸을 날렸다.

“낙매성우(落梅成雨)!”

거검의 사내는 날아드는 정운의 검을 막기 위해 검을 들어 올렸다.

카강!

“으윽!”

거검의 사내는 자신의 검으로 전해지는 위력에 흠칫 놀라며 두 걸음을 물러섰다. 분명 매화이십사수검법(梅花二十四手劍法)의 열네 번째 초식인 낙매성우(落梅成雨)이건만, 자신의 팔뚝을 타고 전해져 오는 충격은 이것이 그가 알고 있던 매화이십사수가 아님을 말해 주고 있었다.

‘매화검결 후반부다!’

정운의 검은 거검의 사내를 향해 폭사되고 있었다. 정운의 손에서 뿌려지는 매화검결의 기세가 이전과는 사뭇 달랐다.

"매화구변(梅花九變)! 매화만개(梅花滿開)!"

매화이십사수의 초식이 연이어 펼쳐지고 있었지만, 매화이십사수를 눈여겨본 자라면 정운의 손에서 펼쳐지는 초식이 어딘지 모르게 다르다는 것을 알 수 있었다. 협봉검의 사내처럼.

'놈 다급했구나. 매화검결의 후반부를 펼치다니……'

협봉검의 사내는 도와줄 생각도 하지 않고 두 사람의 대결을 지켜보고 있었다. 아니, 그는 정운의 검세를 바라보고 있었다. 매화이십사수의 후반부를 볼 수 있는 기회는 그리 흔한 것이 아니었다.

'검의 진로는 같지만 검이 파고드는 각도가 다르다! 내력의 운용 역시 그 흐름의 시작과 끝이 다르다! 화려한 기운은 사라지고 살기만이 가득한……'

매화이십사수검법의 후반부. 외인에게의 노출을 극도로 꺼리는 매화이십사수의 후반부는 구대문파의 무공이라 보기 힘들 정도로 지극히 실전적이고 패도적인 모습이었다, 철저히 상대의 목숨을 취하기 위해 만들어진 듯한. 협봉검의 복면인은 두 눈으로 정운을 다급하게 따라다니고 있었다. 그가 펼치는 한 초식도 놓칠 수 없다는 듯. 하지만 거검의 사내는 그런 그와 생각이 다른 모양이었다.

'이놈!'

거검 사내의 분위기도 일변했다. 은은히 어리던 검기가 조금씩 짙어지더니 한순간 수세를 버리고 공격 일변도의 기세를 취하기 시작했다.

챙! 챙!

서너 합이 더 지나자 정운의 세가 확연히 불리해짐을 느낄 수 있었다. 반 토막난 정운의 검. 삼 척 오 촌의 거검을 상대로 이만큼이나 선

전한 것이 놀라울 따름이었지만, 병기의 우세가 아니더라도 거검 복면
인의 무공이 한 수 위였다.

"하아압~!"

어깨를 노리는 거검을 피해 반 보가량 물러났다가 다시금 쇄도하려
던 정운이었다. 하지만 내려쳐지던 거검은 땅에 닿기도 전 수직으로
방향을 틀며 쇄도하기 위해 숙여져 있던 정운의 가슴을 그대로 갈라
버렸다.

푸화아악!

"으아악!"

가슴뼈가 보일 정도로 심하게 베인 정운의 몸이 거검의 여력에 튕겨
져 피분수를 뿌리며 날아갔다.

털푸덕.

동굴 안으로 나가떨어진 정운에게선 작은 꿈틀거림도 느낄 수가 없
었다. 화산이 자랑하던 매화검수였건만, 그 역시도 죽음을 피하지는
못했다. 옆에서 어렵게 공방을 벌이던 진운 역시 그 모습을 보았으나
그의 처지 역시 정운을 뒤따를 수밖에 없어 보였다. 그에게 다가서려
던 협봉검 사내의 이목에 작은 움직임이 잡힌 것은 바로 그 순간이었
다.

'음?'

다급히 고개를 돌렸을 때, 그의 이목에 잡혔던 그것은 빠르게 산을
내달리고 있었다.

'젠장, 쥐새끼가 있었다!'

협봉검의 사내는 다시금 동료들을 보았다. 진운과 공방을 나누던 장

검의 사내가 눈짓을 보냈다.

'죽여라.'

협봉검의 사내는 다급히 신형을 날려 산 아래로 도망친 쥐새끼를 쫓았다. 산으로 내려가는 갈림길에서 달려 내려가던 그 쥐새끼와 눈이 마주쳤다.

"사… 사… 사람 살려!!"

협봉검 사내의 눈에 살기가 어리며 그 꼬마를 향해 신형을 폭사했다. 거리는 불과 이십여 장. 숨 두어 번 내쉬면 닿을 거리였다.

산 아래로 소리치며 달려가던 꼬마. 소아는 죽을힘을 다해 달리고 또 달렸다.

＊　　　＊　　　＊

"크헉!"

풀썩.

진운의 몸이 짚단처럼 넘어지며 그의 가슴에 박혔던 복면인의 장검이 뼈를 가는 듣기 거북한 소리를 내며 빠져나왔다. 팔을 휘둘러 검에 묻었던 피를 떨어낸 장검의 흑의인이 말했다.

"들어가자."

"귀연(鬼煙)은?"

자신에게 반문한 거검의 사내를 뒤돌아본 장검 사내가 복면 속에서 피식 웃었다.

“우리 넷이 전부 들어가야 할 이유라도 있나?”

“그런 건 아니지만…….”

“노닥거릴 시간 없다. 잊지 마라. 여긴 화산이야.”

장검 사내는 더 이상 들을 필요도 없다는 듯 몸을 돌려 동굴 안으로 들어갔고, 뒤에 서 있던 쌍검의 사내와 거검의 사내도 주저없이 그 뒤를 따랐다.

“사람 살려~! 사람… 이크…….”

잔뿌리에 걸려 하마터면 넘어질 뻔한 소아는 바람처럼 달리지 못하는 자신의 두 다리를 원망하였고, 자신과는 너무나 멀리 떨어져 있는 상청궁을 원망하였다. 물론 주변의 경관 좋은 곳을 묻기 위해 산 위로 돌린 자신의 발걸음을 탓할 수도 있었지만, 눈앞을 가로막고 있는 빽빽한 잡목들을 헤치고 달리는 것만으로도 어린 소아에겐 너무나 버거운 일이었다. 소아는 석로를 따라 내려가지 않았다. 너무나 당황한 나머지 길을 잘못 든 것이었지만, 덕분에 소아는 몇 호흡 안에 잡혀 죽었을 목숨을 부지할 수 있었다.

‘장 대인… 아저씨…….’

등 뒤로 바람 몰아치는 소리가 들릴 때마다 소아의 심장은 두 근 반 세 근 반 펄떡이고 있었지만, 그가 마음속으로 아무리 애타게 부르짖는다 하여도 없는 철웅이 바닥에서 솟을 수는 없는 일이었다.

소아를 쫓는 협봉검의 복면인 역시 그런 소아를 바라보며 인상을 구기고 있었다.

‘염병할 화산…….’

저런 꼬마의 모가지를 비트는 것은 손바닥 뒤집는 것보다도 쉬운 일이었지만, 그것은 어디까지나 꼬마의 목줄을 잡고 나서의 일. 우거져 있다는 표현이 무색할 만큼 빽빽하게 들어찬 나뭇가지들 사이로 꼬마의 모습이 들락날락할 때마다 복면인의 눈에는 짜증이 더해가고 있었다.

복면인이 쥐고 있던 것이 그냥 날 무딘 박도만 되었어도 이런 잡목쯤은 거리낄 게 없겠지만, 뾰족하게 마무리된 둥글고 긴 협봉검으로는 수십 겹의 나뭇가지들을 헤치고 나가는 일조차 만만치가 않았다. 헤치고 나가는 것도 만만치 않은 숲이었고, 신법을 펼치는 것은 엄두도 낼 수 없었으니 꼬마 하나를 쉽게 붙잡지 못한 복면인의 눈에 일었던 짜증이 살심으로 바뀌는 것도 그리 무리는 아니었다. 다만, 잡목 숲에서 달려봐야 평지를 뛰는 것의 반의 반도 달리지 못할 만한 움직임이었기에 어느새 거리를 좁힌 복면인의 눈에 득의의 미소가 어렸고, 살심이 살기로 변해 협봉검을 따라 서서히 증폭되고 있었다.

"흐악?! 사, 사람 살려~! 사람~?!"

무의식 중에 돌아간 소아의 두 눈은 지척까지 쫓아온 복면인의 살기 가득한 두 눈과 정면으로 마주쳤고, 머리털이 곤두설 만큼 살기등등한 복면인의 시선에 다시금 목청이 터져라 고함을 지르고 있었다.

"으아악?!"

빽빽한 잡목 숲에서 고개를 돌린 것이 화근이었다. 미처 발 앞에 솟아 있던 나무뿌리를 발견하지 못했고, 발이 걸려 넘어지고도 달리던 여력 때문인지 일 장 가까이를 구르고 나서야 겨우 움직임을 멈춘 소아였다.

"흐흐. 이 쥐새끼 같은 놈."

이미 지척까지 다다른 복면인이었다. 바닥을 그리 세차게 굴렀으니 여기저기 아프지 않은 곳이 없겠건만, 아프다는 엄살을 부릴 때가 아니란 것쯤은 어린 소아도 알 수 있었다.

"잘도 도망쳤다만은 여기까지다. 칼에 어린 놈 피를 묻히면 재수가 없다지만, 죽을 놈은 죽어야지."

"……."

소아는 고개를 숙이고 있었다. 복면인의 손에 들린 협봉검이 자신의 가슴을 꿰뚫을 것을 의심하는 것은 아니었지만, 한편으론 억울한 마음도 들었다.

'죽… 는구나…….'

이제 겨우 열 몇 해를 살았을 뿐인데. 천애 고아로 태어났기에 자신이 열네 해를 살았는지 열다섯 해를 살았는지도 모르는 소아였지만, 그래도 이건 아닌 것 같았다. 억울하고… 억울했다. 이제 겨우, 이제 겨우 다른 사람들처럼 의지할 누군가를 만났다 생각했는데. 어리다 하여도 죽음을 목전에 둔 까닭인지 소아의 머리 속에도 붉은 주마등이 내달리고 있었다. 그리고 며칠 전 자신에게 손을 내밀었던 한 사람의 목소리가 기억을 비집고 나왔다.

"무공을 배우고 싶다고?"

"네. 히히."

"무공은 배워 무엇 하려고?"

"음… 무공을 배워 표사(鏢師)가 되고 싶어요."

"표사?"

"네. 표사가 되면 돈도 많이 벌고, 이곳저곳 돌아다닐 기회도 많고……."

"흠, 표사라. 그것도 좋겠구나. 하나 표사란 것은 귀한 것을 지키는 사람이다. 위험을 생각하지 않을 수 없는데 그래도 좋으냐?"

"그래서 무공을 배우려고요. 장 대인처럼 강해진다면, 누가 와도 다 막아 낼 수 있을 거 아니에요? 그리고 저는 천하를 두루 다녀보고 싶어요. 얼마나 넓은지, 내가 가보지 못한 곳엔 무엇이 있는지……. 정말 멋질 것 같죠?"

'헤, 난 표사가 되고 싶었는데…….'

고개를 숙인 채 미동도 않는 꼬마가 무엇을 생각하는지 복면인에게 중요하지 않은 것처럼, 지금 이 순간만큼은 세상의 무엇도 소아에게 중요하지 않았다. 복면인이 협봉검을 들어 올리는 것도. 자신을 바라보는 살기 가득한 복면인의 눈빛도.

"네? 뭐라고요?"

"허허, 녀석. 마음이라고 했다."

"에… 칼을 어떻게 쥐고 어떻게 휘두르는지가 아니고요?"

"흠, 아직은 너에게 무공을 가르쳐 주어도 될지 판단이 서지 않는구나. 하나 마음을 굳건히 하는 것은 굳이 무공뿐만이 아니더라도 남아(男兒)라면 항시 건사해야 할 것이기에 가르쳐 주려는 것이다."

"에… 그것보다는 칼 쓰는 방법이 더……."

"녀석. 마음이 올바르지 못하면 마음이 쥔 칼도 올바르지 못하게 된다. 또한 마음이 굳건하다면 능히 자신보다 강한 상대도 물리칠 수 있다."

“정말요?”

“허허, 잘 들거라. 어차피 무공이라는 것도 이기고 지는 가름을 하고자 배우는 것이다. 적어도 내가 배운 무공은 그렇다. 그런 내가 너에게 가르쳐 줄 만한 것은 적을 두려워하지 않는 마음 자세뿐이다. 적을 두려워하는 마음이 생긴다면, 몸 역시 마음을 따라 상대를 두려워하게 된다. 몸이 두려워하고 있다면 어찌 마음먹은 대로 몸을 움직일 수 있겠느냐. 또한 그렇게 된다면 찔러야 할 곳을 찌르지 못하고, 베어야 할 때 베지 못할 것이 자명한데 그런 몸으로 어찌 상대를 이길 수 있겠느냐. 실제 부딪쳐 보기 전엔 상대가 강한지 약한지도 알 수 없을뿐더러, 행여 알 수 있다 하더라도 상대에 따라 마음을 달리 먹는다면 필시 낭패를 보게 된다. 약한 자를 상대할 때 자만하는 것도 경계해야 하지만 강한 자를 상대할 때 역시 이길 수 있다는 자신감을 가지는 것도 무엇보다 중요한 이유지.”

꼬마의 심장을 향해 검을 찔러 넣으려던 복면인의 몸이 움찔했다.
‘음? 뭐… 뭐야?!’
미동도 않던 꼬마가 불쑥 고개를 치켜든 것에 놀란 것은 아니었다. 꼬마의 눈, 죽음을 준비하는 눈이 아니었다.
‘이놈 봐라?’
복면인은 꼬마를 바라보며 의아해했다. 사람들은 대부분 자신이 죽는 순간을 안다. 특히나 명부의 사자가 기다리고 있다는 것을 느낄 수 있는 지금과 같은 순간에는 더욱더. 그리고 이런 상황에서 사람들이 보여주는 반응은 두 가지뿐이다. 두려움 혹은 절망. 하지만 꼬마의 눈에서는 그 두 가지를 찾을 수가 없었다. 아니, 두 가지 모두 있었다. 하지만 그것들이 보이지 않는다 느껴질 정도의 다른 무언가가 꿈틀거리고 있었다.

'눈이… 살아 있다?!'

복면인도 무인이었다. 그냥 무인이 아니라 그의 외호를 들으면 열의 아홉은 고개를 끄덕이거나 화들짝 놀랄 정도의 이름난 고수였다. 그런 그가 놀라고 있었다. 꼬마의 반응. 안간힘을 쓰는 것이 보기 안쓰러울 정도였지만, 눈앞의 꼬마는 분명 두려움을 이겨내고 있었다.

"눈을 보라구요?"

"그래, 눈. 상대를 대할 때 내가 두려워하고 있지 않다는 것을 보여주는 가장 좋은 방법은 상대의 눈을 보는 것이다. 사람은 두 가지로 의사소통을 할 수 있다. 말을 하거나 눈을 보거나. 나는 말보다는 눈을 신뢰한다. 입은 거짓을 말해도 눈은 거짓을 말하지 않으니까……."

"……."

소아는 뚫어져라 복면인을 바라보고 있었다. 오금이 저려 금세라도 바지에 오줌을 지릴 것 같았지만, 복면인의 시선을 피하진 않았다. 그런 어줍지 않은 소아의 당돌한 행동에 복면인은 헛웃음이 나오는 것을 억지로 참았다.

'싹수가 보이는구나. 하지만… 아까워도 할 수 없다. 너는 죽을 운명이고, 나는 죽일 운명이고…….'

복면인은 서서히 내렸던 협봉검을 다시금 들어 올렸다. 아쉬움이 조금 묻어나는 움직임이었지만, 망설임은 없었다. 협봉검이 움직이는 모습에도 소아의 눈은 복면인의 눈을 피하지 않았다. 두 줄기 눈물이 소아의 뺨을 타고 하염없이 흐르고 있었지만, 그래도 복면인의 눈을 피하진 않았다.

'히… 히히… 별것… 아니잖아……. 그냥 보는 것뿐이잖아……. 죽는 것… 뿐이잖아…….'

소아의 입에 걸린 미소는 미소라기보다는 실성한 사람의 그것처럼 보였지만, 그래도 복면인을 바라보는 눈은 떨어질 줄 몰랐다. 협봉검이 내려 꽂히는 그 순간에도.

＊　　　＊　　　＊

암동으로 들어선 세 복면인은 민첩하게 몸을 놀려 암동 안의 위험 요소를 찾아가고 있었다. 다행히 특별한 기관 장치 같은 것은 없어 보였다.

"별다른 것은 없나 보군."

"흐흐. 생각보다 깊다는 것 말고는 이상한 점은 없다."

"서두르자. 암동이 생각보다 깊다는 건 그만큼 시간이 줄어든다는 뜻이다."

무리의 우두머리는 아니었지만, 장검의 사내를 뒤따르던 거검의 사내와 쌍수검의 사내는 말없이 사내의 말을 따랐다. 이미 십수 년 전부터 함께 행동해 온 네 사람이었고, 어느 순간 사내들은 장검의 사내를 암묵적인 우두머리로 인정하고 있었기에 사내의 지시에도 별다른 이견을 달지 않았다. 십여 장을 들어갔음에도 암동의 끝은 보이질 않았다.

일 장 간격으로 걸려 있는 횃불을 따라 발걸음을 옮기던 일행의 움직임이 불현듯 멈췄다.

"저긴가 보군."

장검 사내의 시선이 닿아 있는 곳. 꽤나 두꺼워 보이는 철창이 가로막고 있는 그곳에선 들릴 듯 말 듯한 사내의 목소리가 흘러나오고 있었다.

"씨발, 이 양반은 도대체 왜 안 와? 천하제일장이란 사람이 약조에 대한 개념이 없어요, 개념이……."

*   *   *

소아는 죽은 듯이 쓰러져 있었다. 입에는 실성한 듯 보였던 미소가 그대로 걸려 있었고, 뺨에는 아직 채 마르지 않은 눈물이 옆으로 흘러내리고 있었다. 하지만 소아의 몸 어디에서도 피가 흐른 흔적은 찾을 수가 없었고, 소아를 굽어보던 복면인도 대여섯 발자국이나 떨어진 곳에 서서 눈빛을 굳히고 있었다. 그리고 굳은 표정의 복면인이 고개를 돌려 바라본 곳, 그곳에는 빠르게 다가오는 일단의 사람들이 있었다.

'젠장, 틀어졌다.'

협봉검의 복면인은 이미 소아에게서 신경을 거두었다. 방금 전 가공할 만한 속도로 날아와 꼬마에게 내리 꽂히던 협봉검을 튕겨내며 자신을 스쳐 지나간 한 자루 검은 일 장 정도 떨어져 있는 나무에 절반이나 박혀 있었다.

‘그냥 던진 게 아니다. 가공할 만한 내공이 실린 탄검(彈劍)이다.’

달려오는 자들과의 거리는 이십여 장. 이십여 장이나 떨어진 곳에서 던진 검이 나무를 뚫고 절반 가까이나 박혀 들어갔다. 분명한 변수. 하지만 자리를 벗어나려던 복면인은 움찔하며 신형을 멈추었다.

‘아직, 명(命)은 수행되지 않았다.’

꼬마와 실랑이를 벌인 시간은 반 각도 되지 않았다. 자신이 몸을 날린다면 목숨이야 부지할 수 있겠지만, 다른 세 명의 동료가 소주의 명을 완수할 수 있을지는 장담할 수 없는 일이었다. 그리고 이내 시선을 돌려 혼절해 버린 꼬마를 바라보았다. 협봉검을 들어 올리던 복면인의 손이 반도 올라가지 않아 다시금 내려왔다. 그리고 소아에게 향하던 고개를 들어 오 장 앞에서 멈추어 선 일행에게 시선을 돌렸다.

“웬 놈이냐?”

“소… 소아야?”

헐떡이며 뒤늦게 당도한 장 의원이 놀라 소리쳤고, 일행은 그제야 바닥에 뒹굴고 있는 사람이 아직 어린 꼬마라는 것을 알게 되었다. 다급하게 발걸음을 옮기려는 장 의원을 향해 이철성이 급히 손을 뻗어 제지했다. 장 의원은 소아를 보고 있었지만, 이철성은 복면인의 손에 들려진 협봉검이 소아에게 향하는 것을 보았기 때문이다.

“놈, 감히 대화산파에서 이런 짓을 하고도 무사할 것 같으냐?”

일행 중 화산의 속가제자였던 금평이 분기를 이기지 못하고 외마디 소리를 내질렀지만, 복면인은 눈썹 하나 까딱하지 않고 검절에게 시선을 고정시켰다.

‘젠장. 하필 검절이라니……..’

복면인도 팔 척 장신의 백염 노인을 알고 있었다. 무림에 검을 든 자 치고 검절을 몰라볼 자는 흔치 않았다. 직접 만나지 못했다 하더라도 방금 전 보여준 탄검의 일수와 귀동냥으로 주워들은 풍채와 용모파기 만으로도 노인의 신분을 짐작할 수 있었겠지만, 복면인의 두 눈에 어린 당혹감은 그가 귀동냥만으로 그의 신분을 짐작한 것이 아님을 말해 주 고 있었다.

'후후……. 사귀(四鬼)가 모두 모였다 해도 어려운데… 정말 당신과 는 악연이구려.'

복면인의 눈빛에서 무언가를 느낀 것인지 검절의 눈빛도 의아함을 보이고 있었지만, 그로서도 협봉검 하나만으로 복면인의 신분을 짐작 하기는 어려운 일이었다.

"화산파의 경내에서 복면까지 뒤집어쓴 것을 보아 필시 좋은 뜻을 지니고 온 자는 아니구나. 더군다나 아직 어린 아이까지 핍박하다니, 용서를 바라진 않겠지?"

검절의 목소리에는 냉기가 묻어 나오고 있었다. 기묘한 느낌이었지 만, 눈앞의 복면인이 자신을 알고 있다는 듯한 눈빛을 짓고 있었다. 그 느낌이 주는 이유 모를 불쾌감에 자신도 모르게 그리 말한 것이었다. 하나 검절의 말에도 복면인은 묵묵부답이었다. 아니, 검절의 말에 한 발 더 나서며 협봉검으로 소아의 목 줄기를 겨냥한 것이 그의 대답이 었다.

"무… 무슨 짓이오? 아직 어린 아이를……."

장 의원의 말에도 복면인은 검절을 향한 시선을 떼지 않고 있었다. 하지만 그의 의사는 분명했다. 다가오면… 아이는 죽는다. 모르는 사이였다면 모험이라도 해보련만, 바닥에 누워 있는 아이는 장 의원의 일행인 듯싶었다. 일행보다 조금 늦게 당도한 철웅의 눈빛이 굳어지는 것을 보니 더욱 함부로 나서기가 어려웠다.

"…무슨 짓인가?"

철웅의 나직한 목소리가 복면인의 귓가를 파고들었다. 복면인의 눈길이 처음으로 검절을 떠나 다른 사람에게 향했다. 하지만 복면인은 이내 실소하고 말았다. 자신을 향해 죽일 것처럼 으르렁거린 자의 모습은 참으로 우습기 짝이 없었다.

왼팔은 어깨에 피칠을 한 채 목에 둘린 건(巾)과 함께 고정되어 있고, 오른손은 난잡해 보이는 부목으로 고정된 꼴을 보니 서너 군데는 족히 부러진 것 같았다. 그런 자가 자신을 향해 으르렁대는 가소로운 꼴을 보니 절로 웃음이 나올 것만 같았다. 시선은 이내 거두어졌다. 하지만 그럼에도 복면인은 입을 열지 않았다.

'조금만… 조금만 더 시간을 끌자.'

복면인은 등 뒤로 식은땀이 흐르는 것을 느꼈다. 동료들이 명을 완수하기 전까지는 이들을 붙잡고 있어야 했다. 꼬마를 죽이고 달아난다면 열 발자국도 가기 전에 검절의 검 앞에 목을 내놓아야 할 것이다. 이대로 그냥 달아난다 하더라도 혹시나 꼬마가 깨어나면 암동에 있는 동료들이 위험하게 된다. 외통수. 선택의 여지가 없었다. 일단은 이들을 붙잡고 있어야 했다.

"아이를 보내라. 아이를 노리고 온 자는 아닐 터. 아이를 보낸다면… 쫓지 않겠다."

검절의 한마디에 놀란 것은 복면인이 아니라 좌중이었다. 아무리 검절이라 하더라도 화산에 침입한 자를 그냥 보내준다면 필시 화산파 사람들에게 좋은 소리를 듣게 될 리 없었다. 고작 꼬마 하나 때문에. 하지만 그 꼬마가 철웅의 일행이라는 것만으로 검절은 우선 순위를 뒤바꿔 버렸다. 하지만 복면인의 검은 요지부동이었다.

'이자. 목적이 있다.'

철웅은 상황을 읽어내고 있었다. 인질을 잡고 자신들을 움직이지 못하게 하고 있었다. 인질만 놓아준다면 쫓지 않겠다는 말에도 변화가 없었다. 이자의 목적은 소아도 아니고, 도주도 아닌 것 같았다.

"어서 그 아이를 풀어주지 못할까?"

검절의 호통에도, 복면인의 무관심에도 아랑곳하지 않고 그는 생각하고 있었다.

'인질과 도주가 목적이 아니라면…… 놈, 우리의 발목을 잡고 있구나.'

너무나 간단한 결론이었으나 사람들은 눈치 채지 못하고 있었다. 하나 이것을 발설하게 된다면 소아의 목숨은 장담할 수 없게 된다. 놈이 노리는 것이 무엇인지는 알 수 없었으나 복면인이 원하는 것은 자신들을 이곳에서 벗어나지 못하게 하는 것이었다.

'소아가 그 이유를 알고 있을 가능성이 크다. 그렇지 않다면 아무 이유 없이 소아를 죽이려들 이유가 없을 테니…….'

복면인은 분명 소아를 죽이려고 하였고, 검절이 아니었다면 이미 죽었을 목숨이었다. 쉽지 않은 일이다. 함부로 대처했다가는 정말 소아의 목숨은 장담할 수 없게 된다.

'내가 보살피리라 약속하였던 아이였거늘… 무심하였다.'

자신을 믿고 고향을 등진 아이였다. 한데 이런 위험에 처하게 되었으니 철웅의 마음은 더욱 조급해지고 있었다.

'조급해하지 말자. 방법을 찾아야 한다…….'

복면인을 향해 일행이 고함을 치기도 하고, 어르기도 하였지만 복면인은 요지부동이었다. 철웅은 사람들의 목소리에 귀 기울이지 않은 채 복면인을 바라보며 방법을 찾고 있었다. 소아를 구할 방법을.

"찔러라."

철웅이 한발 나서며 말했다. 일행의 눈이 한순간 철웅에게 쏠렸다. 찌르라니? 어찌 일행을 찌르라 말할 수 있단 말인가?

"어서 찔러보아라."

말을 하면서도 철웅은 걸음을 옮기며 복면인에게 다가서고 있었다. 일행은 어리둥절해하면서도 그 모습을 지켜볼 수밖에 없었다. 하지만 정작 철웅의 모습에 당황한 것은 소아를 겨누고 있는 복면인이었다.

'이자가?'

"어서 찔러라. 찌르고 달아나 보아라."

어느새 일행과 복면인이 대치하고 있던 중간까지 걸음을 옮긴 철웅이었다. 복면인은 협봉검의 끝을 조금 더 가까이 소아를 향해 내밀었다. 하지만 철웅의 걸음은 멈출 생각을 하지 않았다.

"어차피 그렇게밖에 할 수 없지 않은가?"

복면인의 등 뒤로 흐르는 식은땀이 두 줄기가 되었다. 그의 눈은 철웅과 검절을 빠르게 번갈아 보고 있었다.

"이대로 죽을 생각이냐?!"

덤덤히 말하며 다가서던 철웅이 외마디 고함을 질렀다. 복면인이 그 목소리에 놀라 움찔하여 소아의 목에 작은 상처를 냈을 정도로. 이미 복면인과 철웅과의 거리는 일 장 정도가 남았을 뿐이다.

'이, 이자… 정말 죽여도 좋다는 생각이다.'

복면인의 인상이 조금 구겨졌지만 섣불리 검을 휘두를 수도 없었다.

"다가오지 마라!"

철웅과의 거리가 겨우 서너 걸음 남짓 남았을 때, 기어이 복면인의 입에서 외마디 외침이 터져 나왔고, 사내의 외침과 함께 겨누고 있던 협봉검이 소아의 목에서 조금 떨어져 나왔다. 그리고 그 순간, 죽은 듯이 누워 있던 소아의 몸이 움찔하더니 다급하게 철웅이 있는 쪽으로 구르기 시작했다. 복면인의 눈에 놀람이 이는 것도 잠시, 다급한 일갈과 함께 협봉검을 급히 찔러갔다.

데구르르~

"이놈!!"

빠르게 내지르는 복면인의 협봉검. 하지만 소아를 노리는 복면인의 시야에 잡힌 것은 구르고 있던 꼬마가 아니라, 꼬마를 몸으로 덮친 팔병신의 사내였다. 협봉검은 두 사람을 함께 꿰어버릴 듯한 기세로 두 사람을 덮쳐 갔다. 하지만 포개어진 두 사람과 복면인의 협봉검을 가르고 지나가는 한줄기 은빛 섬광이 있었다.

퍼억~!

"크윽!"

복면인의 가슴에 꿰뚫은 검절의 검이 복면인의 등 뒤로 삐죽이 나와 있었다. 복면인의 두 눈에 어린 불신과 경악. 그것은 자신의 죽음에 대한 미련이 아니라 철웅의 어깨에 작은 생채기만을 남기고 떨어진 자신의 협봉검에 대한 미련이었다.

'이 정도였나…… 검절…….'

복면인은 자조 섞인 미소를 지으며 무릎을 꿇었다. 물론 복면 속의 그 미소를 알아볼 자는 아무도 없었지만.

"…괜찮으냐?"

"…장 대인 ……흑."

품속에, 철웅의 품속에 웅크리고 있던 소아가 고개를 들었다. 눈물과 콧물이 범벅이 된 그 얼굴에는 살았다는 안도와 일말의 두려움이 남아 있었다. 하지만 이어진 소아의 질문에, 남아 있던 두려움이 죽음에 대한 공포가 아니었음을 알 수 있었다.

"저… 다 들었어요……. 정말… 정말… 저 사람이 절 찌르길 바라신 건가요?"

소아를 바라보는 철웅의 입가에 작은 미소가 걸렸다. 그리고 잠시의 시간이 지나고 철웅이 말했다.

"이젠… 더 이상 아무도 잃고 싶지 않단다……."

소아는 일어날 생각도 하지 않고 철웅의 품에 머리를 가져갔다. 그리고 열네 해를 살았는지, 열다섯 해를 살았는지 모를 천애 고아의 울음이 죽음 뒤의 정적이 감도는 사위에 조용히 울리고 있었다.

*　　　*　　　*

사방이 돌로 이루어진 암동(巖洞) 안에서 기척을 죽인다는 것은 거의 불가능하다. 한 번 울리기 시작한 소리가 어디까지 울려 나갈지 추측하기도 어렵고, 움직임에 따른 대기의 요동 역시 신경이 예민한 사람이라면 어렵지 않게 느낄 수 있기 때문이다. 하지만 암동으로 진입하던 세 사람의 복면인은 암동 안의 인물들에게 자신의 존재를 숨길 필요성을 느끼지 못하고 있었다. 십중팔구 포박당하여 있을 자들에게 이목을 숨겨가며 접근해야 할 이유를 찾지 못하였을뿐더러, 두꺼운 철장 안에서 쉬지 않고 쏟아져 나오는 사내의 투덜거림이 그들의 기척을 자연스레 숨겨주고 있었기 때문이다.

"벌써 이곳에 끌려온 지 사흘이나 지났다구요."

"시끄러워……."

"화산파에 무슨 일이 생긴 걸까요?"

"시끄럽다고……."

"혹시 우리를 그냥 살려주자는……."

"시끄러워!!"

사내의 끊임없는 조잘거림에 잠자코 듣고 있던 사내가 기어이 버럭 소리를 지르고 말았다. 조심스레 접근하던 세 사람의 복면인이 움찔 놀라 걸음을 멈추었을 만큼.

"꽤 많이 살아남은 모양인데?"

"확실하진 않지만, 적어도 대여섯 명은……."

복면인들의 눈에 조금씩 살기가 어리기 시작했다. 그들과의 거리는 겨우 삼 장 남짓. 쌍수검의 복면인이 품에서 무언가를 꺼내 들었고, 일렁이는 횃불 아래 모습을 드러낸 것은 피를 머금은 철시(鐵匙)였다. 죽은 매화검수의 품에서 거둔 그 철시는 십중팔구 그들 앞에 놓인 철장의 자물통과 짝을 이루어줄 것이다. 그들의 발걸음에 주저함 따윈 없었다.

"쉿!"

외마디 호통에도 굴하지 않고 또다시 조잘거리려 하던 영우였지만, 눈빛을 굳힌 강추의 나지막한 제지에 급히 입을 다물고 말았다. 그리고 촐싹거리던 횃불의 요동에 실린 세 줄기 그림자를 보았을 때, 영우는 무릎으로 기어 일삼의 뒤로 몸을 숨기고 있었다.

"당신들은……?"

강추의 말속에 담긴 당혹감을 느꼈음인가. 고개를 처박고 있던 염승과 두 적의인의 고개가 들렸고, 철장 앞으로 모습을 드러낸 세 사람의 복면인을 보며 강추만큼이나 당황스런 눈빛을 하고 있었다.

"련에서 왔다……."

복면인의 목소리는 차고 냉정하였으나 그 목소리의 느낌까지 알아채기에는 그들이 말한 내용이 좌중의 이목을 흐리고 있었다.

'살았다!'

자신들을 구하기 위해 련에서 사람을 보내었다. 이젠 되었다. 이젠 저들을 따라 이 암동을 빠져나가면 된다. 죽음을 기다리던 형용할 수 없는 공포에서 이제는 해방이다. 사람들의 머리 속에 떠오른 공통된 생각이었다. 단 한 사람, 재화 염승을 빼면.

'젠장. 설마 화산파 안으로 사람을 보낼 줄이야. 이럴 줄 알았으면 아무런 이야기도 하지 말 것을…….'

염승은 소태 씹은 표정으로 좌중을 둘러보고 있었다. 그는 분명 살아남기 위해 련을 배반하겠다 공언하였다. 만에 하나 저들 중 누군가가 입만 벙긋한다면, 자신은 화산파의 인물들보다 눈앞의 복면인들 손에 목이 떨어질 판이었다. 그리고 저들 중 자신의 배반을 눈감아줄 자는 아무도 없을 것이 확실했다.

‘제길······.’

철커덕······.

철장이 열리는 소리를 들으며 염승이 속으로 욕지거리를 하며 고개를 다시 처박을 무렵, 두 사람의 적기당원이 복면인들을 향해 무릎으로 기어가고 있었다.

“적기당의 나대호입니다. 감사합니다.”

“적기당의 육천입니다······. 정말 감사······.”

살았다는 안도와 자신들을 구하러 온 자들이란 반가운 마음에 달려가던 두 사람의 눈에 의아함이 어렸다. 복면인들의 눈빛. 코앞까지 다가가고 나서야 그들은 복면인들의 눈에 어린 살기를 읽을 수 있었다.

‘왜······?’

복면인들 앞으로 기어나갔던 적기당원들은 물론 강추와 일삼, 영우마저도 그런 그들의 모습을 이해할 수 없었다. 그리고 뒤이어 들린 복면인의 차가운 목소리에 자신들을 찾아온 복면인들이 자신들을 구원해줄 구원병이 아닌, 명부의 사자라는 것을 깨달을 수 있었다.

“련의 명을 전하겠다. 마지막 율령을 집행한다.”

적의인들의 눈이 더 이상 커질 수 없을 만큼 커지며 주춤주춤 뒷걸음질을 치고 있었다. 또 다른 공포. 그들의 무릎에선 피가 배어 나오고 있었지만, 공포에 질린 눈빛은 고통조차 느끼지 못하게 하고 있었다. 마지막 율령, 련에 들고난 이후 귀에 못이 박히도록 듣고 또 들었던 마지막 명령. 그들은 구원자가 아닌 집행자들이었다.

휘익!

서걱…….

발검과 동시에 두 사람의 목이 허공으로 날아올랐다. 날아오른 머리들이 땅에 떨어지기도 전에 뽑혔던 장검은 검집 속으로 모습을 감추었고, 두 개의 머리가 땅에 떨어지고 나서야 머리를 잃어버린 목에서 굵은 피분수가 뿜어져 나오고 있었다.

"마지막 율령, 귀혼령(歸魂令)을 집행한다."

염승의 입술이 기이하게 비틀리며 복면인들을 노려보고 있었고, 강추와 일삼은 한 무릎 물러서며 그들을 경계하였다. 영우의 입에서 흘러나오고 있는 중얼거림이 그들의 마음을 말해 주고 있었다.

"귀혼령. 죽어 혼백이 되어 련으로 돌아간다……. 이젠… 진짜 죽었구나……."

영우의 질끈 감긴 눈은 모든 현실을 외면하려는 듯 보였지만, 그를 향해 다가오는 발걸음 소리는 너무나도 또렷이 영우의 귓가를 파고들고 있었다.

"…크크 …날 죽이러 온 것이겠지?"

염승의 입에서 조소가 흘러나오고 있었다. 그는 알 수 있었다. 복면인들의 시선은 철장 앞에 나설 때부터 두 사람의 목을 베어 넘길 때까지 자신에게 고정되어 있었다. 그들의 발걸음은 자신을 향하고 있었고, 그들이 다가서는 이유 역시 알 수 있을 것 같았다.

"이제는… 죽여도 되겠다 싶다던가? 내 재주를 모두 빼내어갔으니?"

복면인들의 눈빛이 조금 매서워졌다. 하지만 염승의 입은 멈추지 않았다.

"죽음 끝까지 내몰렸던 나에게 내밀었던 구원의 손길은 구원이 아니었어. 또 다른 벼랑으로 이끄는 잔인한 손이었지. 난 너희를 위해 수많은 화기를 만들었고, 수많은 기관을 생각해 내었다. 한데… 나의 효용이 다하니 나를 죽이려고 하는 것이냐? 천하에 쳐죽일……."

"입 다물어라, 염승. 그깟 화포 따위나 탐낼 련이 아니다. 본 련에 너 정도의 인물은 부지기수로 많다. 오히려 네놈이 네 분수에 걸맞지 않게 련에 대해 많은 것을 알고 있으니 번거로움을 피하자는 것뿐. 너는 너 자신의 그릇보다 너무 많은 것을 알고 있다. 그 그릇에 차고 넘칠 정도로……."

염승의 눈에 핏발이 섰다. 지독한 모욕이었다. 그래도 명색이 일개 당의 당주였던 자신이건만, 눈앞의 복면인들은 그런 자신에게 감히 하대하며 자신의 존재를 쓸모없었다 말하고 있었다.

"네놈… 감히 나에게……."

"후후, 더 놀아주고 싶지만 시간이 없구나. 다만 이것 하나만은 말해주마. 너는 네 효용을 다해 죽는 것이고, 강호에서 나와 만났다면 감히 그따위로 말을 내뱉진 못했을 것이라는 것."

장검 사내는 염승의 말을 들을 필요도 없다는 듯, 자신의 말을 마치는 순간 쥐고 있던 장검을 뽑아 들었다. 두 명의 적의인을 벨 때와는 다르게 천천히.

"…흐흐흐, 어차피 목숨을 구걸하여 들어간 곳. 이렇게 죽는 것도 예상치 못한 것은 아니다만……. 너희 운명 역시 보이는 듯하구나. 내가 효용을 다해 죽는 것이라면, 너희의 효용이 다하는 날도 반드시 올 것. 먼저 가서 기다리마. 크하하하!!"

염승의 광소가 암동 안에 휘몰아쳤다. 그 목소리가 어찌나 컸는지 강추와 일삼, 영우의 인상이 절로 찌푸려졌고, 세 복면인의 눈가에 좁은 주름이 잡히고 있었다.

휘이익!

푸학!

염승의 목이 날아가다 암동 벽에 부딪쳐 떨어졌다. 둔탁한 소리를 내며 떨어진 염승의 목이 대여섯 번이나 구르다 멈추어 섰고, 우연이었는지 멈추어 선 머리에 달려 있던 부릅뜬 두 눈은 자신의 목을 쳐낸 장검의 복면인을 바라보며 조소하는 듯하였다. 재화 염승. 천화통이란 무림 칠대금용병기와 함께 전 무림에 악명이 높았던 대마두의 최후는, 그가 떨친 악명에 비한다면 너무나도 초라한 모습으로 끝이 나고 말았다. 그리고……

"너희도… 염승의 뒤를 따라주어야겠다."

장검 사내의 시선이 강추와 일삼을 향했고, 그 시선을 받은 그들은 등줄기를 훑어 내리는 한줄기 한기에 몸서리를 쳐야만 했다. 영우의 귓가로 사내들의 발걸음 소리가 천둥처럼 울리고 있었지만, 그 발걸음의 의미를 알기에 감히 감았던 눈을 뜰 수가 없었다.

'제발… 제발…… 누가 좀 살려줘요…….'

부질없는 바람인 줄은 알지만, 영우는 빌고 또 빌었다.

"멈춰라!"

암동 전체가 웅혼한 내력이 실린 일갈을 견디지 못하고 부르르 떨었

다. 귓가를 울리던 사내들의 발자국 소리를 몰아내며 들린 일갈에 질
끈 감겼던 영우의 눈이 번쩍 떠졌고, 강추와 일삼은 물론 다가서던 복
면인들마저도 암동을 쩌렁쩌렁 울린 그 목소리의 주인을 찾아 시선을
돌렸다.

"감히 대화산파에 무단으로 침입하였고, 살생까지 하였으니…….
각오는 되어 있겠지?"

순식간에 들이닥친 두 사람. 새파란 청광을 번득이는 장검을 들고
선 백염의 노인과 구 척 장신의 털보 노도사. 그들은 검절 석위강과 천
하제일장 무현 진인이었다.

가슴을 진정시킨 소아의 이야기를 들은 검절이 서둘러 연화봉의 금
옥으로 신형을 움직였다. 신법을 전개하기 어려운 잡목 숲을 빠져나온
검절은 석로에 발을 내디디자마자 신법을 전개하여 신형을 날렸고, 암
동의 입구에 다다를 때쯤 제자들의 시신을 보며 분노하고 있던 무현
진인과 만날 수 있었다. 그들은 한순간 눈빛을 교환하는 것만으로도
모든 사태를 짐작할 수 있을 만큼 노련한 노강호들이었기에, 아무런 대
화도 나누지 않았음에도 함께 행동할 수 있었던 것이다. 세 사람의 복
면인이 일각이나 걸려 조심스레 잠입한 십여 장의 거리는 두 사람의
절대고수에겐 시간을 논하기 무색할 만큼 짧은 거리일 뿐이었기에, 일
갈을 듣기 전까지 암동 안의 인물들이 미처 그들이 다가옴을 느끼지
못한 것이었다.

"살고 싶다면 검을 버려라."

복면인들의 눈에 당혹감이 어리고 있었다. 아직 그들이 예상했던 일

다경에 한참 못 미치는 시간이 흘렀을 뿐이었다.

‘귀연이… 당했구나.’

어찌 된 일인지는 모르나 산 아래로 달아나던 자를 쫓던 귀연은 그 자를 놓쳤음이 분명했다. 그리고 눈앞에 나타난 두 사람을 보아하니 귀연이 살아 있을 가능성은 매우 희박해 보였다.

‘하필 검절이라니……’

세 복면인 모두 검절을 알고 있었다. 옆에 있는 거구의 도사가 천하제일장이라 불리는 무현 진인이라는 것은 미루어 짐작할 수 있었지만, 자신들을 노려보는 한 자루 검과 같은 노인은 그들의 기억 속에서 언제든지 끄집어 낼 수 있는 자였다.

“…검절이다.”

“…알아.”

“…젠장 …어째 너무 쉽다 했지.”

“이놈들은?”

“…검절을 앞에 두고 등을 보일 자신이 있나 보군. 어차피 돈에 고용된 자들. 염승이 죽었으니 명은 완수되었다.”

“…명을 완수했으니 …복귀하는 것만 남았군. 크크……. 검절을 피해서 말이지…….”

“…벤다.”

장검 복면인의 눈에서 살기가 폭사되는 순간, 세 사람의 신형이 검절과 무현 진인을 향해 날아들었다. 서 있을 때는 좁다 느끼지 못할 방원 삼 장 정도의 암동이었지만, 검을 휘두르기에는 한없이 좁은 암동이었다. 세 사람이 뿌려대는 검기는 그 암동의 입구를 가득 채우기에 충분했고, 두 사람이 막아내기엔 그 자리가 너무나 비좁았다. 하지만 세 줄기 검기를 막아선 것은 한 자루의 검이었다.

채채챙!!

검절은 무현 진인의 앞으로 나서며 검을 휘둘렀다. 무현 진인 역시 한발 물러서며 검절의 행동에 거리낌이 없도록 하였다. 매화검수 두 사람을 저승으로 보낸 날카로운 검세였지만, 검절이 만들어내는 검화는 그들의 검을 남김없이 막아내고 있었다.

"이야앗!"

거검의 사내가 높지 않은 암동의 천장을 피해 가까스로 검절의 머리 위로 거검을 뿌렸고, 한 자루 장검이 새파란 검기를 머금은 채 검절의 단전을 노리며 들어왔다. 바닥을 구르며 검절의 발목을 쓸어가던 쌍검까지 이어진 세 사람의 연수 합격은, 비좁은 암동이란 상황으로 볼 때 정녕 신기에 가까운 것이었다. 하지만 그들의 상대는 천하에 검으로 적수가 없다는 검절이었다.

"승룡파(乘龍波)!"

웅혼한 기운이 실린 검절의 검이 바닥의 쌍검과 중간의 장검, 상단의 거검을 차례로 막아내며 검기의 폭풍을 일으키고 있었다. 복면인들의 뒤에 있는 강추 일행이 두 눈을 똑바로 뜨지 못할 만큼 강렬한 폭풍이었으니, 그것을 전면에서 받게 된 복면인들의 당혹감은 이루 말할 수가 없을 지경이었다.

'으윽… 검절… 이 정도였던가?'

검에서 일어난 기세만으로 자신들의 공세를 모두 막아내는 모습에 한줄기 두려움마저 느끼고 있는 복면인들이었으나 그들이 물러설 곳

같은 것이 있을 리 없었으니, 이내 이를 악물고 다시금 검절을 향해 쇄
도할 수밖에 없었다.

"챠아앗!"

"하앗!"

잠시 뒤로 물러섰던 세 사람이 다시금 검을 고쳐 잡고 검절을 향해
날아들던 그 순간, 서둘러 승부를 보기 위해 전신의 공력을 끌어올리던
검절의 눈에 한줄기 한광이 폭사되었다.

"뇌룡격(雷龍擊)!"

검절의 검에 맺혀 있던 새파랗던 검기가 일순 새하얀 빛으로 폭사되
며 날아들던 세 사람을 향해 뿜어져 나갔다.

콰콰광!

"아아악!"

"크헉!"

"크아아!"

마치 뇌전을 쏘아내는 듯, 검절의 검에 일었던 새하얀 검기가 수십
가닥의 빛살처럼 변해 살기를 뿌리며 쇄도하던 복면인들을 향해 폭사
되었다. 검절의 검에서 폭사되는 광채가 너무나 밝아 뒤에 서 있던 무
현 진인조차 잠시 눈을 찡그릴 정도였고, 그 새하얀 빛 무리가 걷히고
장내의 상황이 사람들의 눈에 들어왔을 때, 무현 진인의 눈에는 감탄의
빛이 어렸다.

'일수(一手)로 만변(萬變)을 이루는 경지에 올랐구나. 과연 검절이란
명호는 명불허전이다. 저들이 약했던 것이 아니라, 그가 너무 강한 것
이다.'

검절의 무심한 눈길을 받고 있던 세 사람의 복면인. 그들의 복면은 입으로 터져 나오는 피가 배어 붉게 물들어가고 있었고, 그들의 단전 부근은 날카롭게 갈라져 피를 쏟아내고 있었다.

"크흐……. 왜 죽이지 않았소?"

그의 손에 있던 장검은 반으로 부러져 멀찌감치 떨어져 있었다. 복면 사내의 눈빛은 죽어가고 있었다.

"너희는 누구냐? 누구의 사주를 받고 감히 화산파에 침입한 것이냐?"

잠시 뒤로 물러서 있던 무현 진인이 한발 나서며 그들의 정체를 캐물었다. 이곳이 비좁은 암동이 아니었다면, 자신들은 검절의 검이 아니라 무현 진인의 일장에 내장이 박살나고 말았으리란 것을 모르지 않았기에, 뒤에 물러서 있던 무현 진인이 나서는 것을 비웃지 않았다.

"흐흐, 알려줄 거면… 이런 복면 따윈 하지 않았겠지……."

잠시 비아냥거린 복면인의 시선이 검절에게 향했다.

"과연… 당신의 검은 매섭구려……."

"나를… 아는가?"

검절의 눈에 의아함이 어렸다.

"후후… 아직 십 년도 지나지 않았는데……. 그래… 그냥 모르는 것으로 합시다. 아니, 우리는 모르는 사이여야 하겠구려. 후후후. 크흑."

힘없는 웃음을 짓던 사내가 쿨럭이며 피를 토했다.

"크크. 암, 우리는 모르는 사이지. 그리고… 앞으로도 우리가 누구였는지 몰라야 하고……."

옆에 누워 암동의 천장을 바라보던, 거검을 휘두르던 사내도 자조 섞인 웃음을 흘리고 있었다.

"너희는 누구냐?"

검절이 나직하나 항거할 수 없는 위엄을 담아 물었다. 비웃음을 흘리던 거검의 사내가 그 위압감에 움찔 놀라 웃음을 멈추었고, 장검의 사내 역시 표정을 굳히고 그의 눈을 노려보고 있었다.

"우리가 누군지 궁금해하지 마시오. 어차피 머지않아 우리가 누구였는지 알게 될 터이니. 지금은… 때가 되지 않았을 뿐."

장검 사내가 말을 마치는 것과 동시에 소매에서 꺼낸 무언가를 입으로 가져갔고, 남은 두 사람의 복면인 역시 그의 행동을 따라 무언가를 입으로 가져갔다.

"안 돼!!"

검절이 놀라 그들의 행동을 제지하려 하였으나 이미 그들이 삼킨 그것은 그들의 식도를 타고 넘어간 뒤였다. 그리고 그들이 삼킨 것이 얼마나 위험한 것인지 알기까지 그리 오랜 시간이 걸리진 않았다.

"으음… 허억!!"

발작을 일으키듯 두 눈이 뜨여진 복면인들의 몸이 경련하기 시작했고, 그들의 칠공으로 붉디붉은 피가 흘러나오기 시작했다. 부릅떠진 눈으로 피를 토해 내는 모습이 암동의 어둠과 어울려 귀기스러움을 더했다.

"으… *끄르륵*……. 련을…… *끄륵*… 기억…… *끄르륵*… 난세……도래……."

피를 토하던 그의 눈이 무엇을 보았음인지 죽어가던 장검의 사내가 손을 뻗어 허공의 무언가를 잡기 위해 손을 뻗었고, 경련하던 그의 손이 힘없이 바닥으로 떨어졌을 때 세 복면인의 숨은 이미 모두 끊어져 있었다.

"이… 이런……."

검절과 무현 진인 모두 그 참혹한 광경에 치를 떨었고, 구석에 몰려 있던 강추와 일삼들 역시 그들의 모습을 바라보며 이를 갈았다. 그들이 삼킨 것이 련의 약왕단에서 제조된 독단임을 알았기에.

"허어… 무량수불……."

그들에게 다가가 복면을 벗기던 무현 진인이 외마디 도호를 읊으며 물러섰다.

"무량수불……."

무현 진인은 강호의 무인이기 이전에 도사였다. 아무리 본산을 침입한 적도였다 하더라도 죽은 자의 극락왕생을 빌어주는 것이 도인의 도리였기에 잠시 도호를 뇌까리며 그들을 위해 축언했다. 짧은 축언을 마치고 그들의 얼굴을 바라본 무현 진인의 얼굴에 다시금 그늘이 잡혔다. 도인으로서의 도리를 마친 무인으로서의 당혹스러움이 얼굴에 가득 자리한 것이었다.

"이래서는 이들이 누구인지 확인할 길이 없군요."

"흠……."

복면이 벗겨진 그들의 얼굴. 얼굴 이곳저곳이 인위적인 것으로 보이는 흉터와 문신들로 가득하여 이전의 얼굴을 도저히 유추하기 어려울 정도였다. 그들의 얼굴을 번갈아 바라보던 검절의 뇌리에 어떤 영상이 떠올랐으나, 이내 고개를 저어 그 영상을 털어내 버렸다.

'내가 무슨 생각을… 그들이 살아 있을 리가 없지 않은가. 그저 우

연일 뿐이다.'

검절은 검을 검집에 집어넣고 걸음을 옮겨 암동을 나섰다. 자신의 말도 안 되는 생각을 털어내며.

"놈들… 명줄 한 번 길구나."

강추의 앞으로 다가선 무현 진인이 내던진 한마디에 영우의 귀가 번쩍 뜨였다.

"헤헤… 그렇죠? 제가 좀 모질게 살아왔거든요."

살벌한 풍경과는 어울리지 않는 영우의 넉살에 무현 진인은 헛웃음을 내뱉고 말았다.

"허, 그놈 참. 그래, 마음을 정하였느냐?"

"헤헤… 그전에…… 진짜 약속은 지키실 거죠?"

"무슨 약속?"

"그… 아는 거 다 말씀드리면 살려주신다는…….."

"놈! 내 명색이 대화산파의 장로다. 내가 내뱉은 말 정도는 분명 책임질 수 있는 사람이다."

영우는 무현 진인의 단호한 한마디에 얼굴 가득 미소를 띠며 말했다.

"헤헤… 그럼… 무엇이든 물어보세요."

第十八章
과거지사(過去之事)

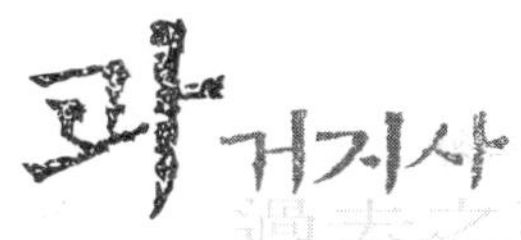

과거지사
過去之事

　북풍한설에 제대로 힘 한 번 써보지 못하고 비실대던 태양이 서산으로 지고, 제 세상을 찾아 오른 만월이 양광의 흔적을 지우려는 듯 북풍만큼이나 차가운 한광을 어둑해진 사위에 흩뿌리고 있었다. 고요히 잠든 화산의 한 켠. 자소각이라 불리는 화려한 전각에도 밤은 찾아왔건만, 내부 깊숙이 자리한 내실 한곳에선 일단의 사람들이 모여 밤이 깊어가는 줄 모른 채 이야기를 나누고 있었다.

　"허허……."

　철웅은 침상에 기대 누운 채로 자신을 찾아온 사람들을 바라보며 헛웃음을 짓고 있었다. 남녀노소 가지각색의 사람들이었지만, 그를 바라보는 시선에 얽힌 감정은 별반 다르지 않았다.

　"어디 불편한 곳은 없으십니까?"

걱정과,

"자네 정말 검절과 검을 섞은 것인가?"

호기심과,

"정말 대단했습니다. 근 삼 장을 도약하며 검을 내려칠 때는 정말……."

감탄.

"그보다는 검절 어른의 방심을 유도하고 내지른 그 일권이 압권이었지요. 정말 소름이 오싹 돋을 정도였습니다."

그리고 경외.

수십 쌍의 눈들이 자신을 바라보며 무엇인가를 바라고 있었지만, 철웅의 입술은 작은 미소로 그 모든 질문에 답을 대신하고 있었다.

"거참, 배포가 어지간한 친구라는 것은 익히 알고 있었지만…… 검절을 상대로……."

사람들의 찬탄이 더해갈수록 한편에 앉아 있는 초미의 고개는 더욱 깊이 숙여지고 있었다. 모든 사건의 발단이라 할 수 있는 그녀였기에, 철웅의 어깨와 손목에 감긴 새하얀 광목을 마주 볼 엄두도 내지 못하고 있었다. 그런 그녀를 바라보는 세 사람이 있었다. 그녀를 억지로 이 자리에 끌고 온 그녀의 언니 초연과 좌중의 분위기에 함께하지 못하고 고개를 떨구고 있는 그녀를 안쓰럽게 바라보는 막고위. 그리고 그녀로 인해 가장 큰 피해를 보았던 철웅.

그녀를 억지로 데리고 왔던 초연이 좌중의 흐름 속에서 자신의 이야기를 꺼낼 시기를 찾고 있었다. 비록 잘못을 하였다고는 하지만 동생 역시 그로 인해 마음에 큰 짐을 짊어지고 있으리라. 악의가 아니었다 하더라도 자신의 말 한마디로 인해 사람이 크게 상하고 말았으니, 이대로 둔다면 그녀 자신이 스스로를 못나게 여겨 오랫동안 마음 상해할지도 몰랐고, 사람들의 시선에 발끈하여 혹 마음이 비뚤어지지 않을까 염려스럽기도 하였다. 동생이 아직 어리고 철이 없어 그렇지 천성이 악한 아이는 아니었다. 오히려 겉보기와는 다르게 여린 심성을 가진 아이였기에, 걱정이 더한 것인지도 몰랐다.

그런 동생의 앞날을 위해서도 이번 일은 확실히 매듭을 지어야 한다 생각했다. 그리고 동생의 마음을 다잡을 수 있는 가장 확실한 방법은 자신의 잘못을 시인하고 용서를 빌어 당사자에게 용서를 받고 마음의 앙금을 씻어내는 것뿐이라는 것을 너무나 잘 알고 있었기에 부득불 동생을 데리고 이곳으로 찾아온 것이었다. 그리고 그녀의 눈은 자신이 이야기를 하여 가장 자연스럽게 이끌 수 있는 순간을 기다리고 있었다.

막고위 역시 초미를 바라보며 홀로 생각에 잠겨 있었다. 자신 역시 좌중의 대화에 합류하여 자신이 우러러 마지않는 철웅의 무용을 입이 닳도록 떠들고 싶은 마음이 굴뚝같았지만, 한쪽에 조용히 앉아 보일 듯 말 듯한 좌중의 무시를 온몸으로 받아내고 있는 한 여인이 있었기에 쉽사리 입을 열지 못하고 있었다.

그의 머리 속을 맴도는 생각도 초연이 하고 있던 생각과 별반 다를 바가 없었다. 하지만 초연이 초미의 장래를 위한 필요성 때문에 사죄를 생각하고 있었다면 막고위는 어찌 되었든 자신의 마음에 담아둔 두 사람, 철웅과 초미의 관계가 불편해지길 원치 않는다는 단순한 생각에서 그녀의 사죄를 기다리고 있었다.

'어서 잘못하였다 말하시오. 당신이 사죄를 하기만 한다면, 내가…

당신의 편에서 도와주리다.'

막고위의 시선은 초미에게서 떨어질 줄 모르고 있었고, 그런 시선을 느꼈는지 초미가 고개를 들며 막고위와 시선을 마주쳤다. 그 모습을 바라보던 초연은 자신이 말할 기회가 왔다는 것을 느끼고 입을 벌리려 하였지만, 그녀의 귓가를 파고든 한 가닥 목소리가 먼저였다.

"소저의 이름이 초미라 하였던가요?"

초미는 막고위에게 가 있던 시선을 돌려 자신을 부른 목소리로 향했다. 그 사람, 침상에 기대 누운 채, 피가 살짝 배인 하얀 광목을 두르고 자신을 바라보던 그 사람의 시선에 초미는 바짝 긴장하고 있었다.

"네……."

초미는 입술을 깨물며 대답했다. 좌중 모두 그들을 주시하고 있었다. 혁련웅과 장 의원은 덤덤한 표정으로 철웅을 바라보고 있었고, 황보광과 초연은 안타깝다는 표정으로 초미를 바라보고 있었다. 다른 사람들은 나름의 감정을 보이며 두 사람을 바라보고 있었지만, 입을 열어 두 사람 사이의 공간에 끼어드는 경우 없는 자는 없었다.

"제가 무언가 이야기를 해주어야 할 듯한데……."

철웅은 언제나 상대에게 경어를 사용했다. 소아와 같이 경어를 사용하기 뭐한 상대만 아니라면 남녀노소를 구분하지 않고 경어로 상대를 대하였다. 자신을 향해 검을 겨눈 자만 아니라면……. 초미는 그의 경어가 불편했다. 자신이 비록 초씨세가의 여식이라곤 하나, 그것 하나만 가지고 자신보다 나이도 많고, 무공도 높은 그에게 경어를 들을 수는 없는 일이었다. 더군다나 그녀는 그에게 목숨의 빚이라고도 비약할 수 있는 큰 빚을 지고 있는 상태였다. 지금 그의 앞에서 그녀는 아무것도 아니었다.

"초 소저, 저는… 괜찮습니다."

"……?"

무슨 뜻이냐고 묻는 듯한 초미의 눈빛이 철웅에게 향했고, 좌중의 눈빛 역시 초미의 그것과 별반 다르지 않았다.

"아까의 일, 분명 소저가 잘못한 일입니다. 너무 가벼운 행동이었고…… 무책임한 말이었습니다. 말이란 하기도 어렵지만 지키기는 더욱 어렵고, 주워 담기는 불가능하다는 것을 소저도 잘 알 것입니다. 제가 할 말이 아닐지도 모르지만, 소저는 앞으로도 이 점을 반드시 주의해야 할 것입니다."

초미의 눈에 한 겹 막이 덧씌워지며 고개가 숙여졌다. 하나 뒤이은 철웅의 말에 내려갈 때보다 몇 배는 빠르게 초미의 고개가 쳐들렸다.

"하나 그렇다 하여도 제가 이렇게 된 것이 소저의 책임은 아닙니다. 그러니 고개를 숙일 필요도, 눈물을 흘릴 필요도 없습니다."

"그게 무슨……."

옆에 있던 초연이 놀라 반문하자 철웅은 예의 덤덤한 미소를 지으며 말을 이었다.

"오늘 일의 가장 큰 책임은 저에게 있습니다. 피하고자 했다면 피하지 못할 일도 아니었는데, 공연한 객기가 나 스스로를 이렇게 만든 것이지요. 허허, 소저에게 책임 따위를 물을 생각은 애초에 하지도 않았습니다. 고의와 실수를 구별할 정도의 소양은 있으니까요. 굳이 따지자면… 소저는 그냥 운이 없었을 뿐입니다. 책임이 있다면 그건 소저가 아니라 저에게 있을 테지요. 다른 분들도 오늘 일로 초 소저를 탓하지 않으셨으면 합니다. 제가 모든 것을 용서하였으니, 다른 분들도 모두 그리해 주시리라 믿습니다."

좌중의 인물들 중 철웅보다 연배가 높은 사람들은 흡족한 미소를 지으며 고개를 끄덕이고 있었고, 그들보다 연배가 낮은 사람들은 놀라움과 경외의 눈빛을 지으며 철웅을 바라보았다.

"흑……."

기어코 참았던 울음을 터뜨리고 마는 초미였고, 그런 그녀의 등을 가볍게 두드려 주며 철웅을 바라보는 초연의 시선에는 고마움의 감정이 잔잔히 어리고 있었다.

"그리고……."

말끝을 흐린 철웅의 입가로 사람들의 시선이 모아졌고, 이어진 철웅의 이야기에 사람들은 박장대소할 수밖에 없었다.

"혹 초 소저를 용서한다 하지 않았다가는, 저기 안절부절못하고 있는 막 소협에게 무슨 소리를 듣게 될까 두렵기도 하고……."

"으음? 하하하. 그런 사이였나, 두 사람? 하하하!"

"그리고 보니 참 잘 어울리는 한 쌍이구먼. 하하하!"

"하하하!"

철웅의 예상치 못했던 농에 초미는 얼굴이 홍시처럼 붉어지며 어쩔 줄 몰라 하다 기어이 방문을 벌컥 열며 밖으로 뛰쳐나갔고, 막고위 역시 초미만큼이나 얼굴이 달아오른 채 아무 말 못하며 고개를 숙이고 있었다. 참으로 다행스런 결과에 흐뭇해하면서도 밖으로 뛰쳐나간 동생을 토닥여 주어야겠다는 생각에 초연은 철웅을 향해 깊이 고개 숙여 보이곤 초미를 쫓아 밖으로 나갔다.

"험, 자네가 우리 초미를 마음에 두고 있다고?"

짐짓 근엄한 표정을 지으며 막고위를 부른 황보광이 부리부리한 눈으로 얼굴이 붉어져 눈도 못 마주치고 있는 막고위를 바라보며 말했다.

"흠. 내가 초미의 숙부일세. 자네, 확실히 말해 주게. 우리 초미를 좋아하는가?"

갑작스런 질문에 당혹해하는 기색이 역력했지만, 눈가와 입가에 억지로 미소를 숨기려드는 모습이 대답을 들으나 마나 한 일이었다.

"저… 그게……."

"좋아하는 것이 아니었나 보군… 자네가 헛다리 짚었어."

혁련웅의 짓궂은 장난에 황보광이 눈에 더욱 힘을 주며 막고위를 떠보았다.

"음, 아무래도 자네는 내 질녀를 마음에 두지 않았던 모양이군."

"아… 아닙니다!"

갑작스레 벌어진 일들에 정신이 하나도 없었지만, 황보광의 목소리만은 똑똑히 들렸는지 빽 하며 소리치듯 다급히 대답하는 막고위였다. 얼굴이 벌겋게 달아오른 채 어쩔 줄 몰라 하는 모습이 어찌나 우스운지 좌중의 박장대소는 한참 동안이나 이어지고 있었다. 자소각 밖에서 언니와 함께 앉아 있는 초미의 달아오른 얼굴이 쉬이 가라앉지 않았던 것처럼.

한바탕 소란과 같은 시간이 지나고 사람들은 하나 둘 자리를 떠났다. 오늘 같은 날 술이 없어 섭섭하다며 몰려 나간 청년들이 화산의 속가제자인 금평을 따라 몰래 담가두었던 매화주(梅花酒)를 꺼내며 밤을 지샌 것은 그리 탓할 일도 아니었고, 초미와 초연이 창공의 만월을 보며 여인들만의 비밀스러운 대화를 나눈 것도 방 안에 남은 사람들에겐 그리 중요한 일이 아니었다.

"매화검수 둘이 희생되었으니 화산파로서는 큰 치욕을 겪은 셈이겠군요."

"치욕이지. 며칠 전의 일이야 화산에 사람이 없어 일어난 일이라 하여도, 오늘은 정예가 모두 돌아온 마당에 벌어진 일이었으니 화산의 상심이 이만저만이 아닐 것이야."

화산파의 산문이 보이는 거리에서 혁련웅과 이십팔숙을 노린 외인의 습격이 일어났던 것이 불과 사흘 전이었다. 그나마 그때는 본산의 제자 대부분이 자리를 비운 사이 일어난 일이라 쉬쉬하면 그만이라 할 수 있었지만, 오늘은 분명 쉽게 넘길 일이 아니었다. 명색이 구대문파의 일문인 화산파에 자객이 난입하여, 금옥을 지키던 제자 둘을 해쳤고, 사로잡은 여섯 명의 포로 중 세 사람이나 죽인 것은 대문파의 위신을 크게 손상시킨 일이었다.

"남은 포로 셋에 대한 심문이 곧 이루어지겠군요."

"어쩌면 지금 한참 진행 중일지도 모르지."

"그렇진 않을 겁니다."

철웅과 혁련웅의 대화에 황보광이 인상을 굳히며 참견했다.

"그들에게 빚이 있는 것은 화산파뿐이 아닙니다. 포로에 대한 심문이 있었다면 저에게도 분명 연락이 왔겠지요."

황보광의 눈에 작은 살기가 내려앉았다. 아마 먼저 간 다섯 형제의 모습을 떠올리고 있으리라. 시신조차 온전히 거두지 못한 그들을.

"어떤 자들인지 쉽게 볼 자들이 아니야. 재화 염승이 나타난 것도 놀라운 일이지만, 화산파의 본산에까지 자객을 보내 그를 제거할 만큼 담이 큰 문파는 내가 알기로 강호에 없네."

"흠……."

혁련웅의 이야기에 잠자코 듣고만 있던 장 의원은 물론 철웅과 황보광까지 입을 다물고 말았다. 강호의 생리를 잘 모르는 철웅이었지만, 포로를 죽이기 위해 자객을 보내는 것이 쉬운 일이 아님은 미루어 짐작할 수 있었다. 하나 전장의 경험과 강호는 또 다른 것. 대화산파의 본산으로 자객을 보내는 것이 그냥 자객을 보내는 일과는 다른 의미를 가진다는 것을 철웅은 모르고 있었다.

"어찌 되었든, 화산파는 이번 일을 묵과하지 않을 겁니다."

"그렇겠지. 아마… 모든 속가를 총동원해서라도 흉수를 찾으러 나서겠지."

한 문파에 집중되어 있는 힘은 그 한계가 있다. 제아무리 거대한 구파일방이라 하여도 그들 각 문파의 힘만으로는 천하강호를 아우르는데 부족함이 많다. 하지만 속가라는 존재가 있기에 그들은 만천하에 그들의 이름을 떨칠 수가 있는 것이다. 아무리 거대한 문파라 하여도 본산의 문도나 제자들의 수는 고작해야 일천을 넘기기 힘들다.

이곳 화산파만 하더라도 고수라 부를 수 있는 매화검수의 수가 칠십여 명이요, 모든 제자를 다 합해봐야 오백 명이 채 되지 않는다. 구파일방의 태두라 하는 하남 숭산의 소림도 소림사 안의 불제자라 봐야 겨우 이천 정도이고, 그중 무승은 반의 반도 되지 못한다. 하지만 소림사가 있는 숭산 주변의 사찰 수만 수백에 달하고, 그들 모두 소림사의

지도를 따르고 있으니 실제 소림의 저력은 숭산 일대에 포진해 있는 일만에 달하는 승려 전체라 해도 과언이 아니었다. 더군다나 천하에 소림의 속가라는 이름으로 퍼져 나간 문파가 감히 헤아리기 어려울 정도로 산재해 있으니, 어찌 그들을 소림의 힘으로 보지 않을 수 있을까.

화산파도 마찬가지였다. 화산 연화봉 주변의 수백 도관들과 천하에 흩어진 속가무문들. 화산파에서 장문령으로 그들을 불러 모은다면 얼마나 많은 사람들이 모이게 될지 짐작조차 할 수 없을 지경이었다. 대문파의 저력이란 이런 것이었다. 수많은 속가와 방계, 그들은 강호로 뻗어나간 가지이면서 동시에 뿌리였다. 고작 수십 개의 지단을 거느리고 의기양양해하는 군소 방파 따위가 감히 넘보지 못할.

"일단 열쇠는 살아남은 포로들이 전부군요."

"그렇소. 난입했던 자객들은 모두 추살되었으나 그들의 인상착의나 지녔던 물품만으로는 배후를 캐내기 어렵다 하더이다."

"흠……."

"그건 그렇고… 이제 돌려주게."

"허허. 그것 말씀이십니까? 물론 돌려 드려야지요. 형님, 부탁 좀 드리지요."

혁련웅의 말에 철웅은 덤덤히 웃으며 장 의원에게 말을 건넸다. 철웅의 말을 들은 장 의원은 방 한구석에 놓였던 짐 꾸러미 속에서 철웅의 봇짐을 꺼내어 돌아왔다. 그리고 봇짐 속을 뒤져 진홍색 두꺼운 천으로 싸여 있던 그것을 꺼내었다.

"여기 있습니다."

철웅은 혁련웅에게 그것을 건네었다. 무언가를 눈치 챈 듯 황보광이 물었다.

"혹시… 이게?"

혁련옹에 의해 두꺼운 천이 벗겨지고 모습을 드러낸 그것. 두 자 정도 되는 길이에 이곳저곳이 녹슬고 부서져 내려 도저히 검이라 보아줄 수 없는 그것을 바라보며 혁련옹이 입을 열었다.

"그래. 자하신검일세."

＊　　　＊　　　＊

작은 향로 네 개가 침상의 네 모서리를 점한 채 붉고 푸른 향들을 피워 올리고 있었다. 향로에서 피워지는 청량한 향이 실내를 가득 메워 몽환적인 분위기를 만들어내고 있었다.

사각 반듯한 침상. 한 소녀가 다소곳이 손을 가슴에 포개어놓은 채 깊은 잠에 빠져 있었다. 실내를 맴돌던 향로의 기운이 그녀의 콧속으로 들어갔다 나오는 것을 반복하고 있었고, 그녀의 미세한 숨결을 따라 붉고 푸른 기운이 조금씩 출렁이고 있었다.

죽은 듯 잠들어 있던 아름다운 소녀. 남천궁으로 몸을 옮긴 소소였다. 소소의 머리맡에는 예의 짙은 남색 도복이 아닌 붉은 법의를 입은 청상 진인이 기이한 수인을 맺은 채 알아듣기 힘든 주문을 읊고 있었고, 하얀 법의를 입은 세 명의 여 도사가 소소의 좌우와 발끝에 서서 청상 진인이 읊고 있던 주문을 함께 외우고 있었다. 적막한 가운데 이루어진 도술이었지만, 네 사람의 입에서 나오는 주문의 기운 탓인지 좀

다 말할 수 없는 실내였지만, 그녀들의 입에서 나온 주문이 향로의 향과 어울려 온 실내를 가득 채우고 있었다.

근 반 시진 가까이 행해지고 있는 도술이었기에 세 여도사의 이마에는 구슬땀이 송골송골 맺혀 있었고, 청상 진인의 수인도 미세한 떨림을 보이고 있었다. 작은 사심도 들어서는 안 되는 법술이었기에 신경이 흐트러지지 않도록 스스로를 다잡는 그녀들이었다. 그래서였을까? 소소의 눈가가 파르르 떨리는 것을 눈치 챈 사람은 아무도 없었다.

'너무 어두워…….'

소소의 약지 손가락이 살짝 까딱였다.

'여긴 어디지?'

소소의 심박이 조금씩 빨라지고 있었다.

'긴 잠을 잔 것 같아……. 꿈…….'

향로에서 피어나던 향이 조금씩 그 양을 줄이고 있었다.

'어머니…….'

소소의 새하얗던 정신에 조금씩 색이 입혀지기 시작했다.

'…붉은 ……피. 은빛 유성…….'

붉은색의 기운이 스며들었을 때, 소소의 정신이 요동치려 하였으나 뒤이어 스며든 푸른색의 기운이 그녀의 정신을 붙잡고 있었다.

'…그 사람…….'

소소의 입가에 작은 변화가 있었지만, 미소라고 보기엔 너무나 작은 변화였다.

'난… 너무 추웠지만…… 그 사람 곁에서…… 따뜻했어…….'

그녀의 정신으로 스며들던 붉고 푸른 기운이 어울리며 조금씩 다른

색으로 변해가기 시작했다.

'…사람들은 그 사람을 미워했어……. 아니, 미워하지 않았어……. 하지만…….'

붉은색에서 자주색으로, 푸른색에서 초록색으로.

'…그는 떠났어……. 나도 함께… 그리고…….'

그녀의 정신을 물들이던 색들이 점점 그 가짓수를 더해갈수록 그녀의 머리 속에서 아른거리던 무엇들이 조금씩 형상을 갖추기 시작했다.

'…내가 아플 때 지켜준…… 내가 두려워할 때 감싸준…….'

색이 모여 형상을 이루고, 이루어진 형상이 조금씩 꿈틀거리기 시작했다.

'…그는 내 곁에 있었다……. 내 곁에…….'

그 형상들은 마을도 되었고, 초목도 되었고, 거센 눈발도 되었고, 사람들의 모습도 되어갔다.

'…나, 나는 누구지……?'

사람들의 형상이 되어가던 모습들. 인상 좋은 아저씨. 꼬마 아이. 검을 든 청년……. 그리고 그 사람.

'나는…….'

청상 진인의 주문 외우는 소리가 조금씩 잦아들자 다른 세 사람의 여도사도 그에 동조하며 목소리를 낮추었다. 이미 향로의 향은 꺼져가는 마지막 향을 안타까이 피워 올리고 있었다. 근 한 시진에 걸친 법술은 끝났다. 청상 진인은 자신의 이마를 옷소매로 살짝 찍어내며 누워 있는 소소를 보곤 고개를 살래살래 흔들며 밖으로 나갔다. 이미 세 차례에 걸쳐 펼쳐진 법술이건만 아무런 반응도 없으니 약간은 상심한 듯도 보였다. 세 사람의 여도사가 능숙한 동작으로 향로와 제단을 정리하며 밖으로 나가자 넓은 실내에 고요함만이 남았다. 작은 유등 하나만을 남겨둔 채.

'…나는 …소소…….'

그녀는 자신의 이름을 기억했고, 그녀가 걸어온 길을 기억해 냈으며, 그의 이름을 기억해 냈다. 하지만 감았던 눈은 끝내 뜨질 않았다.

＊　　　＊　　　＊

"련?"

"예. 심문이랄 것도 없는 단순한 문답이었지만, 그들은 분명 련이라 했습니다."

자소각의 불이 켜져 있는 사이, 그곳과 그리 멀지 않은 상청궁의 회의실에서도 유등의 불을 환히 밝히고 있었다. 낮에 있었던 자객의 침입에 화산파 장문인인 옥현 진인은 불같이 노했고, 화산파의 팔대장로 중 천주궁파 출신의 장로 다섯과 함께 이런 야심한 시각이 되도록 회의를 계속하고 있었다.

"무현 사제의 말을 정리하자면, 그들은 련이란 곳에 몸을 의탁한 자들이네. 맞나?"

"그렇지요."

무현 진인은 자신의 사형인 목현 진인의 질문에 고개를 끄덕이며 답했다.

"그리고 그들의 소속은 막야당. 일전에 화산을 침입했던 자들 대부분이 그들과 같은 곳에 소속되었던 자들이고."

"그렇습니다."

"오전에 죽은 염승과 다른 두 사람은 적기당이라는 곳에 소속된 자들이다."

"흠… 그렇습니다."

일문에 일답을 요구하는 목현 진인의 말투가 은근히 신경을 거슬리게 하고 있었지만, 환갑이 넘은 그들이라 하여도 사형제 간의 위계는 충실하여야 하였기에 꼬박꼬박 답을 하고 있는 무현 진인이었다.

"좋아. 이것이 우리가 알고 있는 전부네. 하지만… 정작 중요한 것은 그들이 모른다고 하니……. 련의 정체, 그들은 자신들이 속해 있던 련이 어디에 있고, 무엇을 하는 곳인지 모른다 했다지?"

"죽은 염승은 몰라도 자신들은 돈에 몸을 팔았기에 중요한 것은 알지 못했다고 하더이다."

목현 진인은 이마를 손으로 짚으며 사색에 빠졌다. 화산의 지모라 불리는 그가 고민을 하고 있으니 장문인인 옥현 진인조차 함부로 말을 걸기 어려웠다. 잠시의 시간이 흐른 후 목현 진인이 이마를 짚었던 손을 떼며 입을 열었다.

"역시 이 정도의 정보로는 아무것도 유추할 수 없습니다. 좀 더 정확한 정보가 필요합니다."

"음… 자네가 포로들을 심문하게."

옥현 진인이 심문을 명하자 목현 진인이 목소리를 낮추며 다시금 말을 이었다.

“정확한 정보를 얻기 위해선 여러 가지 방법을 이용한 심문이 필요합니다.”

“…고문이라도 하겠다는 겁니까?”

목현 진인의 은근한 말에 잠자코 듣고 있던 상현 진인이 발끈하며 입을 열었다.

“저들은 강호에서 잔뼈가 굵은 자들이네. 어정쩡한 방법으론 저들의 입을 열게 할 수 없어.”

“허어. 목현 사형, 우리는 도인입니다!”

“두 제자가 저들 손에 희생되었네! 더군다나 며칠 전엔 본산 초입까지 유린한 자들이야!”

“그렇다고 강호의 무뢰배들처럼 사람을 치도곤할 생각이십니까?”

“그럼 자네는 대화산파의 위명이 땅에 떨어졌는데 보고만 있을 생각인가?!”

상현 진인과 목현 진인의 설전을 바라보던 옥현 진인이 손을 들어 그들의 언쟁을 중재하며 나섰다.

“둘 다 그만 하게.”

서로를 향해 시선을 고정시킨 두 사람이었지만, 감히 장문인의 명을 거역할 수는 없었는지 더 이상의 대화는 이어지지 않았다.

“우린… 많은 것을 희생당했네.”

사람들의 시선이 옥현 진인에게 향했다. 조용한 말투였지만, 그럴수록 사람들의 이목을 집중시키는 효과는 탁월했다.

“두 명의 제자를 잃었고, 본산의 코앞에서 수많은 생령이 죽어갔네. 하나 그보다 더욱 큰 희생은…… 화산파의 이름이 업신여김을 당했다는 것이네."

'장문 사형… 화산파의 이름 따윈 아무 가치도 없는 것입니다.'

상현 진인의 진언이 입 안을 맴돌고 있는 동안, 옥현 진인의 이야기는 계속되었다.

"나는 천하에 비웃음거리가 되는 것보다 언제라도 또다시 화산의 담을 넘는 자가 나올 수 있다는 사실에 분노하는 것이네."

'도관의 문은 언제나 열려 있어야 합니다……'

"우린… 그들에게 화산파가 그렇게 녹록한 곳이 아님을 알려야 하네."

'누구에게 알려야 합니까? 침입자들입니까? 아니면 전 강호입니까?'

"그러기 위해 그들의 존재를 철저히 파헤쳐야만 한다는 생각에 동의하네. 필요하다면…… 강호의 무뢰배들과 같은 모진 고문도 불사해서라도……."

'사형… 우리에겐 적도… 아군도 없습니다……. 모두… 똑같은 중생일 뿐입니다.'

옥현 진인의 말에 대부분의 장로들이 고개를 끄덕여 수긍을 표했다. 상현 진인만이 고개를 모로 흔들며 미몽에서 깨어나지 못하고 있는 사형들을 안타깝게 바라볼 뿐이었다.

"고문… 도 쉬운 건 아니지요. 분근착골(分筋錯骨)처럼 단순히 괴롭고 고통스럽게 하여 답을 얻어내는 것이 전부가 아니라 들었습니다."

조용히 뇌까리는 무현 진인의 말에 옥현 진인은 물론 목현 진인도 그의 뒷말을 기다리고 있었다. 분근착골은 어떤 특별한 무공을 지칭하는 것이 아니라 근육을 자르고 뼈를 바수는 것과 같은 고통을 주는 수법을 통틀어 말한다. 물론 화산파의 절기 중에는 그런 절기가 없었지만, 어느 부위를 어떻게 다루는 것이 고통을 주는가쯤은 화산파의 장로들에겐 그리 어려운 일이 아니었다. 하나 무공뿐 아니라 강호의 경험도, 자리한 모든 이중 무현 진인을 따를 자가 없었기에 그의 의견을 쉽게 무시하지 못하는 것이었다.

"토설토록 하는 것이 쉬운 일은 아니라 생각하네."

"결코 쉬운 일이 아니지요. 제가 말씀드린 단편적인 것은 사로잡힌 포로 중 영우라 하는 젊은 녀석의 이야기입니다. 다른 두 사람이야말로 좀 더 많은 것을 알고 있을 듯한데, 얼핏 보기에도 강호에서 잔뼈가 굵은 자들 같아 보이더군요. 그런 자들의 입을 여는데 고문만이 능사는 아닐 것입니다."

"흠……."

좌중은 다시금 침묵했다. 만약 여타의 다른 문파였다면 그다지 큰 고민거리도 되지 않을 문제였지만, 도문이라는 특성상 고문이나 심문에 달통한 자가 있을 리 만무했고, 외부에서 초빙해 온다 하더라도 세간의 이목을 피해야 한다는 것과 심문 후 초빙해 온 자의 처리 문제 등 너무나 복잡하고 얽히기 꺼려지는 일들이 기다리고 있었다.

"휴… 적당한 인물이라도 알고 있다면 좋으련만……."

무현 진인의 뇌까림에 상현 진인의 머리 속을 스치는 생각 하나가 그의 눈을 뜨게 했다.

"그라면……."

무현 진인에게 향했던 시선들이 상현 진인에게로 옮겨갔다.

"어쩌면… 방법이 있을 것도 같습니다."

사람들의 시선이 대답을 원하고 있었지만, 상현 진인은 더 이상의 대답을 회피했다. 다만 안도의 표정이 그의 얼굴에 보일 듯 말 듯 어리고 있었다.

*　　　　*　　　　*

한 줌의 빛도 없는 곳에 들어가는 일은 의외로 쉽게 경험하기 힘든 일 중 하나이다. 해가 진 밤에도 달은 있고, 구름이 달을 가린다 해도 세상이 암흑으로 뒤덮이진 않는다. 철저히 밀폐된 공간으로 들어간다면 완전한 암흑을 경험해 볼 수도 있겠지만, 백호 한수가 앉아 있는 곳처럼 완전한 암흑으로 둘러싸인 사방 삼십여 장에 이르는 거대한 공간이라면 이야기는 완전히 달라진다.

한수가 자리하고 있는 곳은 석실이었다. 아니, 그냥 석실(石室)이라 말한다면 천하의 모든 석실이 석함(石函)으로 불려야 마땅할 정도로 그 거대함은 타의 추종을 불허했다. 구조적인 모습은 사방이 평평한 석판으로 둘러싸인 석실의 그것과 같았지만, 높이만 오 장에 달하고 사방 삼십 장 너비의 정방형 석실의 중앙에 백호 한수는 무릎을 꿇고 앉아 있었다.

그그그그그……

돌과 돌이 끌리며 내는 특유의 마찰음이 어둠을 진동시켰지만, 석실의 벽을 울리는 소리만 가지고는 어느 곳에서 들리는 소리인지 짐작하기가 힘들었다. 하지만 아무것도 보이지 않는 철저한 암흑 속에서도 한수는 석문이 열린 방향으로 고개를 돌려 바라보았다.

기기기긱.

석문이 열렸던 그곳에서 무엇인가 구르는 소리가 들렸다.

"왔느냐."

나이를 짐작키 어려운 노인의 음성이 한수의 시선이 향한 곳에서 들려오고 있었다.

"일 처리가 미흡했더구나."

"후후. 조금 많이 잃었습니다."

노인이라 짐작되는 목소리가 들린 곳에서 다시금 구르는 소리가 들렸다. 소리가 가까워짐에 따라 한수의 얼굴에 어렸던 미소도 조금씩 걷히고 있었다.

"염승과 사귀가 죽었다고?"

"염승… 런에 빌붙어 사는 거머리 같은 자였습니다."

"아직 쓸모가 많은 자였다. 그리고 염승을 죽이자고 사귀를 희생시킨 것은 참으로 어리석은 짓이었다."

노인의 목소리에서 옅은 노기가 느껴지자 한수의 몸이 약간 경직되었다. 침 삼키는 소리가 한수의 목에서 나왔지만, 목소리의 변화는 찾아보기 힘들었다.

"설마 검절이 그곳에 있을 줄은 몰랐습니다. 뭐, 흑기당 사귀라면 알아서 잘 처리할 줄 알았는데, 생각보다 어리석었어요."

"…수하는 수족과 같이 다루지 않으면 검을 거꾸로 쥘 수도 있다."

"…주의 …하겠습니다."

"화산파 놈들, 눈에 불을 켜고 달려들겠구나."

"놈들이 찾을 수 있는 것은 껍데기뿐인 장원 몇 채뿐일 겁니다."

기기기긱…….

노인의 기운이 조금씩 멀어지고 있었고, 그 기운이 멀어질수록 한수의 어깨에 내려앉았던 긴장도 조금씩 걷혀가고 있었다.

"칠령을 주마. 다시는 그런 일에 네 호위를 사용하지 마라. 명색이 련의 소교주(小教主)라는 녀석이……."

노인의 마지막 목소리가 들린 후 다시금 석벽 닫히는 소리가 들렸다. 한수는 앉았던 자리에서 일어나 굳어진 무릎을 주물렀다. 두 시진 가까이 무릎을 꿇고 있었으니 고수 아니라 고수 할아비라도 다리가 저리지 않을 수 없었을 게다.

"휴우… 노인네 아직 멀쩡하군."

한수는 가만히 고개를 돌려 노인이 사라진 쪽을 바라보았다. 아무것도 보이지 않는 철저한 암흑 속에서 무엇인가를 보는 것처럼.

"아버님의 구마(九魔)보다는 못하지만 칠령(七靈) 정도라면 감사히 받아야죠, 후후. 구마 하나에 칠령, 칠령 하나에 사귀……. 이제 어지간한 문파 정도는 상대할 수 있게 된 건가? 아직 아버님의 기력이 쇠해질 줄 모르니 구마를 넘겨받으려면 한참 기다려야겠지요. 구마라면… 소림과도 자웅을 겨룰 수 있다 하던데."

한수는 저렸던 무릎이 다 풀렸는지 몸을 돌려 노인이 사라진 반대 방향으로 걸음을 옮겼다.

"아버님의 대계는 삼 년 뒤지만, 저의 대계는 이미 시작되었답니다.

후후."

　암흑 속으로 빨려 들어간 한수가 사라진 자리. 나지막한 목소리가 넓은 석실을 떠돌고 있었다.

第十九章
고문(拷問)

고문술사가 내 직업이다

"흠… 대략적인 것은… 알고 있습니다만……."

"휴… 그럼 되었네."

철웅은 의아하다는 눈빛으로 상현 진인을 바라보고 있었다. 식전 댓
바람부터 찾아온 것도 의아한 일이건만, 자리에 앉자마자 한다는 소리
가 사람을 심문해 본 적이 있느냐고 묻는데에는 호기심이 일지 않을래
야 않을 수가 없었다.

"무슨 일이 있습니까?"

"음… 자네에게 조금 이상하게 들릴지 몰라도…… 누구를 좀……
심문해 주었으면 하네."

이상하게 듣지 말라면서 이상한 말을 하니 철웅의 눈빛에 인 호기심
이 풀릴 리가 없었다. 물론 어젯밤에 들은 이야기가 있어서 그 심문의

고문(拷問)　143

대상이 혹시 화산에 잡혀 있던 포로들을 이야기하는 것이 아닌가 싶긴 하였지만, 자신이 생각하기에 자신과 그들, 그리고 화산파와는 아무런 인과관계가 없었기에 쉽사리 단정짓지 못하고 있었다. 하지만 뒤이은 상현 진인의 이야기에 그의 추측이 틀리지 않았음을 알 수 있었다.

"사실… 이런 이야기는 본 파의 치부인지라 외인이라 할 수 있는 자네에게 말하는 것이 부끄럽네만, 나는 이미 자네를 외인이라 생각지 않고 있기에 이런 부탁을 하는 것임을 알아주기 바라네."

장황하게 설명을 늘어놓는 것을 보아 무슨 일이 있기는 있는가 보다 하는 철웅이었지만, 그런 것을 입 밖으로 내놓는 무례는 저지르지 않았다. 그 후로 얼마간의 설명이 이어지고 이 천생 도인이 자기 사형제들의 결정을 얼마나 못마땅해하는지를 알게 되었을 땐 속으로 조용히 미소 지을 수밖에 없었다.

"무슨 이야기인지 알겠습니다. 진인의 말씀은 포로로 사로잡힌 자들을 고문하여 알아내는 것이 못마땅하니 제가 그들에게 필요한 정보를 알아내 달라 이 말씀이시지요?"

"…고통스럽지 않게."

"…고통스럽지 않게요."

철웅은 새삼스런 눈길로 상현 진인을 바라보고 있었다. 철웅의 느낌은 눈앞의 노인이 결코 약자가 아님을 말해 주었다. 단정할 순 없지만, 검절이나 괴력의 일장을 보여주었던 무현 진인과 비교하여도 그리 큰 차이가 나지는 않을 것이다. 한데 이 사람은 이상하리만치 싸움을 싫어하는 듯했다. 싸움을 싫어한다기보다는 폭력을 멀리하는 것 같았다.

'정말 천생 도인이라는 건가? 자신의 제자들을 해친 자들의 고통을 안타까워할 만큼?

철웅은 상현 진인의 모습에 가슴 한쪽이 따뜻해짐을 느끼면서, 자신이 알고 있는 몇 가지를 끄집어내기 시작했다. 자신이 아무리 군부에 몸담았다 하더라도 심문이나 고문 같은 것은 아무나 배울 수 있고, 아무나 쓸 수 있는 종류의 것은 아니었다. 하지만 그는 군부에서 아무나에 속하는 자도 아니었고, 심문의 방법 중 고문보다 나은 몇 가지 방법을 알고 있었다.

'좋은 뜻으로 부탁하는데, 거절하는 것도 예의는 아니지.'

"알겠습니다. 제가 한 번 해보도록 하지요."

"미안하네. 몸도 성치 않은 사람에게 이런 부탁을 하는 나를 이해해주게. 아니, 이런 나를 이해하기 힘들겠지."

철웅은 가만히 상현 진인을 바라보았다. 노안이었다. 그의 사형이라던 목현자나 무현자에 비해 더 나이가 들어 보이는 모습이었다. 하나 그의 눈은 그들보다 더욱 맑았다. 어린아이의 그것과도 닮아 있다 여겨질 정도로. 어쩌면 철웅이 화산에 몸을 의탁하는데 반대하지 않은 이유도 그의 그런 맑은 눈빛 때문이었는지도 모른다.

"제가 어찌 진인의 마음을 헤아린다 말할 수 있겠습니까. 하지만 진인께서 어떤 마음으로 저에게 이런 부탁을 하셨는지는 어렴풋이나마 알 것도 같군요."

"…고맙네."

상현 진인의 입가에 잔잔한 미소가 번졌다. 자신의 마음을 알아주는 사람이 있다는 것은 환갑이 지난 지금까지도 마음을 흡족하게 해주는 것이다. 마음을 모두 터놓을 필요도 없다. 그저 자신의 마음 한 가닥만

이라도 진심임을 알릴 수 있다면 그것으로 족한 것. 상현자는 가만히
자리에서 일어나 방문을 나섰다.

"조반을 들고 상청궁으로 와주게. 그곳에서 심문을 할 모양이야. 아,
혹시 심문을 위해… 뭐 준비해 둘 것이 있나?"

철웅은 곰곰이 생각을 하더니 상현자를 향해 자신이 생각한 몇 가지
를 말했다.

"작은 면도(緬刀) 하나, 한 뼘 정도 되는 못 열 개. 그리고… 조금 품
이 큰 도복이 하나 있었으면 합니다."

"음… 어느 정도나?"

"허허, 제가 걸치면 장포처럼 보일 정도로 큰……."

상현자는 잠시 고개를 갸우뚱했지만, 이내 고개를 끄덕이며 알았다
는 표시를 한 후 방을 나섰다. 벽에 등을 기댄 채 누워 있던 철웅이 어
느새 습관이 되어버린, 창으로 보이는 화산으로 시선을 옮기며 중얼거
렸다.

"고문이라……. 그것도 고문이라 할 수 있을지 모르겠군. 허허허."

＊　　　＊　　　＊

철웅이 상청궁으로 갈 차비를 하고 있던 사이. 상청궁의 내실에는
이미 세 사람이 자리해 마주하고 있었다.

"참으로 어려운 결정을 내려주신데 대해, 전 화산파를 대신해서 감
사드립니다. 무량수불……."

"허허, 감사의 말씀은 이미 차고 넘칠 만큼 받았으니 더 이상 이 늙은이를 민망하게 하지 마시구려. 허허."

어찌 보면 대화산파의 장문인에게 하는 답례로선 불경스럽다 말할 수 있을 만큼 격의없는 답례였지만, 옥현 진인과 목현 진인 누구도 그런 혁련옹의 대답에 토를 달지 못했다. 그들의 시선은 혁련옹이 아닌 혁련옹의 앞에 놓여 있는 그것에 가 있었기 때문이다.

"펼쳐 보시오."

혁련옹이 옥현 진인의 앞으로 자하신검이 들어 있을 두꺼운 천 뭉치를 밀었다. 옥현 진인은 그것을 받아 경건하다 싶을 정도로 조심스럽게 천을 풀어나갔다. 목현 진인의 시선은 자하신검과 혁련옹을 번갈아 보고 있었고, 혁련옹은 입가에 미소를 지은 채 그런 그들을 바라보고 있었다. 천이 걷히고 모습을 드러낸 자하신검의 모습에 목현 진인은 살짝 찌푸린 눈으로 입을 열었다.

"이것이… 자하신검?"

혁련옹은 아무 말 없이 목현 진인을 바라보았다. 목현 진인의 눈은 자하신검이라는 이름의 고철 조각을 천천히 훑어 내리고 있었다. 여기저기 녹이 슬어 신검이라는 이름을 무색하게 하였고, 부식이 너무 심해 칼인지 도인지도 구별하기 힘든 모습에 목현 진인은 자하신검의 진위를 구별하기가 어려웠다. 그런 마음을 숨기지 못하고 입을 열려는 순간, 옥현 진인의 침음성이 그의 귓전을 때렸다.

"틀림없는… 자하신검일세."

목현 진인은 놀란 눈으로 자신의 사형이자 장문인인 옥현 진인을 바라보았다. 이것이 자하신검이란 이유를 밝혀달라는 요구를 눈빛에 실어.

"…자하신공과 …반응했네."

목현 진인의 눈에 놀라움이 번졌다. 자하신공은 대대로 장문인에게만 이어져 내려오는 절학이었다. 화산파 장문인이 진품임을 확인하였다 했으니, 이제 천하에 그 누구도 반론을 제기할 수 없는 일이 되었다.

"진정… 진정 감사합니다. 자하신검이 돌아온 것은 누구도 부정치 못할 화산파의 큰 복입니다. 이 감사를 어찌 다 표현할지……."

"허허… 무엇을 바라고자 한 일도 아니었을뿐더러, 이미 목현 장로께서 차고 넘치는 보답을 해주기로 하셨으니 나는 그것으로 되었소."

"험험……. 노옹의 어려운 결정에 다시 한 번 감사드립니다. 이것은… 약조드렸던 답례입니다."

목현 진인은 잠시나마 자하신검의 진위를 의심했던 마음을 떨쳐 버리려는 듯 헛기침을 몇 번 하고 나서야, 혁련옹에게 준비했던 몇 가지를 꺼내놓을 수 있었다. 두툼한 봉투 하나와 비단 주머니 하나.

"약조드린 황금 백 관에 해당하는 전표입니다. 본 파의 주거래 전장인 중원 전장의 전표이니 신용은 걱정하지 않으셔도 됩니다. 그리고 이 주머니에 든 것이 매화조령입니다."

과연 대화산파다운 일 처리였다. 혁련옹과 담판을 지은 지 며칠 지나지도 않았건만, 어느새 은자 이십오만 냥에 달하는 전표를 구해 내놓은 것이었다. 전표의 두께를 보니 사용하기 편하게 구분하여 준비한 듯싶었다.

"전표는 십만 냥짜리 한 장과 오만 냥짜리 두 장. 천 냥짜리 마흔 장과 나머지는 모두 백 냥짜리 입니다."

목현 진인의 설명에도 혁련옹은 전표 쪽으로 시선조차 주지 않았다. 혁련옹이 내뻗은 손은 전표 옆에 놓여 있는 작은 비단 주머니, 매화조령에 닿아 있었다. 혁련옹의 손길을 따라 비단 주머니 속에서 꺼내어져 모습을 드러낸 작은 영패.

"허… 이것이 바로 매화조령이구려."

도문을 상징하는 팔괘의 형상으로 양각된 앞면과 화산파를 상징하는 매화 일곱 송이가 양각된 뒷면. 한 손으로 가리기 모자란 듯한 크기의 그것이 상징하는 것은 화산파 그 자체였다. 혁련옹의 눈가에 뜻 모를 감흥이 일고 있었다. 기쁜 것인지, 허탈한 것인지…….

"그것을 지니게 되셨으니 이제 혁련옹께서는 저와 같은 화산파의 장로에 버금가는 지위를 지니신 것이나 다름이 없습니다."

가만히 매화조령을 응시하던 혁련옹이 고개를 들어 목현 진인에게 물었다.

"이것은 나만이 사용할 수 있는 것이오?"

"매화조령의 양도를 말씀하시는 것입니까?"

목현 진인은 내심 고민했다. 일찍이 매화조령을 외인에게 전달한 적이 없었으니 양도에 관한 부분은 생각지 못했던 부분이었다. 아니, 그보다는 혁련옹이 누군가에게 그것을 양도할 것이라 생각할지도 모른다는 것을 전혀 염두에 두지 않았었기에 조금은 당혹스러운 목현 진인이었다.

"그것은……."

목현 진인은 쉽사리 답할 수 없었기에 옥현 진인에게로 시선을 돌렸다. 그의 시선을 받은 옥현 진인 역시 금세 답하지 못하고 잠시 생각에 잠겼다. 하지만 고민은 길지 않았고, 대답 역시 간단명료했다.

"매화조령의 가치는 그것을 소유했던 사람의 가치. 노옹께서 자의로 양도하신 것만 분명하다면 매화조령의 효력은 유효합니다."

목현 진인은 내심 당황하였으나 감히 장문인의 공언에 반박할 수 없었다. 하나 그의 머리 속은 안타까움으로 가득했다.

'매화조령과 같은 신물이 다시 회수되지 못한다면, 우리는 스스로 벗기 힘든 큰 짐을 지고 있는 꼴이 된다. 다행히 전인을 찾지 못한 채 죽는다면 다행이지만, 몇 대에 걸쳐 신물이 전해진다면 우리 역시 몇 대에 걸쳐 책임을 이어가게 되는 것인데……'

목현 진인의 표정에서 그의 고심을 읽은 것인지, 옥현 진인이 말을 이었다.

"제아무리 매화조령의 위엄이 지극하다 하나, 자하신검을 되찾아준 은혜에 비할 순 없다. 굳이 숨길 이야기도 아니니… 자하신공의 후반부를 되찾게 된다면, 이는 화산파의 대를 이어 감읍하여도 모자랄 일인 것이야. 또한 혁련옹께서 전할 인물이 매화조령을 악하게 사용하지 않는 한 우리는 그 책임을 다하는 것으로 매화조령의 권위를 더욱 드높일 수 있으니, 이것이 어찌 우리에게 해가 된다 말할 수 있겠는가."

마치 속내를 들킨 것 같아 찔끔 놀란 목현 진인이었지만, 얼굴을 붉힐 정도로 수양이 적지 않았기에 가만히 고개를 숙여 보임으로 모든 대답을 대신하였다.

"그리 생각해 주시니 고맙소. 그럼… 이후 나의 행보에 화산파의 도움은 부담스러우니 며칠만 더 쉬었다가 산을 내려가도록 하리다."

"허허. 화산파의 산문은 언제나 열려 있습니다."

옥현 진인의 마음은 뛸 듯이 기뻤지만, 그런 마음은 누구에게도 함부로 보여선 안 되는 것이었기에 내실을 나서는 혁련옹에게 다시 한 번 감사를 표하는 것으로 자신의 마음을 숨겼다.

"흠… 아무래도 한동안 폐관에 들어야 할 듯싶네."

"폐관이라니요?"

목현 진인은 옥현 진인의 말에 깜짝 놀라 반문했다. 잠시 후 포로들을 심문하고 본산을 유린하려 했던 자들의 배후를 찾아 일벌백계의 위엄을 보여야 하거늘, 이 중요한 시점에 폐관이라니.

"그리 오래 걸리지 않을 걸세. 일단 모든 일은 자네에게 일임하겠네. 단, 침입자들의 배후를 밝혀내더라도 내가 출관하기 전까지 기다리게."

일견 새로운 장난감을 얻은 어린아이와도 같은 결정이었기에 목현 진인은 달갑지 않았다. 자하신검을 손에 쥐자마자 모든 대소사를 뒷전으로 미뤄 버리는 모습은 그다지 보기 좋지도 않았을뿐더러, 지금과 같은 시점에서의 폐관은 제자들의 사기에도 좋은 영향을 끼칠 리 없었다. 하지만 옥현 진인의 결정은 단호했다.

"일단 자하신검 안에 자하신공의 후반부가 있는지만이라도 확인하여야겠네. 대략 보름에서 한 달이면 족할 것이야. 배후를 캐내는 일도 쉽지만은 않을 터이니, 그리 알고 일을 진행시키게."

비집고 들어갈 틈도 없이 결정된 일이었는지라 목현 진인은 조용히 도호를 뇌까리며 내실을 나오는 것밖에 다른 방법이 없었다. 답답한 마음을 어찌하지 못하고 상청궁을 나오던 목현 진인의 눈에 하늘에서 떨어지는 희뿌연 것이 보이기 시작했다. 요 며칠 잠잠하더니 다시금 눈발이 날리기 시작하는 모양이었다.

"휴… 모든 것이 잘되었다. 자하신검도 돌아왔다……. 한데 왜 이리 가슴이 답답한 것인가? 모두 잘되었는데……."

마치 한여름 장대비 쏟아지기 직전의 먹장구름처럼 눈발을 실어 나르는 북쪽의 하늘은 목현 진인의 마음처럼 어둡기만 하였다.

*   *   *

화산파의 건물들은 대부분 작다. 거대한 암석덩어리와도 같은 연화봉에 주춧돌을 세우고 처마를 올려야 하는 탓에, 거대함과는 거리가 있는 건물들이 군집을 이루고 있는 형태로 존재한다. 외부가 이러니 내부 역시 일반적인 가옥의 내실 정도 되는 크기의 작은 방들이 오밀조밀하게 가옥 안에 들어찬 형태여서 상청궁이나 남천궁, 자소각과 같이 몇몇 주축이 되는 큰 건물이 아니라면 사방 삼 장(三丈)을 넘는 방은 찾아보기가 힘들다.

지금 강추와 일삼, 영우가 포박당해 앉아 있는 곳의 크기가 대략 사오 장은 넘을 듯하니, 붉게 칠한 기둥과 연록의 흙벽으로 둘러싸인 이곳은 상청궁이나 남천궁에 딸린 창고 중의 하나가 분명했다.

작은 다탁 하나를 앞에 둔 세 사람 모두 팔을 뒤로하여 의자에 단단히 포박된 채 자신들을 찾아올 누군가를 초조하게 기다리고 있었다. 아직 경험이 일천한 영우마저도 이 음습한 느낌의 창고에서 벌어질 일을 짐작하고 있는지 쉬지 않고 떠벌리던 입을 굳게 닫은 채 한숨만 내쉬고 있었다.

"…일삼."

"왜?"

"…우리도 …염승처럼 죽겠죠?"

"……."

"휴……. 어머니가 보고 싶어요."

"……?"

"…어제까진 취홍루(取紅樓)의 연지 년이 그렇게 눈에 아른거리더만……."

힘없이 주절거리는 영우의 이야기를 듣고 있던 일삼의 시선이 영우에게 향했다. 이 멍청해 보이는 강호초출도 죽음을 예감하고 있는 모양이었다. 대게 이런 상황의 끝은 지독한 고문 후의 토설. 그리고 증거 인멸 차원의 살인멸구로 귀결된다. 대화산파라 불리는 이곳도 정도의 차이는 있겠지만, 결국 그다지 큰 차이는 없을 것이다.

"…네놈, 그래도 꼬박꼬박 은자를 모아 집으로 보내곤 했지."

"동생들이 많으니까요. 아버지가 일찍 돌아가셨기 때문에, 어머니 혼자 넷이나 되는 동생들을 키우시느라 고생이 이만저만이 아니셨죠."

일삼은 작게 한숨을 내쉬었다. 자신이야 마흔을 넘긴 지 오래라 어찌 보면 강호 삼류로선 장수했다 말할 수도 있겠지만, 이 덜떨어진 녀석이 명을 달리하기엔 분명 아직 일렀다.

물론 강호 바닥에서 시작한 자들이 가장 많이 죽어나가는 나이가 이십대 초반이다. 젊은 혈기만 믿고 물불 못 가리고 좌충우돌하기에 그러하기도 하였지만, 강호에서 가장 흔하게 찾을 수 있는 나이이기에 그

비중이 더했다. 대략 서른을 넘기면 어느 정도 경험이 붙어 눈치껏 제 살길을 찾는 요령을 터득하게 되고, 마흔 정도 되면 죽을 길인지 살길인지 알아채는 요령도 제법 생긴다. 그러하기에 강호에서 무사를 고용할 때 삼십 중반에서 사십 초반까지의 인물들을 선호하는 것이고, 이십 대의 무사들은 싼 맛에 칼받이 삼아 고용하는 경우가 많았다. 그런 칼받이 신세에서 살아남아야 대접받는 무사가 될 수 있었기에 적당히 수련하고 출도한 강호초출들이 위험한 일도 마다하지 않는 것이기도 하였고.

이제 삼류로서의 최후가 그들을 기다리고 있었지만, 이 덜떨어져 보이는 초출내기에게 그것을 말해 주어야 할지 말아야 할지 고민이 되는 일삼이었다.

"영우야."

"예?"

"…아니다."

일삼은 입 안을 맴돌던 말을 도로 삼켰다. 죽음을 목전에 둔 녀석에게 죽음에 대한 공포까지 맛보게 하는 것도 썩 내키는 일은 아니었고, 조용히 두 눈을 감고 죽음을 기다리는 강추의 모습을 보니 더욱 입이 떨어지지 않았다.

끼이익…….

굳게 닫혀 있던 창고의 문이 열리며 한 사람이 모습을 드러냈다. 일삼과 영우는 물론 눈을 감고 있던 강추마저 눈을 뜨고 소리가 들린 방향을 바라보았다. 문을 열고 들어서는 한 사람. 열렸던 문이 문 뒤에 있던 누군가의 손에 의해 닫히자 문밖으로 보이던 새하얀 눈발들도 시야에서 사라졌다.

헐렁한 장포처럼 도사의 옷을 어깨에 걸친 그 사내가 가만히 손을 들어 어깨에 얹힌 눈을 털어내었다. 옷 속에서 나온 손은 새하얀 붕대가 부목과 함께 두껍게 둘려져 있어 큰 상처를 입은 게 아닌가 싶었고, 살짝 열린 옷 사이로 보이는 왼쪽 어깨 역시 새하얀 광목이 겹겹이 둘러져 있었다. 그리고 눈을 다 털어냈는지 사내가 걸음을 옮겨 다탁 맞은편에 있던 빈 의자로 다가와 털썩 걸터앉았다.

"반갑군… 모두."

사내의 눈은 웃고 있었다.

'젠장……'

일삼은 입맛을 다셨다. 문을 열고 들어선 사내. 무엇을 하는 자인지는 모르지만, 사내는 절대 화산파의 사람이 아니었다. 불량스럽게 보일 정도로 헐렁한 장포와 그 속에서 옅게 흘러나오는 듯한 피내음. 웃고 있는 눈동자 속에 떠오르는 기분 나쁜 그 무엇. 일삼이 느낀 것을 강추도 느꼈는지, 강추의 눈에 약간의 긴장이 일고 있었다. 영우만이 눈을 말똥말똥 굴리며 웃으며 들어선 사내에 대한 기대감을 나타내고 있을 뿐.

'잘못 걸렸군. 몽둥이로 치도곤을 당하거나 혈도 몇 군데 눌릴 것이라 생각했건만……'

일삼은 의자에 걸터앉아 아무 말 없이 자신들을 바라보고 있는 사내가 절대 화산파의 인물이 아니라는 것에 내기라도 걸 수 있을 것 같았다. 그리고 화산파의 인물이 아니라면, 자신들의 입에서 자백을 받아내기 위해 외부에서 초빙된 인물이라는 결론을 어렵지 않게 얻을 수 있었다.

‘결론은…… 전문가라는 말이지.’

말없이 앉아 있는 자세하며, 먹잇감을 바라보는 포식자의 느긋함과 같은 미소까지……. 아무래도 곱게 죽기는 그른 것 같았다. 반 각이 다 되어 가도록 아무 말 없이 자신들을 바라보며 미소 짓던 사내가 입을 연 것은 참다 못한 일삼이 입을 열려던 그 순간이었다.

“입 열지 마.”

일삼은 사내의 말에 움찔하며 열려던 입을 도로 닫았다. 괜히 심기를 건드려 고통을 자초할 필요는 없었으니.

“저기… 심문은 안 하시나… 요?”

기어이 더듬거리며 말문을 연 영우를 사내가 가만히 바라보고 있었다. 그리고 한마디.

“다시 한 번 내 허락없이 입을 열면…… 그냥 죽인다.”

영우는 헙 하는 소리와 함께 입을 합죽이처럼 오므렸다. 그런 모습에 만족한다는 미소를 지은 사내가 다시금 시선을 일삼에게 향한 채 침묵을 강요했다.

‘젠장……. 아무 말이라도 해라.’

일삼은 온몸을 조여오는 것 같은 침묵에 금방이라도 심장이 터질 것만 같은 답답함을 느끼며 인상을 구겼다. 그런 변화를 바라보는 사내는 미소를 지우지 않은 채 품속에서 무언가를 천천히 꺼내 다탁 위에 올렸다.

‘뭐… 뭐야?’

일삼은 물론 강추 역시 사내가 꺼내놓은 물건을 바라보며 눈을 크게 떴다. 보기에도 섬뜩하게 날이 선 얇은 면도, 그리고 날카롭게 갈려진 긴 대못 십여 개. 단 두 가지의 물건이었지만, 사람들은 그 두 가지를 가지고 상상의 나래를 펼치고 있었다.

'저 칼로 살을 저미고, 저 못으로 살을 뚫기라도 하겠다는 건가?'

한 번 시작된 상상은 겉잡을 수 없이 달려나갔다. 머리에 못이 박히는 상상에서부터, 새파란 면도로 거세되는 상상까지… 영우의 입에서 침이 꿀꺽 넘어가는 소리가 들릴 때까지 사내들의 상상은 끝없이 활개를 치고 있었다.

"고문술사가 내 직업이다."

사내는 여전히 미소를 지우지 않은 채 입을 열었다.

"사람을 가학하는 것이 취미는 아니지만, 적성에는 잘 맞는 편이라 내 일에 만족하고 있다."

사내의 목소리는 낮고도 차가웠다. 원래 말투가 그런 것인지 일부러 그런 것인지 듣기 싫을 정도로 천천히 말을 하는 것도 사람들의 신경을 자극하고 있었다.

"여러 가지 도구를 이용해 원하는 것을 알아내 보았지만, 지금 내가 사용하는 것은… 이 두 가지뿐이다. 괜히 여러 가지 들이대 봐야 결과는 언제나 같았으니까. 이 작은 면도는 여린 인간의 속살을 도려내는 데 제격이고, 이 날카로운 대못이라면 너희 장기 어느 부분이라도 찌르고 들어갈 수 있지."

영우의 얼굴은 점점 파랗게 질려가고 있었고, 강추와 일삼의 이마에도 조금씩 식은땀이 배어 나오고 있었다. 저 사내의 말속에… 거짓은 없는 듯했다.

"가장 도려내기 좋은 부분과… 가장 찌르기 좋은 부분……. 궁금하지 않나?"

사내의 미소가 짙어질수록 일삼과 강추의 눈에는, 의지와는 상관없는 본능적인 두려움이 조금씩 새어 나오고 있었다. 영우의 눈이 두려움으로 가득 찬 것은 이미 오래전이었지만.

"가장 도려내기 좋은 곳은 귀와 유두(乳頭). 그리고… 남근(男根)이지. 가장 찌르기 좋은 부분 역시 귀와 유두… 그리고 남근."

양손과 두 발이 포박된 사람들은 사내의 말을 듣고 상상하는 것만으로도 그 고통이 얼마만큼인지 알 수 있을 것 같았다.

"귀에는 무수히 많은 혈관이 모여 있다. 잘리면 피가 멈추질 않지. 재빨리 치료하지 않으면 피가 모두 빠져 죽을 정도로. 유두를 자르면…… 그야말로 지랄 발광을 하더군. 고통이 어떤지는… 나도 겪어보지 못해서 말해 주기 어렵지만……. 내 손을 거쳐 간 놈들 모두 가장 고통스러워하던 부분이었으니 아마 확실할 거야. 남근까지는 손이 가지 않게 해주었으면 좋겠어. 나도 그런 쪽에는 취미가 없거든."

사내는 얇은 면도를 손에 쥐고 위아래로 훑었다. 부목까지 댄 하얀 광목과 대비되는 그 새파람이란, 절로 등줄기가 오싹해지는 예리함 그 자체였다. 일삼의 이마를 흐르던 땀방울이 뺨을 타고 내려와 턱에서 방울져 바닥으로 떨어졌다.

'미… 미친놈……. 완전히 미친놈이다.'

사내는 들었던 면도를 가만히 내려놓더니 옆에 있던 대못을 집어 들었다.

"귀청을 찢는다는 말 들어보았나? 이 대못이라면 그 귀청을 확실하

게 찢어주지. 내 장담하건데……. 이 대못이 그 귀로 전부 들어간다 해
도 당장 죽거나 하지는 않아. 조금 아프긴 하겠지만. 다만 문제라
면…… 대못을 빼면 죽는다는 거지. 그건… 정말 방법이 없더군. 그리
고… 이 대못으로 유두를 찌르는 건 나로서도 참 고역이야. 이 대못이
모두 들어갈 때까지 자네들 몸속의 중요한 장기를 건드리지 않게 신경
을 곤두세워야 하거든. 마지막으로… 남근의 요도(尿道)를 통해 대못
을 집어넣는 것은… 의외로 좋아하는 녀석들도 있으니… 한번 기대해
보는 것도 괜찮겠지."

영우는 자신이 오줌을 조금 지렸다는 사실도 자각하지 못했을 정도
로 두려움에 떨고 있었다. 그저 몇 마디 말이었을 뿐이지만, 영우가 느
끼고 있는 공포는 그 어떤 고문보다도 영우의 정신을 붕괴시키고 있었
다. 일삼과 강추 역시 사내의 목소리를 들으며 극도의 긴장 상태에 다
다르고 있었다. 하지만 그들이 느끼고 있던 두려움은 사내의 말속에서
비롯된 것이 아니라 사내의 눈빛에서 비롯된 것이었다. 저 사내는……
진심이었다.

사내는 시종일관 미소를 잃지 않았다. 귀를 씻어내고 싶을 정도로
잔혹한 말들만 골라 하면서도, 사내의 눈은 웃고 있었다. 물론 그 눈
속에 일렁이는 광기가 조금씩 더해가는 것을 바라보는 강추나 일삼의
속은 새까맣게 타 들어가고 있었지만.

"다 말해 주고 시작하는 것은…… 말없이 시작하면 놀라 죽는 놈들
이 많아서 그런 것이니 이해들하게. 나는… 원하는 것을 얻고자 하는
사람이지… 가학을 좋아하는 변태는 아니거든."

사내는 들었던 대못을 가만히 내려놓았다. 그리고 사내들을 향해 지

금까지 지었던 어떤 미소보다 짙고 광기 가득한 미소를 지어 보이며
이렇게 말했다.

"자, 대답을 먼저 하겠나, 내 실력을 먼저 보겠나?"

*　　　*　　　*

눈발이 거세게 휘날리고 있음에도 목현 진인과 무현 진인, 그리고
상현 진인 세 사람은 자리를 떠날 줄 모르고 있었다. 상청궁의 뒤편으
로 나 있는 식자재 창고의 두꺼운 문을 통해 흘러나오는 철웅의 목소
리는, 목덜미를 훑고 지나가는 매서운 눈발의 차가움을 느끼지 못할 정
도로 섬뜩함을 지니고 있었다.
"저, 정말 살다 살다 이런 이야기는 처음 들어보는군."
질렸다는 투로 말하는 목현 진인의 전음에 무현 진인 역시 가만히
고개를 끄덕이며 사형의 말에 동조했다.
"허어… 저 역시 강호에서 온갖 일을 다 겪었다 자부하는 편이지
만……. 정말 저 친구의 섬뜩한 말들은 상상조차 하기 싫을 정도군요."
"…어쨌거나 잘된 것 같군요. 안에 있는 자들의 이야기를 들어보
면……."
상현 진인 역시 떨떠름한 기분을 영 털어버리지 못했는지 퉁명스러
워진 말투로 사형들에게 안의 상황을 알렸다.
"음… 과연. 생각했던 것처럼 저 청년보다는 다른 두 명이 조금은
더 많은 것을 알고 있는 듯하구먼."

"그래도 부족해. 강추라 하였던가? 저자의 말대로라면 모든 명령은 전서(傳書)와 흑화(黑話)로만 전달받았고, 저들에게 명령을 전달하는 자 역시 항상 복면을 쓰고 있어 누군지 알아볼 수가 없었다 하지 않은가?"

"하나 저들이 근거지로 사용했다던 장원의 위치를 알아내었으니, 그곳을 중심으로 찾다 보면 무언가 실마리가 잡힐 듯도 한데……."

"그래. 그나마 가장 쓸모있는 정보는 그것뿐이군. 한데 호북의 무창(武昌)이라……. 가깝다 말할 순 없는 곳이군. 저들을 조금만 더 심문한다면 무언가 더 얻을 수 있지 않을까?"

"…설마 철웅 저 친구가 말한 것을 시연하길 바라시는 것은 아니겠지요?"

"음……."

상현 진인의 냉소에 목현 진인은 입을 다물 수밖에 없었다. 자신이 생각하여도 더 이상의 심문이나 고문은 불필요해 보일 정도로 포로들의 대답은 필사적이었다. 그저 편히 죽게 해준다 약조하였을 뿐인데.

"그럼 저들은 어찌한다?"

"저들의 처리는 저에게 일임하여 주십시오."

목현 진인은 상현 진인의 말에 잠시 고민하다 물었다.

"설마… 이대로 풀어주려는 것은 아니겠지?"

"그럼 이대로 살인멸구(殺人滅口)하실 생각이셨습니까?"

상현 진인의 단도직입적인 질문에 목현 진인은 차마 바른 대답을 할 순 없었다. 도인 된 신분에 그런 생각을 가졌다는 것만으로 지탄받아 마땅한 일이었으니, 진심은 자신의 마음속에 곱게 접어놓을 수밖에.

"그럴 리가……. 하나 이대로 놓아주는 것도 그리 현명한 처사는 아닌 것 같네만……."

"…그러지는 않을 것입니다."

"음……. 현명하게 처리하길 바라네."

목현 진인은 더 이상 독 오른 듯 달려드는 자신의 사제와 이야기를 나누어 득될 것이 없다 판단했는지, 무현 진인을 이끌고 서둘러 상청궁의 내실로 향했다. 누가 뭐래도 장문인이 폐관에 들어간 지금, 자신은 대화산파의 최고 결정권자였다. 장로들과의 불협화음은 보기에도 좋지 않았다. 지금은…….

멀어지는 사형들의 모습을 바라보며 상현 진인은 가만히 한숨을 내쉬었다. 비록 의도적으로 화난 듯 쏘아붙인 것이긴 하였으나 역시나 자신의 사형은 저들의 입을 영원히 틀어막을 생각을 하고 있었던 듯했다. 만약 자신이 조금만 느슨하게 대응하였더라도 십중팔구 사형의 뜻대로 되었으리라. 거센 눈발 속에 서 있던 상현 진인이 문을 열고 걸어 나오는 철웅을 향해 발길을 옮겼다.

"수고했네. 정말… 고맙네."

"별말씀을……."

"허허, 나도 순간적으로 내가 사람을 잘못 본 것이 아닌가 싶을 정도였다네. 정말 대단한 연기였네."

철웅은 가만히 미소 지으며 상현 진인의 칭찬에 화답했다.

"저들은……."

"저들의 처리는 조금 있다 생각하도록 하고, 일단은 자네도 좀 쉬게. 편치 않은 몸으로 어려운 일을 하게 하였으니 내 맘이 편치 않구먼."

"예. 그럼 이만……."

철웅은 가만히 인사를 올리고 나서 자신의 처소인 자소각으로 향했다. 거세어지던 눈발은 어느새 눈보라가 되어 있었다. 불과 이십여 장도 떨어져 있지 않은 자소각이었음에도, 눈의 장막에 가려 희뿌연 잔영만이 아른거릴 뿐이었다. 걸음을 옮기던 철웅의 입에 작은 미소가 걸렸다.

'전혀 즐겁지 않군.'

철웅의 입 꼬리가 이상하게 일그러졌다.

'과거를 회상한다는 건……'

철웅이 내딛던 걸음이 조금씩 무거워졌다. 어느새 발목까지 차오른 눈길을 헤치기 힘들어서였을까? 철웅의 발걸음이 조금씩 느려지는 것만 같았다.

'이상한 곳에서 써먹게 되었군. 과거의 경험이란 것……'

자소각의 처마 밑으로 들어가고 나서야 어깨에 내려앉은 눈들을 털어낼 수 있었다.

'허……. 누가 누구를 고문한 것인지 모르겠군.'

철웅은 고개를 들어 초저녁처럼 어둡게 변한 하늘을 바라보고 있었다.

'…진인 ……어설픈 연기로 속일 수 있는 자들은 아니었답니다.'

철웅은 가만히 고개를 흔들어보곤 몸을 돌려 자소각 안으로 사라졌고, 거세게 불어오는 눈보라가 그런 그의 잔영마저 삼켜 버리고 있었다.

第二十章
이별(離別)

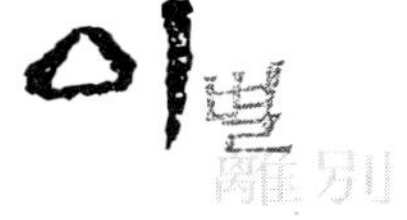

이별(離別)

"그분이… 떠났소."

방문을 열고 들어오던 철웅을 맞이한 사람이 있었다. 평소 호기롭던 표정은 어디에다 두고 왔는지 침울한 표정으로 철웅을 향해 말문을 연 사람은 이십팔숙의 수장, 황보광이었다.

"그분이라면… 혁련 어르신이?"

철웅의 눈에도 놀람이 번졌다. 서 있던 자세 그대로 두 사람 사이에 무거운 정적이 내려앉았다. 언젠가 떠날 것이라는 건 알고 있었다. 평생을 떠돌며 자신의 의지를 행하던 분이니 화산에서 그 걸음을 멈출 리가 없었다. 하지만 이렇게 빨리, 아무런 언질도 없이 자신들의 곁을 떠날 줄은 생각도 못했다. 마지막 석별(惜別)의 정을 나누지도 못했건만……

"언제… 아니, 어디로 가신다 하더이까?"

잠시 말없이 앉아 있던 철웅이 힘없는 목소리로 황보광에게 물었다.

"아무 말도……."

두 사람 사이에 다시금 침묵이 이어졌다. 한 사람이 떠난 자리는 생각보다 넓고 깊었다. 그와 함께했던 시간은 길지 않았으나 그가 남긴 발자국은 쉽사리 지워지지 않을 듯했다.

"그분이… 남기고 간 것이 있소."

황보광은 가만히 손을 들어 다탁 위를 가리켰다. 철웅의 시선이 황보광의 손을 따라 다탁으로 향했고, 그곳에서 한 장의 서찰과 작은 주머니를 볼 수 있었다. 철웅의 손이 곱게 접힌 서찰로 향했고, 밀봉되어 있던 서찰은 철웅의 손길에 순순히 입을 열어 그 안에 접혀 있던 혁련웅의 체취를 그에게 전했다. 그 모습을 바라보던 황보광은 조용히 자리에서 일어나 방문을 나섰다. 두 사람이 각별했음을 알기에 자리를 피해주는 것이 도리라 여겼을 것이다.

누군가에게 서찰을 남겨보는 것이 얼마만의 일인지 모르겠군. 하나 이렇게라도 인사를 나누지 않는다면 자네가 섭섭해하는 모습이 눈에 밟혀 몇 번을 가던 길 돌아보게 될까 염려되어 몇 자 적고 가네.

철웅의 입가에 작은 미소가 걸렸다. 이 잔정 많은 노인이 서찰을 적으며 얼마나 한숨을 내쉬었을까.

사람의 인연이라는 것이 쉽게 맺어지는 것이 아니라지만, 자네와 만난 시간은 참으로 인연이 닿았던 것이라 생각하네. 물론 그 인연이 여기서 끝나는 것이 아니라 말하고 싶지만, 내 천명이 그리 많이 남지 않았음을 알기에 낯간지러운 재회의 기약 따위는 하지 않겠네.

'인연이었지요. 어르신과의 만남은……'

철웅은 혁련웅을 처음 만났던 그때를 생각했다. 날카로운 눈빛으로 자신을 쏘아보던 노인. 노인은 자신의 눈빛 하나를 믿고 화산에서 만나자는 기약만을 남기고 자하신검을 맡긴 채 떠났었다. 그리고 이제는 기약조차 하지 않고 다시 그의 곁을 떠났다.

자네를 처음 보았을 때는 광야의 늑대와 같다 생각했었네. 무리에서 떨어져 나온 늑대. 좀처럼 보기 힘든 고독과 방황의 그림자를 자네의 눈 속에서 보았기에 이 늙은이의 호기심이 동하였던 것일지도 모르네.

이제 그 늑대에게 정이 생겨 버렸으니, 머지않아 지쳐 쓰러지게 될 늑대에게 한마디 하지 않을 수 없네.

'어르신……'

철웅은 서찰에 남긴 글귀 한 줄 한 줄에 담긴 혁련웅의 따스한 마음을 느낄 수가 있었다.

늑대가 무리를 떠나게 되면, 그 늑대는 오래 살지 못하네. 늑대는 무리지을 수 있기에 광야를 지배할 수 있는 것. 늑대가 제아무리 광야의 야수로 뭇 짐승들 위에 군림한다 하여도 홀로 외떨어진 늑대를 짓누를 야수는 이 드넓은 광야에 얼마든지 있다네.

'무리에서 떨어져 나온 늑대라……'
철웅은 쓴웃음을 지었다. 자신의 처지는 혁련옹의 말마따나 무리에서 이탈한 외로운 늑대 이상도 이하도 아니었으니.

언젠가 자네가 내게 말했었지. 가진 것이 없기에 버릴 것도 없지만 지키기 위해선 싸울 것이라고, 상대가 누가 되었든……. 참으로 자네다운 말이라 생각하지만 자네의 그 대답에 나는 고개를 저을 수밖에 없네. 지키기 위해 싸운다 하였지만, 지키는 것이 목적이라면 싸워서 반드시 이겨야만 하네. 물론 자네가 약하다 말하는 것은 아닐세. 하나 자네보다 강한 자는 세상에 얼마든지 있네. 어찌 매화검수만이 고수일 것이고, 검절만이 천하제일이겠는가.
자고로 강호에는 백사장의 모래알만큼이나 많은 기인이사(奇人異士)가 있다 했네. 매화검수 정도의 고수는 헤아리기조차 어렵고, 검절과 같은 이를 조롱하고 있는 은자(隱者)가 존재치 않는다 감히 장담할 수 없는 곳이 강호일세. 그리고 이미 자네는 그 강호에 발을 들여놓았네.

'어르신의 말대로 되었군요……'
이어진 글귀를 바라보던 철웅은 기어이 한숨을 내쉬고 말았다.

내가 이런 말을 한 적이 있을 것이네. 강호는 사람을 끌어들이는 힘이 있다고. 자네에겐 안될 말이겠지만, 자네는 좋든 싫든 이미 강호인이네.

검절이 파검이란 외호를 주었다 했지? 그것만으로도 자네는 누구도 부정치 못하는 강호인이 되어버린 것이네.

나는…… 자네를 아끼고 있네. 자네는 의(義)와 리(理)를 알고 있네. 상하의 구분도 분명하고, 희생하는 것이 어떤 것인지도 알고 있네. 당금 강호에는 자네와 같은 사람이 더욱 많아져야 하네. 아니, 스스로 강호인이라 당당히 외치려 한다면 모든 사람이 자네와 같아야 하네. 협행(俠行)을 자랑스럽게 여기던 선배들처럼…….

'협의라…….'

철웅은 혁련웅이 남긴 두 글자를 바라보며 잠시 글읽기를 멈추었다. 익히 들어 알고 있는 말이었지만, 강호인이 되었다라는 말과 어울려 묘한 감흥을 주고 있었다.

당금 강호는 이미 협의(俠義)라는 것을 잊은 지 오래. 구파일방을 필두로 정파와 사파를 가릴 것 없이 스스로의 안위만을 생각하며 세 불리기에 혈안이 되어 있고, 그 보이지 않는 혈풍으로 인해 천하 각지에서 지금도 수많은 젊은이들이 피 흘리며 죽어가고 있네. 이미 몇몇 지자들의 탄식만으로는 수렁에 빠져 버린 강호를 정화할 엄두조차 내지 못할 만큼.

자네가 발을 들여놓은 강호라는 곳은 그런 곳이라네. 이런 격류 속에서 자신을 지키기 위한 방법은 하나뿐이네.

철웅은 눈빛을 굳혔다. 뒤이은 혁련웅의 부탁이 알 수 없는 무언가를 철웅의 가슴속에서 조금씩 꿈틀거리게 하고 있었다.

강해지게. 광야를 떠도는 늑대가 아닌, 산중을 호령하는 한 마리 범이 되게.

아무도 자네가 지키려 하는 것을 범하지 못할 만큼, 그 누구도 자네에게 발톱을 내밀어 위협치 못할 만큼 부디 강해지게. 강호는 결국 강자존의 세계. 힘이 있어야 협을 행하는 데 거침이 없고, 의를 행함에 막힘이 없다네. 살아남는 것도, 지켜내는 것도 힘이 있어야 가능한 것이네.

부디 강해지게. 누구도 넘보지 못할 만큼…….

철웅의 눈빛은 차갑게 내려앉아 있었다.

'강해… 져라…….'

철웅은 혁련웅이 진정 하고자 했던 말이 이 말임을 직감적으로 알 수 있었다. 혁련웅은 철웅이 강해지길 원하고 있었다. 그가 정을 내어 준 사람이 강호의 격류에 휘말려 덧없이 희생되는 것을 원치 않았기에…….

'강해… 져야겠지요. 하나 지금은…….'

철웅은 자신의 두 팔을 내려다보았다. 불타는 전장에서는 천하의 그 무엇도 자신의 일도(一刀)와 일권(一拳)을 막을 자가 없었건만, 새하얀 광목으로 감싸인 두 팔은 그런 과거의 기억을 무색하게 만들고 있었다. 하나 초라한 자신을 바라보던 눈빛은 서서히 변해가고 있었다. 아지랑이처럼 피어오르는 열기. 나이 서른을 넘기면서 서서히 잊혀져 갔던 오기(傲氣)라는, 그놈이 다시금 그의 가슴 깊은 곳에서 고개를 쳐들고 있었다.

‘전투에서는 패배했지만, 전쟁에서는 승리한다……’

그의 눈에 떠오른 감정은 좀처럼 볼 수 없었던 투지였다. 그는 새로운 적을 맞아 전의를 불태우고 있었다. 강호라는 거대한 적을 향해.

‘넘지 못할 산이란 없고, 건너지 못할 강이란 것도 없다. 이기지 못할 적이란 것은 더 더욱 있을 수 없다. 그들이 벽이라면, 넘어서면 된다.’

철웅은 검절을 떠올렸고, 무현 진인을 떠올렸다. 자신이 만난 두 사람의 천하제일인. 그들은 철웅에게 거대한 벽이었지만, 도전하고픈 벽이기도 하였다.

아직 강호의 생리나 상승무공을 익힘의 지난함을 모르는 철웅이었기에 강호초출의 치기 어린 승부욕과 같은 다짐을 하고 있었지만, 선택의 지난함을 떠나 세상으로 돌아온 뒤 처음으로 자신이 스스로 무엇을 이루겠다는 욕망을 가져 보는 것이기에 끓어오르는 가슴은 좀처럼 진정되지 않고 있었다.

하나 혁련웅과 철웅 두 사람 모두 지금 이 순간의 다짐이 훗날 어떠한 결과로 나타나게 될지는 짐작조차 하지 못했을 것이다. 강해지라는 말 한마디와 그 말을 들었던 사내의 다짐. 그것은 풍진강호를 떨어 울릴 한 마리 대호가 탄생하기 위한 서막이었다.

얼마간의 시간이 지난 후 철웅은 가만히 눈빛을 가라앉혔다. 아직 혁련웅의 이야기는 끝나지 않았다.

자네에게 내가 지닌 보잘것없는 무공이라도 전하고 싶은 마음이 굴뚝같으나 사문의 명이 지엄하여 사사로이 무공을 전하지 못하니 그것이 통탄스러울 뿐이네. 그런 아쉬운 마음이 이 늙은 노구의 발길을 붙잡고 놓질 않으니 마음 편히 떠나고자 하는 욕심에 두 가지 물건과 한 가지 약속을 남기고 떠나네.

비단 보자기에 들어 있는 물건은 자네가 강호를 종횡함에 힘이 되어줄 물건이고, 서찰과 함께 들어 있는 것은 자네가 강호를 주유함에 불편이 없도록 해줄 물건이네. 인연이 단절됨을 안타까이 여긴 늙은이의 마음이라 생각하고 부디 받아주길 바라네.

철웅의 시선은 서찰 옆에 놓여 있던 비단 보자기로 향했지만, 조급하게 열어보거나 하지는 않았다. 지금은 그가 남긴 물건을 확인하는 것보다 그가 남긴 체취를 맡는 것이 더욱 소중한 일이었다.

그리고… 자네가 충분히 강해졌다 생각된다면…… 태산에 한번 들러주게. 이것이 자네와 나누는 마지막 약조일 듯싶네. 태산을 찾으라 하는 이유는 태산에 이르게 되면 절로 알게 될 것이니…….

짧은 시간이었지만 참으로 즐거웠네. 내 언제 다시 자네와 같은 이를 만나 이런 정을 나누어볼까 생각하니 안타까운 마음이 더하는구먼. 하고 싶은 이야기는 산처럼 쌓여 있으나 말로 다 하지 못한 아쉬움에 비한다면 너무나 부족할 뿐이네. 무운(武運)을 비네.

철웅은 혁련웅이 남긴 서찰을 모두 읽고 나서도 한참 동안이나 서찰을 손에서 놓지 못했다. 사람의 인연이 어찌 만난 시간으로 셈할 수 있을까. 찰나라 부를 수도 있을 만큼 짧은 만남이었지만, 그의 모습은 철웅의 뇌리에 깊이 각인되어 있었다. 세상에 나와 첫 번째 이별이었다. 가슴 한쪽이 쓰려왔지만, 그런 것을 내색할 만큼 그의 나이가 적지 않았다.

철웅의 손이 다탁 위에 놓여 있던 비단 보자기로 향했다.

"이것은……."

철웅의 손바닥에 올려진 작은 영패. 무엇으로 만들어졌는지, 짙은 흑색에 옅은 청록의 광을 발하는 특이한 재질, 팔괘가 그려진 팔각형의 모양에 뒤집어보니 일곱 송이의 매화가 정교하게 수놓아져 있었다.

"세공이 참으로 정교한 것이 예사로운 물건은 아니로구나."

그의 손에 들린 매화조령은 정녕 예사롭지 않은 광채를 뿜어내고 있었다. 자기 자신이 가지고 있는 지고한 가치를 뽐내려 하는 듯이.

"이것이 강호에서 어떤 힘이 되어줄지는 모르겠으나 어르신이 힘이 될 것이라 하셨으니 분명 어떤 쓰임이 있을 것이다."

철웅은 매화조령을 다시 한 번 눈으로 확인한 후 다시금 비단 보자기 속으로 집어넣었다. 그에게 매화조령은 아직 큰 의미를 가지지 못하고 있었다. 하지만 서찰이 담겼던 겉봉 속에 있던 두 장의 종이를 꺼내어 들었을 때 철웅의 두 눈은 매화조령을 보았을 때와는 사뭇 다른, 경악에 가까운 표정을 짓고 있었다.

"이… 이십만 냥?"

놀랍다기보다는 당황스러웠다. 제아무리 재물에 욕심이 없는 사람이라 하더라도 은자 이십만 냥이라는 돈은 쉽게 눈을 떼기 힘든 어마어마한 액수였다. 하물며 금전에 초탈하다 말하기는 힘든 철웅이었기에, 그 놀람의 정도는 일반인의 그것과 크게 다를 바가 없었다.

“허…… 이것을…… 왜?”

욕심이 동하지 않았다면 거짓말이겠지만, 철웅의 마음 한편은 어이가 없었다. 자신이 이런 꿈에도 만져 보지 못할 거금을 받을 이유가 없었기 때문이기도 하였고, 이런 거금을 남겨둔 혁련옹의 저의는 더 더욱 알 수 없었기 때문이다. 단순히 호의라고 말하기엔…… 이십만 냥은 그 액수가 도가 지나치다 말하기도 민망스러울 만큼 어마어마한 금액이었다.

“휴……. 함부로 사용하기도 어려운 돈이다. 한동안은 입도 벙긋 하지 말아야 하겠구나. 재물도 이 정도라면 화를 불러 모으는 정도가 아닐 테니…….”

철웅은 크게 숨을 내쉬고는 손에 쥐고 있던 십만 냥짜리 전표 두 장을 곱게 접어 다시금 서찰의 겉봉에 집어넣었다. 그리고 혁련옹이 남긴 영패와 함께 품에 넣었다. 잠시의 시간이 흐른 뒤에야 혁련옹이 남긴 마지막 약조를 생각할 수 있었지만, 혁련옹의 말마따나 그곳에 가는 것은 아주 오랜 시간이 흐른 뒤가 될 것이었고, 그곳으로 가는 목적조차 알 수가 없었으니 고민이 길어질 이유도 없었다.

“나중에…… 반드시 찾아가 보겠습니다.”

철웅은 가만히 몸을 일으켜 굳게 닫힌 창문을 조금 열었다. 화산을 휘감아 도는 눈보라의 기세가 여전하여 창문을 반쯤 열어 몸으로 받치는 것도 쉽지 않았지만, 새하얗게 변한 화산을 바라보는 철웅의 눈에는 한낱 눈보라 따위가 어쩌지 못할 아련함이 찾아들고 있었다.

“인연이 닿으면…….”

철웅은 혁련옹의 잔영을 찾듯 시선을 멀리 던지고 있었다.

혁련옹은 떠났다. 자하신검을 철웅에게 맡기고 사라졌던 그날처럼,

화산에 몰아치던 눈보라는 사납게도 철웅의 얼굴을 할퀴고 있었다.

하지만 자소각의 반쯤 열려진 창문은 그 후로도 오랫동안 닫힐 줄을
몰랐다.

*　　　　*　　　　*

화음을 나서는 관도 위에 한 치 앞도 바라보기 힘든 거센 눈보라를
헤치며 한 사람이 모습을 드러내고 있었다. 두꺼운 모피를 어깨에 두
르고 전신을 두꺼운 갖옷으로 둘러싸고 있었지만, 왜소한 몸집은 거센
눈보라 속에서 위태롭게만 보였다.
　'또 이렇게 떠나는구먼.'
　얼굴을 가리고 있는 두꺼운 천 사이로 잔주름이 가득한 노안이 보였
다. 그 노안은 아련한 무언가를 담은 채 눈보라에 가려 보일 듯 말 듯
한 화산을 바라보고 있었다.
　'어찌 자네를 떠날 때마다 이렇게 거센 눈보라가 날리누……'
　웬만한 장정이라도 버티고 서 있기 힘들 정도의 강풍이 노인의 몸을
때리고 있었지만, 노인의 왜소한 몸은 작은 미동도 하지 않고 무릎까지
차 오른 눈 속에 버티고 서 있었다.
　'아마… 마지막이겠지. 자네를 보게 되는 것은.'
　노인, 혁련옹은 아쉬움을 달래듯 화산의 연화봉을 바라보다 이내 발
길을 되돌려 화음을 빠져나가기 시작했다.
　'잘 있게……. 부디… 대호가 되어주게…….'

혁련옹의 모습은 눈보라 속으로 자취를 감추고 있었다. 아마 한 몇 년 동안은 불매자 혁련옹을 보았다는 이를 찾기 힘들 것이리라. 혁련 옹이 떠나는 모습을 바라보던 나무 뒤의 그 사내가 입을 열지 않는 한.

'혁련옹, 결국 화산을 벗어났군.'

굵은 나무 뒤에 숨어 혁련옹이 사라지는 모습을 지켜보던 사내가 조심스레 혁련옹의 뒤를 쫓기 시작했다.

아무도 모르게 화산을 빠져나가던 혁련옹을, 아무도 모르게 뒤쫓기 시작한 그 사내. 화음의 객잔에 모습을 드러내었던 련의 소교주와 함께 있던 사내.

백호 한수의 노예 '폐' 가 눈보라 속으로 사라진 혁련옹을 뒤쫓기 위해 움직이고 있었다.

*   *   *

철웅을 바라보고 있는 재희의 마음은 무겁기만 했다. 평소에도 그리 감정을 잘 표현하던 사람은 아니었지만, 오늘과 같은 무거운 분위기의 그는 처음 보았기에 자신의 미소 띤 인사에도 가만히 고개를 끄덕이고 마는 그에게 서운한 마음마저 들고 있었다.

'무슨 일이라도 있으셨던 것일까?

혁련옹과의 이별을 아쉬워하던 철웅에게 그런 재희의 섭섭한 마음까지 살필 여력이 있을 리 없었고, 혁련옹이 떠난 것을 모르는 재희 역시 그런 철웅의 공허한 마음을 들여다볼 재주는 없었다.

"법술이라는 것은… 몇 번을 하였는지 그 횟수가 중요한 것이 아니라, 법술을 펼치는 자가 얼마만한 지성과 공덕을 들여 행했는지가 중요한 거라오."

다탁을 사이에 두고 앉은 철웅에게 청상 진인이 찻잔을 내려놓으며 덤덤히 말했다. 해가 질 무렵 찾아온 한 여도사의 전갈을 받고 남천궁을 찾은 철웅에게 한참을 뜸들이다 꺼낸 말치곤 그 어감이 반갑지만은 않았다. 내용도 그렇고, 말투도 그렇고.

"세 번에 걸친 법술이었소. 나와 함께 남천궁에서 고르고 고른 도력 높은 여도사 세 명이 함께 펼친 환혼주(還魂呪)였지만…… 더 이상 그 아이에게 법술을 펼치는 것은 무의미하다는 결론을 내렸소."

'화산조차……'

소소의 기억을 살려보기 위해 찾은 화산이었다. 한 해에도 수십 명의 앉은뱅이가 걸어나가고, 수백 명의 귀신 들린 자가 정신을 되찾는다는 화산파였건만 결국 소소의 정신은 되살리지 못한 모양이었다. 철웅의 공허했던 눈빛에 짙은 아쉬움이 배어 그 처량함을 더했다.

"고생이… 많으셨습니다."

철웅의 맥없는 목소리에 청상 진인도 냉랭한 표정을 풀지 못하면서도, 안타까운 동정의 눈빛을 보내고 있었다. 자신의 제자를 홀린 염치없는 자라 냉랭히 대한 것이 미안해질 정도로, 그는 깊은 실의에 빠진 모습이었다.

"변명같이 들릴지 모르나…… 작은 차도는 있었습니다."

철웅의 고개가 가만히 들리며 청상 진인의 입술을 바라보고 있었다. 청상 진인은 그 눈빛이 지푸라기라도 잡아보겠다는 다급함임을 알기에 더욱 조심스러울 수밖에 없었다.

"음…… 얼마만한 차도인지는 나조차도 확신할 수는 없으나 그 아이의 반응이 예전보다 많이 호전된 것은 사실이지요."

"반응… 이라고 하셨습니까?"

"그렇습니다. 과거 법술을 펼치기 전이 스스로의 의식 안에 모든 것을 가두어논 상태였다면, 지금은 그 의식 속에서 한발 나와 주변을 의식하는 정도까지는 호전된 듯합니다."

철웅은 청상 진인의 말을 되뇌이면서도 고정되었던 시선을 떼지 않았다. 조금 더 자세한 설명을 필요로 하는 눈빛이었다.

"이렇게 보면 됩니다. 이전이었다면 오가는 사람에게 눈빛이 가지 않고, 눈에 보이지 않는…… 그러니까 등 뒤에서 들린 소리나 울림에 반응하지 않던 아이가, 법술을 펼친 후에는 그런 것에 조금씩이나마 반응하기 시작했다는 것입니다."

철웅은 가만히 소소와의 시간을 돌이켜 보고 있었다. 과연 기억 속의 소소는 백치와 같은 상태였었다. 등 뒤에서 불러도 대답하지 않았고, 옆에 다가가도 고개를 돌린 적이 없었다. 그저 반응이라 말할 수 있었던 것은 먹고, 자고, 걸었던 것. 자신을 바라보며 미소를 보여주었던 것. 고작 한 번뿐이었지만.

"외람되지만… 앞으로 더 나아질 희망은……?"

"음…… 본시 사람의 일은 장담하지 않는 것이나 내가 보기엔… 더 나아질 희망은 있을 듯합니다."

장담할 수 없으니 단언할 수 없다. 하나 더 나아질 희망도 있고, 더 나빠질 가능성도 있다면, 그런 것을 군이 갈라 말해 줄 필요는 없을 듯했다. 본시 희망이라는 말은 그것이 보이지 않을 때 쓰는 말이었으니. 지금의 소소처럼…….

"고생하셨습니다. 이 은혜를 어찌 갚아야 할지…….”

"도를 찾는 이가 어찌 행함에 보답을 바라리오. 오히려 완전히 쾌차치 못한 것이 미안할 따름입니다.”

청상 진인은 눈앞의 중년인이 그리 안타까울 수가 없었다. 만약 자신의 제자가 마음을 준 자만 아니었다면, 손이라도 한번 붙잡아주고 싶을 정도로. 하나 그것은 그것이고 이것은 이것이었다. 환자의 보호자로서는 안타까울지언정 제자의 마음을 뒤흔든 사내라는 것을 알고 있는 이상, 더 이상의 인연은 맺지 않는 것이 좋았다. 철웅에게 소소가 소중한 아이인 것만큼이나 청상 진인에게 재희 역시 제자이기 이전에 자신이 보호하여야 할 안타까운 아이였다.

그런 사부의 마음까지 헤아릴 수 없던 재희는 사부의 얼굴에 서린 한 겹 냉랭한 기운에 마음이 쓰라려 왔다.

'사부님… 노여워하지 마세요. 그분은 아무 잘못도 없습니다. 다 이 못난 제자의 탓입니다…….'

청상 진인의 옆에 다소곳이 앉아 있던 재희는 철웅과 청상 진인을 번갈아 보면서 차마 내뱉지 못한 한숨을 속으로 삭이고 있었다.

"그럼… 소소를 데려가도록 하겠습니다.”

"아니, 아직은 법술의 여력으로 기운이 많이 쇠잔해져 있습니다. 한 이삼일 이곳에 머물며 보양을 한 후 데려가는 것이 나을 것 같습니다.”

철웅은 청상 진인의 마음 씀씀이에 고마워하며, 가만히 고개를 숙여 보였다.

"은혜는… 잊지 않겠습니다."

청상 진인 역시 그런 철웅의 감사에 마주 고개 숙이며 답례했다.

'부디… 은혜를 잊지 않겠다는 그 말, 잊지 않기 바랍니다.'

방을 나서던 철웅의 뒷모습을 바라보는 애달픈 제자의 눈빛이 청상 진인의 망막을 쓰라리게 하고 있었다.

자소각으로 돌아가는 철웅을 스친 몇몇 화산파의 사람들이 그를 보며 아는 체를 하고 지나갔다.

화산파에서 철웅의 위치는 다른 방문객들과는 사뭇 달랐다. 그가 사문에 일어났던 불미스러운 일들에 앞장서 큰 화를 모면할 수 있었다는 소문은 이미 새로울 것도 없는 이야기였다. 몇몇 장로들의 입을 통해 공공연히 화산파의 은인이라는 소리가 흘러나오고 있었으니 그런 철웅에게 고마움을 느끼지 않을 화산의 제자는 없었다.

하나 그것은 어디까지나 그의 지식이 도움이 되었던 것이니 고마운 마음은 있을지언정 어려워할 만한 것은 아니었다. 오히려 누구를 통해 퍼져 나갔는지, 검절과 검을 섞었다는 소문이 그를 대하는 화산파 사람들의 옷깃을 추스르게 하고 있었다.

"저 사람이 검절과 대결을 펼쳤다는……."

"그래. 비록 검절에게 패해 큰 부상을 입었다지만, 그 정도만 하더라도 대단하다 말할 수 있지."

"그럼, 저번에 운엽 사형와 겨루어 다친 것은……."

"허어, 이 사람. 귀는 두었다 어디에 쓰는가? 그것이 화산의 체면을 보아준 것이라는 것은 이미 알 만한 사람은 다 아는 이야긴데. 아, 상현 장로님이 저 사람에게 얼마나 극진한지 몰라서 그러시는가?"

"아! 과연······."

낮춘다고 낮춘 목소리였지만 귓가를 스쳐 지나치지 못한 그들의 이야기는 철웅으로 하여금 내심 쓴웃음을 짓게끔 하고 있었다. 그런 시선들에 익숙하지 않았던 탓일까? 해가 저물며 잠잠해진 하늘이 간간이 눈발을 날리고는 있었지만, 마치 눈보라라도 치고 있다는 듯 철웅의 발걸음은 그런 화산파 사람들의 수군거림에서 서둘러 빠져나오고 있었다.

*　　　　*　　　　*

"아무래도··· 떠날 때가 된 듯싶습니다."

장 의원과 소아, 이철성과 막고위까지 철웅의 이야기에 흠칫 놀라 그를 바라보았다. 철웅은 그들에게 어젯밤 청상 진인에게 들었던 이야기를 전하였다. 어차피 소소를 위해 오른 화산파였으니 화산을 내려갈 이유로는 충분했다.

"흠··· 화산파에서도 결국······."

"허··· 그래도 얼마간의 차도가 있었다니, 그것으로라도 위안을 삼아야지요. 차도가 있었다는 것에 희망을 걸어볼밖에······."

장 의원과 철웅의 이야기에 이철성이 조용히 말을 건넸다.

"그럼 예정하셨던 대로 화산 근처에 자리를 잡을 생각이십니까?"

"음, 아무래도 그래야겠지. 그 부분은 이미 상현 진인과도 이야기가 끝난 상태고."

장 의원은 이철성에게 간단히 대답한 후 철웅을 바라보았다.

"그래, 언제쯤 움직일 생각인가?"

"빠를수록 좋겠지요. 너무 오래 신세를 지는 것도 마음이 편치만은 않기도 하고……."

"하지만 아직 그런 몸으로는 무리야."

누군가에게 의지한다는 것이 익숙하지 않은 철웅이었기에 하루라도 빨리 화산파의 울타리를 넘고 싶어했다. 하나 장 의원의 말처럼 두 손을 쓸 수 없는 철웅에게는 쉽지만도 않은 일이었다. 어제 내린 폭설로 인해 산문을 오르는 길마저 막힌 상황이었고, 철웅의 두 팔도 무엇을 할 수 있을 만큼 온전한 상태는 아니었다. 그렇다고 장 의원과 소아에게 맡길 수 있을 만큼 새로운 보금자리를 만든다는 것이 쉬운 일도 아니었으니, 지금 당장은 화산의 신세를 질 수밖에 없었다.

"봄이 오면……."

철웅은 가만히 고개를 들어 창밖을 바라보았다. 맑게 갠 하늘은 시치미를 떼고 있었지만, 하얗게 변해 버린 화산은 봄이 오기까지 꽤나 오랜 시간이 남았다 말하고 있었다.

*　　　*　　　*

재희가 소소가 잠든 방을 찾은 것은 정녕 우연이었다. 수련이 끝나고 자신의 방으로 가려면 소소가 묵고 있는 방을 지나쳐야만 했고, 더 이상 법술을 펼치지 않겠다는 사부의 말에 문득 고개가 쳐들린 곳이 소소의 방문 앞이었던 것처럼.

가만히 방문을 열고 들어선 재희의 눈에 조용히 잠들어 있는 소소의 모습이 보였다. 열린 방문 틈으로 들어온 정오의 햇살이 잠든 소소의 초췌해진 얼굴에 짙은 음영을 남기고 있었고, 그런 소녀의 모습을 차마 볼 수 없었는지 재희의 손은 가만히 열렸던 방문을 닫고 있었다. 혹여 소소가 깰까 조심스레 발걸음을 옮기던 재희는 침상 옆에 있는 작은 의자에 소리나지 않게 앉았다.

"많이… 상했구나."

홀쭉하게 들어간 소소의 볼은 요 며칠의 법술이 얼마나 고되었던 것 인지를 말해 주고 있었다. 물론 물과 미음으로밖에 그녀를 돌볼 수 없 었기에 더욱 그러했던 것일 수도 있지만, 도문에서 소소의 원기를 회복 시켜 줄 특별한 음식을 찾는 것 역시 쉬운 일은 아니었다.

"조금만 참아. 며칠 후면 장 대인에게 돌아갈 수 있을 거야."

재희의 눈은 부드러웠다. 철웅이 아끼는 아이였기에 그러했을 수도 있고, 소소의 가녀린 그 모습이 애처로워 그랬을 수도 있었다. 소소의 이마를 쓸어 넘기는, 그 손길에는 그녀의 온기가 가득하였다.

"너는… 참으로 좋겠구나. 그분의 사랑을 받고 있으니."

재희의 눈에 아련함이 맺혔다. 그리고 이 작은 방에 자신과 잠든 아 이, 둘만이 있다는 생각에 자신도 모르게 마음을 열어놓고 있었다.

"나는… 아홉 살 때 화산으로 들어오게 되었단다."

그리고 이어진 그녀의 슬픈 이야기. 도화의 저주. 자신을 바라보는 사람들의 음심 가득한 시선에 진저리를 쳐야만 했던 시간들. 그녀는 사람들의 손길을 피해 화산을 찾을 수밖에 없었다. 고작 아홉 살의 어 린 나이에. 사람들의 눈길을 피해 어둠 속에서 살아야 했던 십오 년.

십오 년간 그녀와 함께했던 두꺼운 잿빛 면사. 그녀의 눈망울엔 어느
새 엷은 수막이 덮혀 있었다. 그리고 이어진 그녀의 미소.

"그리고… 그분을 만났어."

재희는 그와의 만남을 이야기했고, 그와 함께했던 일들을 이야기했
다. 그녀의 저주에서 자유로운 단 한 사람. 그녀에게 짐승이 아닌, 남
자로 존재할 수 있는 단 한 사람. 그녀는 그를 갈망하고 있었다.

"너에게 이런 이야기를 한 이유를 모르겠다. 누군가에게…… 내 마
음을 말하고 싶었는지도 모르지. 호호."

재희는 소소를 쓰다듬던 손을 조심스레 떼어내곤 가만히 자리에서
일어났다. 그리고는 몸을 돌려 방문으로 향하며 잘 있으란 인사말 한
마디를 남겼다.

"내가…… 널 보살펴 줄 수 있다면 좋겠다. 그분처럼… 그분 옆에
서……."

방문을 열고 나가는 소리가 조용한 실내에 퍼졌고, 잠시 고개를 내
밀었던 정오의 햇살이 다시 자취를 감추었다.

하지만 방 안을 두리번거렸던 정오의 햇살도 소소의 입가에 머물다
사라진 작은 미소를 눈치 채진 못했다.

＊　　　＊　　　＊

"일삼……."

"……."

"일삼……."

"말해……."

"…어떻게 할 거예요?"

"…령주, 어떻게 할 겁니까?"

일삼은 영우의 말에 답하는 대신, 자신의 옆에서 고개를 깊이 숙이고 있는 강추에게 되물었다.

"글쎄……."

모든 의욕을 상실해 버린 듯한 목소리. 어떤 희망을 가지고 고민을 하기엔 자신들에게 주어진 선택의 폭이 좁기만 했다.

그들이 찾아온 것은 정확히 반 시진 전이었다. 기척도 없이 찾아든 그들이었기에 강추와 일삼, 영우는 죽음이라는 단어를 떠올릴 수밖에 없었다. 하지만 유등의 불이 켜지며 방 안이 밝아지자 가슴을 쓸어 내릴 수 있었다.

"지낼 만한가?"

무현 진인의 목소리에 반가운 마음마저 든 영우였다.

"헤헤, 그냥 그렇죠 뭐."

영우의 대책없는 대답에 강추와 일삼은 고개를 흔들고 있었다. 당장 죽어도 시원치 않을 판국에…….

"음, 너희의 죄는 알고 있겠지?"

강추와 일삼은 두 눈을 감고 있었다. 자신들의 죄는 너무나 잘 알고 있었다. 련의 명을 받아 담을 넘었고, 결국 련에 의해 내쳐진 죄. 그들의 죄는 명을 받들어야 하는 약자라는 것이었다. 물론 화산파의 입장에서는 그들이 바로 련이고, 죄를 감당해야 하는 자들이겠지만.

"본 파의 매화검수가 둘이나 희생되었고, 초씨세가 역시 이십팔숙 중 다섯을 잃었다."

죽는 수밖엔 없다. 자신들이 아무리 죽은 칠십여 명의 동료 이야기를 늘어놔 봐야, 일곱 명의 정파고수와 목숨 값이 비길 리 없었다. 자신들은 패자고, 저들은 승자였다. 약속대로… 편안한 죽음이나마 기대해 보는 수밖에…….

"하나…….."

무현 진인의 말꼬리가 늘어짐을 제일 먼저 알아차린 영우가 눈을 반짝이며 고개를 쳐들었다. 그 눈빛이 얼마나 필사적인지 이야기를 하려던 무현 진인마저 무안함에 잠시 헛기침을 했을 정도였다.

"허, 허험. 애초에 너희와 맺은 약조가 있었고, 너희의 목숨을 취한다 하여 죽은 자들이 살아 돌아오는 것도 아님을 알기에, 너희에 대한 단죄는 하지 않기로 하였다."

무현 진인을 바라보는 강추와 일삼의 눈빛 역시 영우의 눈빛과 별반 다르지 않았다. 무현 진인의 짧은 한마디에 삶에 대한 희망의 불꽃이 다시금 타오르기 시작했다.

"우리 화산파가 명색이 정파의 기둥이고, 또한 권선(勸善)의 도를 전하는 도교 일문인데, 어찌 잠시의 분기를 이기지 못해 생령(生靈)을 취할 수 있겠느냐."

영우는 자신도 모르게 눈물을 흘리고 있었지만, 일삼과 강추는 무현 진인의 다음 말을 기다리고 있었다. 그는 아직 자신이 해야 할 이야기의 절반만을 꺼내었을 뿐이다.

"단, 너희가 화산에 올라와 저지른 죄는 결코 작다 할 수 없는 것. 이대로 너희를 방면한다면 이는 권선의 도리는 지킬지언정, 징악(懲惡)의 순리를 어기는 것이 되니 수인(囚人)의 처지를 거두어줄 도리가 없다. 이에 각각 오십 회의 태형(笞刑)을 내리고 무공을 전폐하며, 앞으로 십 년간 화산에 남아 노역(奴役)을 하며, 죄를 뉘우치는 갱생의 도를 걷기를 명한다. 불복하겠다면 지금 이야기하라."

강추와 일삼의 고개가 다시 숙여졌다. 기쁨 반 슬픔 반. 목숨을 부지할 수 있게 되었으니 기뻐해야 마땅하지만, 십 년간의 노역과 구금은 그들의 이름을 강호에서 지워 버리기에 충분한 시간이었다. 또한 무공의 전폐. 무인임을 자처하는 그들에게는 사형 선고나 다름없는 결정이었다. 하지만 목숨의 구함이라는 명제 앞에서 그런 생각들이 얼마나 사치스러운 것인지를 잘 알기에 아무런 반박도 할 수 없었다. 살았다는 생각에 마냥 즐거운 것은 입이 귀에 걸린 영우뿐이었다.

"무량수불. 일단⋯ 자네들의 처우는 화산에 몸담은 다른 노역들과 다르지 않을 것일세. 물론 무공을 전폐함은 십 년간일 뿐이고, 이후에는 자유와 함께 그 금제를 풀어주겠네."

무현 진인의 옆에 서 있던 상현 진인은 그들에게 있어 태상노군의 현신과 같아 보였을 것이다. 무공의 전폐와 일시적 폐쇄는 그 의미가 달랐다. 일반적인 무공의 전폐는 단전을 파괴함으로써 두 번 다시 내공을 사용할 수 없는 상태가 되게 한다. 하지만 내공이 오가는 몇몇 혈을 금제하는 것이라면 얼마간의 손실이 있을지는 몰라도, 언젠가는 예전의 무공을 되찾을 수 있다는 뜻이었으니 무공을 잃는다는 상실감에 자진마저 생각하던 강추의 귀가 쫑긋 서고, 일삼의 눈에 작은 희열이 일렁이는 것도 무리가 아니었다.

"험. 여기 있는 사람은 나의 사제이자 화산파의 장로인 상현 진인이다. 너희의 목숨을 취하지 말자고 가장 큰 목소리를 내었던 사람이니, 생명의 은인이나 다름없다는 것쯤은 설명치 않아도 되리라 믿는다. 이 사람에게 조금이나마 보답하려는 마음이 있다면, 앞으로 사고 치지 말고 얌전히 지내도록해라."

마치 생불(生佛)이라도 바라보는 듯한 사람들의 시선이 부담스러웠는지 상현 진인이 고개를 흔들며 입을 열었다.

"사형… 어찌 강호의 은원이 목숨의 귀함보다 우선할 수 있겠습니까. 이들이 죄가 있다면 죄 값을 치루면 되는 것. 다만 목숨을 내놓아야 할 만큼 큰 죄를 지었다고는 생각지 않았기에 그런 것이니 공연한 공치사는 사양하겠습니다."

무현 진인은 웃으며 고개를 끄덕이며 상현 진인의 말에 흡족해했다.

"허허, 알았네. 그나저나 이들을 어디로 보낼 생각인가?"

"음. 일단은 이곳에 머물게 할 수밖에 없습니다. 어차피 계절이 계절인지라 일손이 필요한 곳도 없고, 그렇다고 자유롭게 풀어놓을 수도 없으니……."

문으로 나서던 그들의 모습에 강추와 일삼은 가만히 고개를 숙이고 있었다. 그들은 화산파의 결정이 얼마나 파격적인 것이었는지 알고 있었기에 무현과 상현, 두 진인에게 이루 말할 수 없는 고마움을 느끼고 있었다.

강호와 상관이 없다 하더라도, 조금만 위세가 있는 자의 장원의 담을 넘다 덜미를 잡힌 자는 치도곤을 당하다 죽어도 할 말이 없었다. 일반적인 강호의 상리로도 담을 넘어 침입한 자가 사로잡히면 십중팔구 목숨을 부지하기 어렵다. 하물며 구파일방의 하나인 화산파의 담을 넘었으니 열 번 죽어도 하소연할 곳이 없던 그들이었다. 그들은 구사일생(九死一生)한 것이다.

상청궁으로 돌아가던 두 사람의 발길을 따라 울리는 눈 밟는 소리가, 사위에 진득이 달라붙어 있던 밤의 적막을 조금씩 뿌리치고 있었다.

"초씨세가에는 무어라 해야 할까?"

"그들에게는 제가 이야기하지요. 어차피 흉수라 불릴 만한 자들은 모두 죽었고, 남은 저 세 사람이 돈에 팔린 자들이라는 것쯤은 그들도 알 것이니 이해할 것입니다. 그리고 그들이 원하는 것 역시 세 사람의 삼류무사가 아닌, 그들이 속했던 그 련이란 곳일 테니 그들의 추적 계획에 함께하자고 한다면 포로 정도는 쉽게 잊어줄 겁니다."

"그래 준다면야 좋겠지만……. 그나저나 올 겨울은 유난히 추운 것 같구먼."

"겨울이 있어야 봄이 오는 것이니 탓할 일도 아니긴 하지만……. 새싹이라도 돋아야 화산에 떨어진 핏자국들이 지워질 듯하니, 겨울이 빨리 가길 바라는 마음은 사형만큼이나 간절하군요."

"어… 그래, 봄이 서둘러 왔으면 좋겠군. 험……."

무현 진인은 사제의 멋들어진 말에 보기 좋게 답할 말을 찾지 못하고, 엉성히 맞장구를 쳐줄 수밖에 없었다. 그런 사형의 모습이 낯설

지 않은 상현 진인이었기에 미소를 머금고 어깨를 나란히 하며 말했
다.

"네. 봄이 오면…….."

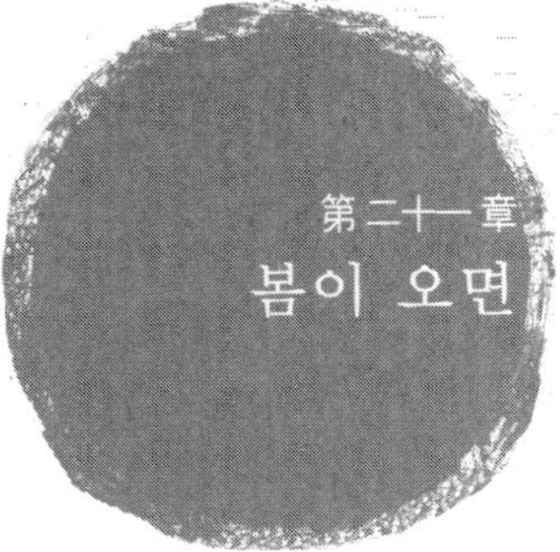
第二十一章
봄이 오면

봄이 오면

　　따뜻한 햇살이 마차의 차양을 통해 비추어들고 있었다. 지난겨울의 흔적이라도 남기려 발버둥 쳐보지만 관도에 남아 있던 눈의 흔적은 삼월의 햇살에 녹아 대지로 스며들며 자취를 감추고 있었다. 관도 곳곳이 질퍽하게 변해 마차의 바퀴로 엉겨 붙고 있었지만, 힘차게 지면을 박차는 여덟 개의 발굽은 그런 지면 상태를 비웃기라도 하듯 힘차게 내달리고 있었다.

　　"여기가 어디쯤인가?"

　　마차의 상석에 앉아 있던 중년인이 입을 열자, 맞은편에 앉아 있던 청의 무복의 중년 사내가 공손히 대답했다.

　　"잠시 후면 화음입니다."

　　"화산파가 있는 곳이군."

중년인의 눈빛에는 작은 설렘이 자리잡고 있었다. 사십대 후반으로 보이는 청의 무복의 사내는 그런 중년인의 반응에 무감한 듯 보였다.

"소문을 듣자 하니 지난겨울에 좋지 않은 일이 있었다지?"

"몇몇 도당(徒黨)들이 화산파를 노리고 침입하였다 들었습니다."

화복 중년인이 호기심을 보이자 청의 무복의 사내는 귀찮은 기색 하나 없이 그가 궁금해하는 바를 고하고 있었다.

"칠십여 명의 신비인이 화산을 노리고 습격하였으나 화산파의 대처로 모두 격살되었고, 그 외중에 몇몇 인물을 생포하였다 들었습니다. 그러나 며칠 후 다시 난입한 자객들에 의해 생포된 자들 중 태반이 목숨을 잃었다 합니다. 다행히 몇 명의 목숨을 구할 수 있어 그들이 자백한 신비인들의 배후를 쫓아 화산에서 추적 중이라 합니다."

"흠… 그런 소문이 났다 이거군. 그럼 진상은?"

중년인의 눈빛을 받은 청의 사내는 잠시 생각을 정리하는 듯하더니 주저없이 말을 이어나가기 시작했다.

"현재 파악하기로는 '련'이라 불리는 신비 조직이 암중 활동하는 것으로 확인되었습니다. 그리고 화산에서 일어난 일련의 사건 역시 그들의 소행으로 짐작됩니다. 하나 애초 그들의 목표는 소문이 무성했던 자하신검이 아닌, 불매검 혁련옹을 노린 것이라 판단됩니다. 그 이유는 련이란 곳에서 혁련옹을 쫓기 시작한 시점과 자하신검에 대한 소문이 난 시점이 일치하지 않습니다. 그들은 이미 십여 년 전부터 혁련옹을 쫓고 있었고, 자하신검에 관한 소문이 강호에 퍼진 것은 불과 육 개월도 채 되지 않습니다."

"련이라……. 그들의 정체는?"

"그것은 아직……."

청의 무복의 사내는 송구스럽다는 표정으로 고개를 조아리고 있었다, 정말 죄를 지은 사람처럼. 그런 사내의 모습에 화복 중년인은 반색을 하며 사내를 달랬다.

"아니야, 자네를 탓하려는 생각은 없네. 흠… 그나저나 자네도 모르는 정체불명의 집단이라……."

중년인의 혼잣말에 청의 사내가 눈을 빛내며 물었다.

"조사에 착수할까요?"

"음? 아니… 아직, 기다려 보세. 화산파에서도 그들의 행방을 뒤쫓고 있다지?"

"예. 하지만 두 달이 지난 지금도 이렇다 할 종적을 발견치 못한 모양입니다."

"흠. 제법 용의주도한 자들인가 보구먼."

"화산파의 도사 정도를 속여 넘길 재주를 가진 문파는 의외로 많습니다."

"뭐? 푸하하하!"

청의 사내의 대답에 중년인은 파안대소했다. 당금 무림의 십주(十柱)라 불리는 구파일방의 일문인 화산파에 대한 지나친 폄하 같기도 하였지만, 중년인은 사내의 말을 부정하지 않았다. 눈앞의 사내는 충분히 그런 말을 꺼낼 자격이 있었다.

"그건 그렇고, 그 자하신검이라는 것은……?"

"혁련옹이 사라지기 직전 화산파에 돌려주었고, 화산파의 장문인은 자하신검을 확인한 후 폐관에 들었습니다."

화복 중년인은 사내의 말에 살짝 조소를 지었다. 화산파 장문인의 행동은 여러모로 사리에 맞지 않았다. 제자들이 사방팔방으로 사문을 침범한 흉수를 찾아다니는 판국에 폐관이라니……. 아무리 천하에 이름 높은 도문이라 하더라도 한 점 사심이 없었다 말하기 힘든 일이었다. 그런 생각을 하고 있던 중년인의 귀에 청의 사내의 목소리가 들렸다.

"마차를 잠시 멈출까요?"

화산에 들러보지 않겠느냐는 물음이었다. 중년인의 신분이라면, 아니, 청의 사내의 신분만 하더라도 화산파를 방문하고자 하는데 아무런 문제가 없었다. 어쩌면 화산파의 장로 정도가 나와 그들을 맞이할지 모를 정도로.

"가던 길을 멈출 정도로 궁금하진 않구면. 그냥 가세."

화복 중년인도 잠시 길을 멈추고 화산에 들러보고 싶은 마음이 없지는 않았으나, 지금은 때가 아니라 생각하고 있었다.

'지금은 강호의 시비 따위나 생각하고 있을 겨를이 없다. 응천부의 움직임이 심상치 않다. 황상의 의지를 꺾고자 모리배들이 입을 맞추고 있다. 황태자께는 아니 된 말이지만, 당금 천하에 필요한 인물은 유약한 황태자 주표가 아니라 야수와 같은 연왕 주체다. 얼마 전 황상의 노여움에 황태자께서 몸져누웠다는 소식까지 들리니, 그런 유약한 심성으로 어찌 천하를 경영할 수 있단 말인가. 나의 누이는 침묵으로 일관하고 있지만… 결국 천하를 생각한다면 연왕, 그밖에는 사람이 없다.'

그가 가고자 하는 길은 일신의 영달을 위한 길도 아니었고, 권력자의 그것도 아니었다. 천하의 누구보다 강한 권력을 쥐고 있는 실세 중의 실세였지만 우습게도 그가 진정 바라는 것은 천하의 안녕, 그것뿐이었다.

화복 중년인의 두 눈이 감겼다. 그를 바라보고 있던 청의 사내 역시 가만히 두 눈을 내려 감았다. 한 사람은 흥미를 잃어 오수를 취하려 눈을 감았고, 한 사람은 두 눈을 감은 채 전신의 내공을 운기하며 주위의 기척을 살폈다.

관도를 질주하는 한 대의 마차. 당금 황제의 정실인 마태후의 사촌 동생이자 도찰원 좌도어사라는 무시무시한 직함을 지닌 자가 호위 한 사람과 마부 한 사람만을 동행한 채 응천부와 수천 리 떨어진 섬서에 모습을 드러내었다. 혹 조정의 누군가가 이 사실을 알았다면 그들은 평소 자신들의 일거수일투족을 감시하는 황제의 비수(匕首), 도찰원 좌도어사 마양수(馬洋四)의 목을 치기 위해 수십 명의 자객이라도 풀었을 것이다.

하나 그가 이곳에 있다는 것을 아는 자도 없었을뿐더러 알았다고 한들 마양수의 옆에서 두 눈을 감고 주변의 기척을 살피고 있는 청의 사내가 있는 한, 마양수는 천하의 그 누구보다도 안전하다 말할 수 있었다.

도찰원 제일감찰어사(第一監察御史) 언상(彦霜). 그가 금위위의 내로라하는 고수들도 한 수 양보한다는, 도찰원 최고 고수라는 것은 그리 알려지지 않은 사실이었다. 하나 그의 또 다른 외호 앞에 무림과 관부의 불간섭 따위를 꺼내어놓을 수 있는 자가 있다면, 그것은 그와 같은 자리에 앉은 아홉 명의 절대고수뿐일 것이다. 그는 군벌(軍閥) 진주언가(晉州彦家)가 배출한, 자타가 공인하는 천하에서 가장 강한 주먹을 가진 사내였다.

권절(拳絶) 언상. 그가 바로 당금 강호의 천하제일권(天下第一拳)이
었다.

＊　　　　＊　　　　＊

"아무래도 여기가 좋을 듯허이."

상현 진인과 함께 산 아래로 내려온 철웅과 장 의원이 찾은 곳은 허
름한 한 사당이었다. 연화봉에서 한참이나 내려와 자리한 그곳은, 울
창한 거목들이 사방으로 둘러쳐진 숲 속에 자리하고 있었다. 오랜 세
월 탓인지 사당은 금세라도 무너질 듯 초라했지만, 사당 앞의 널찍한
공터나 이십여 장밖에 떨어지지 않은 곳에 자리한 작은 샘하며 사람이
살기엔 더없이 좋은 조건을 갖춘 곳이었다.

"좋군요. 집은 아무래도 사당을 허물고 다시 세워야 할 듯하지만 여
러 가지로 보아 이곳이 좋을 듯하군요."

사방을 휘휘 둘러보던 철웅의 말에 옆에 있던 장 의원도 고개를 끄
덕여 동의했다.

"그렇구먼. 자리도 자리지만, 주변에 손길이 닿지 않은 곳이 참으로
많은 듯하니 귀한 약초를 욕심내 봐도 되겠어."

장 의원의 이야기에 상현 진인도 고개를 끄덕이며 그의 말에 수긍했다.

"잘 보셨소. 이곳은 모르는 사람이 드나들기에는 무리가 따르는 곳
이라 사람의 손길이 거의 닿은 적이 없다 해도 과언이 아닐 것이오."

상현 진인의 설명처럼 폐허가 된 사당이 자리한 곳은 사람의 발길이

닿기에 쉽지 않은 곳이었다. 물론 그런 이유로 사당이 존속치 못하고 폐허가 되어버린 것이겠지만. 철웅은 두 사람의 이야기를 모두 듣고는 결정을 내렸다. 그가 보기에도 이보다 더 좋은 곳은 없어 보였다.

"그럼 내일부터 집을 짓도록 하겠습니다."

"음? 너무 이른 것 아닌가?"

상현 진인이 조금 걱정스럽다는 투로 이야기하자 옆에 있던 장 의원이 크게 웃으며 그의 걱정을 대신 해소시켜 주었다.

"허허, 진인께서는 걱정하지 않으셔도 될 겁니다. 저 역시 의원으로 삼십 년을 살아왔지만, 저 친구만큼 회복이 빠른 사람은 처음입니다. 외상은 그렇다 쳐도 나 원, 무슨 뼈 붙는 속도가 어지간한 어린아이만큼이나 빠르니……."

장 의원의 넉살에 상현 진인도 고개를 끄덕였다. 자신이 보기에도 철웅의 몸 상태는 아주 좋아 보였다. 다만, 집을 짓는다는 것이 꽤나 고된 일이란 것을 알기에 노파심에 물어본 것일 뿐. 하나 그의 의형이 의원이니 그런 걱정은 접어도 될 듯싶었다.

"한 보름 정도면 될 것입니다. 그 동안만 더 신세를 지도록 하지요."

"음? 보름? 아니, 신세라고 할 것도 없지만 보름 동안 어찌 집을 짓겠다고……."

상현 진인은 두 눈을 동그랗게 뜨고 철웅을 바라보았다. 어지간한 토담집 하나를 지어도 장정 서넛이 달라붙어야 기초에서 지붕까지 꼬박 보름이 걸린다. 한데 일손이라 봐야 철웅과 장 의원 두 사람뿐이고, 또한 이곳은 첩첩산중에, 화산은 말 그대로 돌산이다. 토담을 쌓을 황토를 구하기도 힘들뿐더러 구한다 치더라도 흙을 으깰 물이 턱없이 부족하니, 무슨 재주로 보름 안에 집을 짓겠다는 것인지 모를 일이었다.

"뭐, 저도 놀랐던 일이긴 하지만 아무래도 제 아우님은 군영에서 막사 짓는 일을 하다 왔나 봅니다. 집 짓는 솜씨가 예사가 아닙니다. 허허……."

무엇이 그리 좋은지 장 의원은 연신 허허거리며 의제의 칭찬에 입이 마르는 줄도 모르고 있었다. 철웅 역시 아무 걱정도 없는 미소만 지어 보일 뿐이니 상현 진인도 그저 고개를 끄덕여 주는 수밖에…….

"그래, 일단 자리는 보았으니 오늘은 그만 올라가세."

"아… 먼저들 올라가십시오. 저는 조금만 더 이곳을 둘러보고 올라가겠습니다."

철웅은 장 의원의 말에 가만히 고개를 저으며 말했다. 그런 모습에 장 의원은 잠시 의문을 표했지만, 무슨 뜻이 있겠거니 싶어 고개를 끄덕여 주었다.

"그러게 그럼. 나는 소아랑 소소가 잘 있는지 올라가 봐야겠네. 그래도 천만다행이다 싶네. 화산의 법술 덕분인지, 소소가 자네와 떨어져 있어도 크게 불안해하진 않으니……."

장 의원의 말에 가슴 한편에 왠지 모를 서운한 마음이 든 철웅이었지만, 가만히 미소 지으며 산을 오르는 두 사람을 배웅했다. 아직 이른 초봄이라 해가 길지 않아 둘러볼 시간이 그리 많지는 않았지만, 그래도 얼마나 머물지 모를 일이었으니 꼼꼼히 따져 두어 나쁠 것이 없었다.

"음… 이쪽 길로 오르면 산문이고, 저쪽 길로 오르면……."

철웅의 예상이 맞다면 모옥의 뒤로 나 있는 길은 연화봉의 서쪽으로 오르는 방향이었다. 그 삼색몽환진인가 뭔가 하는 이상한 진이 기다리고 있는…….

"그 노도사도 있었지……."

철웅의 입가에 작은 미소가 걸렸다. 어차피 화산으로 오르는 길이니 오르다 보면 만나게 되겠지 싶은 마음에 걸음을 옮겼다. 언젠가 한 번은 꼭 다시 찾으리라 생각하고 있던 노도사였다. 큰 도움을 받아서였기도 하지만, 그보다는 그 노도사가 보여준 한 사람의 환영을 보고 싶어서였는지도 모른다.

'이 나이가 되어서도… 그리워하는 꼴이라니…….'

스스로의 모습에 웃음이 났다. 노도사에게서 어떤 닮은 형상을 찾기는 어려웠다. 하지만 그가 느꼈던 것은 분명 그의 체취였다. 그는 그 체취를 따라 움직이고 있었다. 그도 그 자신이 느끼는 감정을 쉽게 알아채지 못하고 있었다. 마치 자신을 기다리는 가족의 품으로 돌아갈 때의 설렘과 같은…….

물론 그도 알고 있었다. 처음부터 자신에게 돌아갈 곳 따윈 없었다는 것을, 적어도 그때는. 입가에 미소 짓고 있으면서도 그의 발걸음은 산 위를 향해 걸음을 내딛고 있었다.

자신을 부르는 그의 체취를 따라… 그리움을 따라…….

＊　　　　＊　　　　＊

철웅의 발걸음이 멈추어 선 때는 그가 흘린 땀으로 젖은 어깨에서 허연 김이 한참 오르고 난 후였다.

“휴, 생각보다… 제법 가파르구나.”

한 한식경쯤 걸었을까. 조금씩 경사가 가파르게 변하더니 이곳에 오를 때쯤엔 아예 기어오르다시피해서야 겨우 쉴 만한 곳에 올라설 수 있었다.

“이런 식이라면 어지간한 산악 훈련 못지않겠구나. 휴우……..”

잠시 숨을 고른 철웅의 눈에 익숙한 지형이 보인 것은 서산 위로 지는 태양이, 붉은 석양을 화산 위로 뿌리고 있을 즈음이었다. 철웅의 발걸음은 지체없이 그곳으로 향했다. 여기서 조금만 더 미적거리다가는 해가 져 어둑해진 산길을 더듬어 올라야 할 판이었다. 철웅이 걸음을 재촉해 다다른 곳. 그는 주저없이 예전에 한 번 겪어본 삼색몽환진(三色夢幻陣) 안으로 걸음을 내디뎠다. 의식을 하고 진입하여서 그런지, 주변 풍광의 변화가 눈에 확연히 들어왔다. 정말 의식하지 않았다면 눈길로 따라가기 힘들 만큼 자연스러운 변화였기에, 다시 한 번 혀를 내두르는 철웅이었다.

‘이 노인이 어디 있을까……..’

조심스레 걸음을 옮기며 두리번거리던 철웅의 눈이 한곳에 멈추어 섰고, 그 시선을 의식했는지 천지가 개벽해도 그 자리에서 꿈쩍도 하지 않을 것 같던 커다란 바위 하나가 꿈틀거리기 시작했다.

“거참…… 그놈에 눈은 어찌 되어먹은 것인지… 에잉……..”

철웅의 눈에 반가움이 어렸다. 평상시의 그라면 쉽게 볼 수 없는 눈빛이었고 반응이었지만, 모습을 드러내 본래의 행색으로 돌아온 노도사의 반응은 시큰둥하기만 하였다.

“어찌 다시 찾아왔는고? 뭐 떨어뜨리고 간 물건이라도 있었는가?”

노도사의 퉁명스런 반응에도 철웅의 미소는 가실 줄을 몰랐다. 고작 두 번째 만난 노도사였지만 그의 퉁명스러움이 왠지 반가움의 표시 같다는 느낌이 든 철웅이었다.

"그간 안녕하셨습니까?"

공손히 손을 마주 잡아 인사를 올리는 철웅의 모습을 바라보는 노도사의 눈에 작은 온기가 흘렀다. 하나 그런 눈빛과는 달리 노도사의 입에서 나오는 말들은 이전이나 지금이나 다를 바가 없었다.

"허허, 찾아와 줘서 반갑긴 하지만… 그 팔은 또 어쩌다 그랬누?"

철웅은 이 노도사의 눈을 속일 수 있는 것이 세상에 있을지 의문이 들었다. 이미 아물 대로 아물어 흉터라 할 만한 것도 남아 있지 않건만 노도사의 눈에는 그 작은 흉터마저도 숨길 수가 없는 것이었나 보다. 하지만 노인의 그런 재주가, 적어도 대화를 이끌어 나가기에는 더없이 편리한 재주라는 것은 인정할 수밖에 없었다. 말하기도 전에 미리 알고 이야기를 꺼내는 재주.

"어쩌다 보니……."

"거참. 천하에 검절, 그 아이와 검을 섞는 것이 어쩌다 그리된 일이라면, 자네가 맘먹고 싸울 상대는 천상의 화엄신장(華嚴神將)이라도 된다는 말인가?"

"아… 아니 그걸 어떻게?"

알고 있었다 해도 놀람이 가시는 것은 아니었다. 정녕 이 노도사가 알지 못하는 것은 무엇일까. 더군다나 환갑을 넘긴 검절을 아이라고 일컫는 것은 아무리 철웅이라 하여도 쉽사리 믿을 수가 없는 것이었다. 그런 철웅의 마음을 알았는지 친절하게 부연 설명까지 해주는 노도사였다.

"검절, 그 아이가 검을 들었을 때 나는 이미 검을 꺾을 맘을 잡고 있었다네."

"그… 거짓말을 믿어야 합니까?"

철웅의 입 꼬리가 살짝 말려 올라갔다. 치기 어린 표정. 마치 죽이 잘 맞는 지우와 무언가가 통했을 때나 지을 수 있을 법한 표정. 철웅은 즐거워하고 있었다.

"…믿어달라고 한 적 없네."

노도사의 표정 역시 철웅의 그것을 닮아가고 있었다. 두 사람은 즐거워하고 있었다. 나이를 떠나… 신분을 떠나…….

"저, 진인께서는 언제부터 이곳에 계셨던 것입니까?"

"음? 글쎄…… 이젠 기억도 나질 않는구먼. 몇 년이 지났는지……. 몇십 년이 지났는지…….'"

철웅은 고개를 살짝 저으며 이 재미난 노인과의 대화를 이어나가고자 했다.

"이곳에서 기거하시는 것입니까?"

"글쎄…… 이곳에 뿌리를 내렸으니 기거라고 할 수도 있겠지만 비를 막아줄 천장도 없고, 몸을 누일 자리도 없으니 글쎄…….'"

철웅은 노인의 말이 거짓이 아니란 생각이 들었다. 굳이 이유를 꼬집자면 느낌이랄까?

"그럼 수면과 식사는 어떻게…….'"

"허허, 신선이 되려고 수련하는 자에게 수면이 다 무엇이고, 요기가 다 무엇이랴. 그저 손바닥만한 볕이 있다면 전신 가득 기운을 북돋는 것이고, 손바닥만한 그늘이 있다면 그보다 더한 휴식이 어디 있으랴. 한 줌 공기와 한 방울 이슬이면 그 어떤 진수성찬도 부럽지 않으니……."

말 그대로 도인과 같은 말을 내뱉는 노도사의 모습에 놀라움을 금치 못하던 철웅은 뒤이은 요상한 소리에 미간 한쪽이 살짝 찌푸려지고 말았다.

꼬르륵…….

"음? 벌써 때가 되었나? 매일 이슬만 먹고 오늘 하루 끼니를 먹는 날인데 어찌 이리 딱 맞추어 찾아왔누? 허허. 자네, 급한 일 없으면 이 적적한 노인네와 밥 한 끼 같이 들어주고 가게."

철웅은 결국 피식 웃어버리고 말았다. 그리고 자리를 떠나는 노인을 따라 걸음을 옮겼다. 노인이 떠난 자리에 무엇이 남아 삼색몽환진의 생문을 지키는지 따위는 그다지 관심이 가지 않는 일이었다.

노인이 철웅을 이끌고 간 곳은 진이 펼쳐진 곳의 뒤에 있는 작은 암동이었다. 고개를 조금 숙여야 들어갈 수 있는 입구를 지나 안으로 들자 제법 넓은 자리가 철웅을 맞이하고 있었다.

"허허, 이곳에 사람을 들인지가 얼마 만인지 모르겠구나. 거기 마땅한 자리를 찾아 그냥 앉게."

앉을 곳을 찾으려면야 찾지 못할 것도 없었다. 대여섯 명이 들어가도 비좁지 않을 만큼 제법 넓은 동굴에, 세간이라고 부를 만한 것은 바닥에 깔아놓은 거적 하나와 작은 유등 하나가 전부였으니. 단지 그 거적이 언제부터 그곳에 있었던 것인가가 문제라면 문제였을 뿐. 마치 불에 그슬린 것처럼 새까맣게 변한 거적이, 오랜 시간 볕을 보지 못해

곰팡이가 몇 겹을 두른 것이라는 건 만져 보지 않아도 알 수 있었다. 하지만 철웅은 아무런 거리낌 없이 털썩 앉아버렸다. 그 모습을 본 노도사의 얼굴에 흐뭇한 미소가 번졌다.

"허, 더럽고 깨끗한 것은 구별할 줄 아는 사람일 텐데 어찌 그리 방정맞게 앉누?"

"허허, 더러운 것은 피할 이유가 되지 못하지요. 더러운 것은 나중에라도 닦아내면 되니……."

처음 만났을 때보다 철웅을 대하는 노도사의 말투가 훨씬 편해졌다는 것을 느낄 수 있었다. 마치 자신을 오랫동안 알고 지내왔던 사람처럼…….

"더러운 것은 닦으면 된다……. 거 말 되는구먼. 그렇다면 위험한 것은?"

"…피해야겠지요."

"피할 수 없다면?"

"…싸워야겠지요."

"싸울 수 없다면?"

"……."

장난스레 편안히 시작하였던 문답이 어느샌가 철웅의 전신을 긴장시키고 있었다. 노인의 눈에서도 장난기가 사라지고, 철웅의 눈에서도 한줄기 비장함이 느껴지고 있었다.

"싸울 수 없다면… 싸우는 시늉이라도 해봐야지요."

"…되돌아 도망치지 않고?"

"…도망치지 않고요."

철웅의 대답이 끝나자 노도사의 눈에 어렸던, 정체를 알 수 없는 엄청난 위압감이 씻은 듯 사라졌다. 철웅 역시 무엇에 홀렸던 듯 눈에 일었던 비장함을 거두어내며 자신에게 벌어졌던 일을 이상하게 여기고 있었다.

'지금… 무엇이었지?'

철웅은 잠시 무엇을 생각하다가 노도사에게 고개를 돌렸다. 그를 바라보며 미소 짓고 있는 노도사. 분명 노도사가 어떤 수작을 부렸던 것이 분명했다.

"지금… 무엇이었습니까?"

"허허, 글쎄……. 나는 자네에게 진심을 물어보았고, 자네는 나에게 진심을 대답한 것뿐이라네."

"무엇을… 물어보신 것입니까?"

"그것은……."

철웅의 눈에 옅은 긴장이 어리고 있었다. 분명 자신이 겪었던 그 이상한 느낌은 우연히 일어난 것이 아니었다. 그렇다면 그 일의 목적 역시 어떤 분명한 이유를 가지고 있으리라.

"음? 맞아! 왜 이리 기운이 빠지나 싶었더니 끼니를 놓치고 있었군. 이래서 늙으면 죽어야 한다니까. 세상에 잊을 것이 따로 있지."

철웅은 전신의 맥이 풀림을 느끼며 인상을 찡그렸다. 하나 제법 풍채가 좋은 노도사가 뒤뚱거리며 암동을 빠져나가는 모습을 보니 다그쳐 물어볼 마음도 일지 않았다.

'끙, 이상한 노인네……. 후후. 하나 참으로 재미있는 노인이다.'

철웅은 가만히 앉아 자신에게 일어났던 것을 기억해 내려 애쓰고 있었다. 정말 찰나라 불러도 좋을 만큼 짧은 시간에 일어난 일이었지만, 온몸이 경직되었을 만큼 생생한 기억이라 되돌아보면 어떠한 일이었는지 알 수도 있을 것 같아서였다. 한데 아무것도 기억할 수 없었다. 노도사가 무엇이라 했는지, 자신이 무엇이라 했는지. 그토록 강렬한 느낌이었건만……. 정녕 무엇에라도 홀린 기분이었지만, 동굴로 되돌아온 노도사의 한마디에 모든 의문은 잠시 접어두기로 하였다.

"나중에 절로 알게 될 것이니 고민하지 말게. 그깟 몇 마디 기억 못한다고 달라지는 것도 없음이야……."

노도사의 손에 들린 것은 두 마리의 토끼였다. 철웅이 놀라 노도사를 바라보았다.

"왜? 토끼 처음 보는가?"

"토끼를 처음 보는 것은 아니지만… 도사가 사냥해 온 토끼는 처음 같군요."

"허허, 도사는 사람 아닌가?"

철웅은 노도사의 능청스러운 대답에 어이가 없었지만, 그런 노도사의 모습이 너무나 자연스러워 달리 대꾸할 필요를 느끼지 못하고 있었다. 도사가 고기를 먹든 술을 먹든 자신이 참견할 문제는 아니었으니.

"모든 것은 마음먹기에 달린 것이지. 토끼와 같은 짐승들만 생령이고, 초목(草木)과 과실(果實)은 어찌 생령이 아니라 하겠는가. 다 같이 양기(陽氣)와 음기(陰氣)를 얻어 자라는 것. 천지만물의 조화 속에서 그것들은 다 같은 생령일 뿐이지."

철웅은 노도사의 이야기에 자신도 모르게 집중하고 있었다. 흘려듣기에는 말속에 담긴 뜻이 너무나 깊고도 오묘하였다.

"사람도 마찬가지. 천하가 좁다 설치는 인간들이지만, 그 역시도 천지만물 중의 한 부분일 뿐. 어찌 이 세상이 인간을 위해 존재한다 말할 수 있겠는가."

철웅은 가만히 고개를 끄덕여 노도사의 이야기에 긍정했다.

"모든 것은 나고 죽는다네. 영원한 것은 없지. 그것이 순리(順理)이고, 그 순리를 거스르는 것은 오직 인간뿐이야."

철웅은 가만히 고개를 들어 노도사의 얼굴을 바라보았다. 노도사의 얼굴은 일견 무표정해 보이기도 하였지만 모든 표정을 담아내고 있는 듯해 보였다.

"순리를 역행(逆行)하는 가장 대표적인 인간들이 바로 우리와 같은 도사들이지."

"……?"

"허허, 도교는 역리일세. 몰랐는가?"

철웅은 가만히 고개를 내저으며 노도사의 물음에 답했다.

"몰랐습니다. 도교가… 역리를 추구하는 것이란 건……."

"허허, 천하 도교인들 대부분이 도교의 역리를 모르지. 아니, 알지만 느끼지 못하는 것이지. 자네에게 도문의 소소한 것까지 이야기해 줄 필요는 없겠지만 내가 말하고 싶은 것은…… 세상의 이치는 하늘에 있지도 땅에 있지도 않다는 것일세."

"……?"

"우리가 세상이라 부르는 것은 사람들이 살아가는 곳. 사람이 살아가는 이치란 것은 다른 어느 곳도 아닌, 바로 사람들에게 있다네."

"……."

철웅은 노도사의 이야기를 흘려들을 수 없었다. 흘려듣고 싶어도 뇌리에 각인되듯 또렷이 들리는 이야기였는지라 자신도 모르게 곱씹고 있었고, 되 뇌이고 있었다.

"흔히 하는 말로 간파세사라 한다네. 몇몇 아이들은 그것이 세상에 나아가 세상사를 접해 그것에 합당한 이치를 전파하라는 말로 알아듣는다지만, 간파세사는 그런 것이 아닐세. 말 그대로 세상사를 배워 수행의 방향을 정하는 것일세. 보고 배운다라는 것, 그것이 순리야."

"순리……."

철웅은 자신도 모르게 노도사의 말을 따라 읊조리고 있었다.

"그래, 순리. 참으로 묘한 것이 도사들은 순리를 따라 배우면서도 역리를 취한다는 것이지. 도사들은 상투를 틀지. 그것은 역리를 탐하는 자들이 행하는 가장 기본적인 자세일세. 나 같은 도인들이 추구하는 것이 무언지 아나? 바로 우화등선일세. 신선이 되고자 함이지. 인간으로 태어나 인간이 아닌 다른 무엇이 되기를 원한다는 것 자체가 바로 역행 아닌가?"

"역…… 행."

노도사의 이야기는 끊임없이 이어지고 있었다. 노도사가 들고 왔던 두 마리의 토끼는 한쪽에 치워진 지 오래였고, 동굴 안에서 움직이는 것이라곤 유등에 흔들리는 두 사람의 그림자뿐이었다.

"참으로 우습지 않은가? 신선이 되기 위한 역행의 도를 취하면서도, 그것의 바탕이 되는 것은 다른 어느 것도 아닌 세상의 이치일세. 흔히 순리라 부르는 것들. 하나 그것 또한 음양의 이치일 뿐……."

철웅은 노도사의 이야기를 반의 반의 이해하지 못하고 있었다. 평생

무언가에 기대 살아본 적이 없는 그였으니 도교의 도리나 세상의 이치
에 대해 이렇듯 깊이 생각해 본 적이 없었던 까닭이었지만, 그보다는
노도사의 이야기 자체가 범인이 받아들이기엔 무리가 따를 만큼 그 깊
이를 헤아리기 어려웠기 때문이다.

"말이 길어졌지만… 자네에게 해주려던 말은 이거네. 순리를 따른
다는 것과 역리를 따른다는 것은 결국 같은 이치라는 것. 모든 것이 순
행이면서 또한 역행이라는 것. 자네가 행해야 하는 것도, 내가 행하고
자 하는 것도……."

"내가… 행해야…… 하는 것?"

"그래. 자네가 행해야 하는 것. 지금 자네가 행해야 하는 것은… 내
가 잡아온 이 두 마리의 토끼를 손질하는 것이라네. 허허."

노도인의 웃음이 들리고 나서야 몽롱했던 정신이 맑아지는 듯하였
다. 언제 그리되었는지는 모르지만 철웅은 자신이 일순 정신을 놓고
있었다는 것을 깨달았다. 그리고 노도사가 건네는 두 마리의 토끼를
바라보며 잠시 동안 자신이 해야 할 일이 무엇인지조차 깨닫지 못하고
있었다.

"빨리 껍질 벗겨오게."

노도사의 말에 비로소 자신에게 건네는 토끼의 의미를 알아챈 철웅
은 고개를 절레절레 흔들며 토끼를 받아 들고 밖으로 향했다. 철웅의
뒷모습을 바라보던 노도사의 눈에 옅은 무엇인가가 떠올랐다.

'미안하구나. 너에게 참으로 많은 것을 가르쳐 주고 싶었지만 내가
가야 할 시간이 너무나 조금 남았구나. 너를 완성시켜야 내가 편히 선
계로 오를 수 있을 것인데……. 도래하는 난세에 완성된 너를 남겨야

할 텐데…….'

노도사에게 건네받은 작은 소도로 토끼의 껍질을 벗기던 철웅이 중얼거렸다.

"가르침을 받는다는 것……. 이런 느낌인가……?"

철웅의 손이 조금 조심스러워졌다. 익숙한 손놀림이었지만 왠지 조심스럽게 다루어야만 할 것 같았다.

……그래야 할 것 같았다.

*　　　　*　　　　*

"아직… 안 자고 있었구나."

반쪽 달이 뜨고 나서도 한참 후에야 돌아온 철웅을 맞이한 사람이 있었다. 맑게 빛나는 두 눈으로 자신을 바라보고 있는 소녀. 소소는 철웅의 모습을 보고도 아무런 말이 없었다.

"기다리게 해서… 미안하구나."

철웅은 가만히 손을 올려 소소의 머리를 쓰다듬었다. 소소는 그런 철웅의 손길에도 아무런 미동도 하지 않았다. 하지만……

'나는 아저씨의 손길에도… 움직이지 않았었죠.'

소소의 시선이 철웅의 발끝을 향해 있었기에 그 눈에 일렁인 작은 떨림을 철웅은 눈치 채지 못했다.

"들어가자꾸나. 아직은 밤바람이 차단다."

마치 집으로 돌아온 아비처럼, 마중 나온 딸을 다독여 들어가는 아비처럼 철웅은 소소를 이끌고 자소각으로 들어갔다.

소소가 머물기로 한 방은 두 달 전 화산을 떠난 이철성과 막고위가 머물던 방이었다. 언제고 꼭 다시 들르겠노라 약속하고 떠났던 그들의 모습이 떠올라 미소가 지어지는 철웅이었다. 떠나는 막고위를 붙잡고 귓속말로 무어라 속삭인 초미와 얼굴이 붉어진 채 아무 말도 못하고 서 있던 막고위의 모습을 본 사람들이 얼마나 놀려댔던가?

그들이 자파로 모두 돌아간 것이 두 달 전이었다. 자신에게 찾아와 강호에 나오게 되면 꼭 자신을 찾아오라던, 검절과 상주를 지날 일이 있을 때 잊지 말고 들러달라 말하고 떠난 황보광, 그리고 이십팔숙. 강호에 아직 이름 석 자 올리지 못한 자치고는 참으로 화려한 대인 관계라 할 수 있었다.

검절 석위강과 초씨세가의 이십팔숙, 섬서무림의 후기지수들, 그리고 구대문파의 일좌인 대화산파. 하나 정작 철웅 자신은 자신에게 일어났던 지난 몇 달간의 일들이 강호의 다른 무인들이라면 꿈에서라도 원할 그런 것이라는 것을 전혀 알지 못하고 있었다. 아마 느끼지 못하고 있다는 것이 맞을 것이다. 그가 강호에 출도하였을 때 어떤 일이 벌어지게 될지, 그 자신은 물론 다른 어느 누구도 짐작치 못하고 있었다.

"자거라. 네가 잠들 때까지 옆에 있어주마."

철웅은 소소의 목 어림까지 포단을 올려 덮어주고, 다탁에 있는 의자를 끌어와 침상 옆에 앉았다. 그런 철웅의 모습을 확인한 다음에야 두 눈을 감은 소소였다.

'내가 잠들 때까지…… 내가 잠들어도…… 내 옆에 있어주세요.'

소소의 눈이 감겨 있었기에 철웅은 소소의 눈에 어렸던 갈망을 볼 수 없었다.

화산의 밤이 깊어가고 있었지만 눈을 감은 소소와 그 옆에 앉은 철웅 모두 쉽사리 잠들지 못하고 있었다.

철웅을 생각하고 있는 소소나 노도사와 나누었던 이야기들을 떠올리고 있던 철웅이나…… 밤이 짧은 것은 두 사람 모두 매한가지였다.

＊　　　　＊　　　　＊

"아, 아니?! 당신은?"

"헉! 그 고문술사?!"

강추와 일삼, 영우가 찾아온 것은 대략 여섯 그루 정도의 나무를 베어놓고 난 뒤였다. 철웅을 보자마자 외마디 경악을 내지르는 세 사람이었지만, 그들의 뒤를 따라 함께 온 상현 진인은 짐짓 헛기침을 하고 있을 뿐이었다.

"여어, 모두 건강해 보이는군."

철웅은 그들을 반갑게 맞으며 인사를 건넸지만 그 인사를 받아줄 사람은 아무도 없었다. 영우의 두 눈에는 두려움이, 일삼은 이를 갈며 철웅을 노려보고 있었고, 강추 역시 일삼과 별다를 바 없는 반응을 보이고 있었다.

"너… 너……."

"허허, 다들 많이 놀랐나 보군. 하긴, 그날 이후 다시 보는 것은 오늘이 처음인가? 내 정식으로 소개하지. 이쪽은 장철웅. 음……."

철웅에 대해 막상 설명하려 하니 적당한 단어가 떠오르지 않는 상현 진인이었다. 그런 상현 진인의 고심을 이해한다는 듯 철웅이 웃으며 자신을 소개하였다.

"나는 장철웅이라 하네. 이곳 화산에 머물고자 올랐고, 상현 진인과는 다소 친분이 있는 정도라 해두지."

일삼은 분한 마음을 다스리지 못해 말까지 더듬고 있었다. 장철웅이라고 자신을 밝힌 사내의 미소는 자신은 결코 고문술사가 아니었다 말하고 있었다. 그들은 속은 것이었다.

"이… 이 자식, 잘도……."

"그리고… 자네들이 해하려 했던 혁련웅과도… 깊은 친분이 있고."

철웅의 눈빛이 차갑게 내려앉았다. 그 눈빛과 마주친 일삼은 등줄기에 서늘한 바람이 스치는 듯한 느낌을 받았다. 자신들을 속였던 그 눈빛. 자신들의 오금을 저리게 했던 바로 그 눈빛이었다. 철웅의 일변한 분위기를 느낀 강추 역시 섣불리 나서지 못하고 두 주먹만 으스러져라 쥐고 있었다.

"모두 그만들 하게. 철웅, 저 친구가 아니었다면 자네들의 구명(救命)은 쉽지 않았을 거야."

"……?"

강추 일행은 무슨 소리냐는 듯 상현 진인을 바라보았다. 그런 그들의 시선에 상현 진인은 웃으며 대강의 자초지종을 설명하기 시작했다.

"내가 자네들의 구명을 이야기하려면, 일단 자네들이 알고 있는 것을 모두 이야기하여야 한다는 전제가 있어야 했네. 물론 그런 것을 자

네들과 상의할 수 없음은 자네들이 더 잘 알 것이고. 저 친구가 아니었
다면 자네들이 어찌 모두가 수긍할 만큼 토설하였을 것이고, 만약 그러
지 않았다면 내가 어찌 자네들의 구명을 이야기할 수 있었겠는가.”

상현 진인의 이야기에 사내들의 눈빛에 어렸던 분노는 제법 고개를
숙이고 있었다. 하지만 감정의 앙금이 사라지기엔 제법 긴 시간이 필
요할 것 같았다.

“허허, 그나저나 이 사람들은 어찌 데려오신 겁니까?”

“음? 아, 그렇지. 이 사람들이 십 년간 본문에 구금된 신분이라는 것
은 알고 있지?”

철웅의 눈이 사내들의 두 손으로 향했다. 양손에 하나씩 채워져 있
는 두 개의 족쇄. 그리고 그 재질을 알아보기 힘든, 족쇄를 연결하고
있는 손가락 굵기의 긴 끈. 철웅도 상현 진인의 귀띔이 아니었다면 그
것이 교룡삭(蛟龍索)이라는 것을 알지 못했을 것이다. 교룡의 힘줄을
꼬아 만들었다는 교룡삭. 실상은 남만에서 산다는 교룡(蛟龍:악어)의
힘줄에 몇 가지 약물을 처리한 것이었지만, 그 질김이나 강도만큼은 교
룡삭이란 이름에 걸맞게 대단한 것이어서 어지간한 보검이 아니라면
쉽사리 끊지 못할 귀물이었다.

“한데 지금은 본문에 노역이나 일을 할 만한 것이 없어서 자네가 집
을 짓는 이곳이라면 혹 도움이 될까 싶어 데리고 왔네.”

철웅은 고개를 저어 상현 진인의 호의를 정중히 거절하려 하였지만,
이어진 상현 진인의 전음에 잠시 고민을 할 수밖에 없었다.

“미안하네만 자네가 잠시 이들을 맡아주었으면 하네. 어쩌면 조금
오랜 시간이 될지도 모르지만……. 내 소림에 일이 있어 잠시 화산을

비워야 하네. 한데… 이들을 그냥 두고 가기가 조금……."

상현 진인이 마저 다 하지 못한 이야기가 무엇인지는 대충 감이 잡혔다. 아마 화산파에서 이들의 목숨을 신경 쓰는 이는 상현 진인과 무현 진인뿐일 것이다. 자신이 자리를 비운 사이 무슨 일이 일어날지 장담치 못한다는 말을 자신의 입으로 꺼내놓기가 어려웠으리라.

'음… 얼마의 시간이 걸릴지 모른다 하였으나, 그래 봐야 몇 달이나 될까.'

철웅은 그들을 한 번 쳐다보곤 살짝 고개를 끄덕였다. 포로의 목숨이라는 것은 언제 죽어도 이상할 것이 없는 것. 어찌 보면 저들의 목숨을 살리는 일에 한몫을 거든 철웅이었으니, 이제와 나 몰라라 하는 것도 도의가 아닌 듯싶었다.

"그렇게 하시지요. 일손이 많으면 아무래도 일하기가 수월해지겠지요. 신경 써주셔서… 감사합니다."

철웅의 인사에 상현 진인도 함께 인사했다. 누가 누구의 사정을 보아주는 것인지는 그들만이 아는 일이었다.

"그럼 일이 끝나고 난 뒤에는……."

"그냥 한동안 제가 데리고 있겠습니다. 화산에 오르내리는 일도 번거롭고, 집을 짓고 난 다음에도 한동안 이 친구들의 도움이 필요할 듯싶군요."

철웅의 이야기에 눈 꼬리가 올라가는 일삼과 강추였지만 크게 고개를 끄덕여 찬성하는 상현 진인의 모습에 고개를 떨굴 수밖에 없었다.

"그렇게 하겠나? 그렇게 해준다면야 번거롭지 않고 좋겠지만… 그래도 명색이 화산에서 구금 중인 사람들인데……."

"허허. 두 손이 묶인 사내 셋 정도는 감당할 수 있습니다."

철웅의 말에 다시금 이마에 힘줄이 솟는 두 사람이었지만, 철들려면 아직 한참은 더 지나야 할 듯한 영우는 화산파에서 벗어날 수 있다는 사실만으로도 기쁜 눈치였다.

"헤헤. 그럼 잘 부탁드립니다."

코가 땅에 닿을 정도로 고개 숙여 인사하는 영우의 모습에 일삼과 강추의 따가운 눈초리가 꽂혔지만, 뒤통수에 박힌 눈초리까지 느낄 만큼 눈치 빠른 영우가 아니었기에 미소 짓는 철웅을 보며 멍청히 마주 웃어줄 뿐이었다.

"그럼, 일단 이 세 사람의 신병은 제가 관리하도록 하겠습니다."

"누, 누구 마음대로……."

발끈 하려던 일삼은 뒤이은 철웅의 목소리에 벌렸던 입을 다물고 말았다.

"이들을 어떻게 다루든……."

"허허, 자네가 어디 화산파에게 남인가? 자네에게 맡겼으니 자네가 알아서 하게, 너무 심하게 다루진 말고. 허허."

일삼과 강추의 시선이 상현 진인에게 향했지만 뒤도 돌아보지 않고 산을 오르는 상현 진인의 모습이 그토록 매정해 보일 수가 없었다. 어찌 되었든 저 사내의 말마따나 자신들은 무공도 잃고, 두 손마저 자유롭지 못한 신세였다. 일단은 웅크릴 때였다. 그런 사내들을 한 번 바라본 철웅이 가볍게 미소 지으며 말했다.

"자, 일해야지."

철웅의 한마디에 세 사람은 움직일 수밖에 없었다. 처음의 예정보다

배는 더 커진 집이 지어지고 있다는 것을 알 수 있을 리 없던 세 사람
은, 자신들의 집을 손수 짓게 되었다는 것도 모른 채 나무를 나르기 시
작했다. 죄없는 어금니만 바득바득 갈아대며…….

第二十二章
공부(功夫)

상대보다 강함이 있고,
나 자신보다 강함이 있다

"음? 왔는가?"

이번에는 노도사를 찾기 위해 주위를 두리번거릴 필요가 없었다. 기다렸다는 듯 커다란 바위 위에 앉아 있던 노도사가 그를 불렀기 때문이다.

"너무 자주 찾아뵙는 것이 아닌가 싶어 죄송스럽습니다."

"허허, 죄송은 무슨. 시답지 않은 말 하지 말고 이리 와 앉게."

철웅은 사양치 않고 노도사가 앉아 있는 바위의 한편에 올라앉았다. 제법 많은 나무를 하고 왔는지라 하늘은 이미 어둑해져 별이 보이고 있었지만 노도사와 함께 있는 지금, 피곤하다는 생각은 들지 않았다.

"검절과 부딪쳐 보니 어떻던가?"

노도사의 질문에 철웅은 가만히 생각에 잠겼다.

“마치… 거대한 벽과 같은 느낌이었습니다.”

“자세히 말해 보게.”

“음… 사방 끝이 보이지 않을 정도로 넓게 뻗어나가 있고, 하늘 높은 줄 모르고 우뚝 솟아 있는…… 그런 느낌이었습니다.”

“그래, 그런 벽을 어찌 타 넘었누?”

철웅의 입가에 비릿한 미소가 번졌다.

“타 넘기는요. 그냥 벽에다 주먹질 한 번 한 것뿐입니다. 벽에는 흠집 하나 나지 않았고, 오히려 제 손만 부러져 버렸지만…….”

철웅은 자신의 오른손을 바라보았다. 흉터를 찾기 힘들 만큼 깨끗하게 아물어 있었지만 그날의 기억은 잊을 수 없을 것이다. 그 누가 아무리 좋은 말로 위로한다 하여도 자신의 패배가 분명한 일이었다. 철저히… 반론의 여지없는…….

“왜 졌다고 생각하는가?”

이번에는 철웅의 시선이 노도사에게 향하지 않을 수 없었다. 하지만 하늘을 바라보고 있는 노도사의 눈에서 무엇을 찾아내기란 불가능한 일이었다.

“약했기…… 때문이지요.”

노도사의 입에 한줄기 미소가 걸렸다. 자신의 약함을 인정하는 자는 보다 강해질 준비가 되어 있는 자라는 것을 노도사는 알고 있었다.

“강함에는 두 가지가 있다.”

“…….”

“상대보다 강함이 있고, 나 자신보다 강함이 있다.”

노도사의 말투가 바뀌었다는 것에 생각이 미칠 여유가 없었다. 철웅은 노도사가 던진 말을 생각하고 있었다. 당연한 듯한 말 같았지만, 노도사의 입에서 나왔다는 것만으로도 그 말들은 또 다른 의미를 가지고 있는 듯하였다. 하지만 노도사는 그에게 생각할 시간 따윈 줄 마음이 없었다.

"너는 검절보다 약했다. 하나 검절을 이기려 한다면 그보다 강해지려 하기 전에 너 자신을 강하게 만들어야 한다."

철웅은 노도사의 말이 모순이라 생각했다. 결국 자신이 강해져야 남보다 강해질 수 있지 않겠는가? 하지만 스스로 아무리 강해지려 한다 해도 상대를 뛰어넘을 만큼 강해지지 못한다면, 결국 상대를 이길 수 없는 것이니 모순이라 생각한 것이었다.

"내가 이야기한 적이 있지? 세상의 모든 것은 다 같은 생령일 뿐이라고. 너도 생령이고, 네가 상대하는 그도 생령이다. 모두 같다는 말이다. 그러니 그가 강하다 느끼는 것은 결국 상대적인 것이다. 네가 약하기 때문이다. 하지만 너나 그 모두 같다라고 생각한다면, 결국 너의 상대는 그가 아니라 바로 너 자신이 되는 것이다. 너 스스로 강해지기 위해 노력하다 보면 어느 순간 너는 그보다도 더 높은 곳에 이를 수 있는 것이지."

철웅은 쇠망치로 뒤통수를 맞은 기분이었다. 그마만큼 노도사의 이야기는 그의 사고에 커다란 변화를 주고 있었다. 노도사의 말과 자신의 생각은 같았지만 전혀 다른 뜻이었다. 그는 자신이 생각했던 강함이 결국 상대가 있어야만 존재할 수 있다는 것임을 깨달았다. 그것은 진정한 강함이 아니었다.

"저도 노력이 모든 것을 가능케 한다는 것은 알고 있습니다. 하지만 검절 어르신… 아니, 강호인이라 불리는 사람들이 걸어온 길은 제가 걸어온 길과는 많이 다릅니다.”

철웅은 고개도 가로젓지 못했다. 강호인들은 승패를 가름하기 위해 검을 들지만 자신은 살아남기 위해 검을 들었다. 그리고 그들의 승패는 겨룸을 통해 알 수 있었지만 자신의 승패는 자신이 쓰러뜨린 시신을 확인하는 것이었다. 그들은 예와 술을 말하지만 자신은 생과 사를 말한다. 물론 그렇게 단련된 자신의 검을 받아낼 자는 강호에도 그리 많지 않다. 하지만 자신의 검을 받아낼 수 있는 자 또한 적지 않다. 더 중요한 사실은 그들은 아직 수련 중이고, 자신의 전투는 이미 끝났다는 것이다. 더 이상 그가 스스로 강해질 방법은 없었다.

“허허, 내력을 말하는 것이냐?”

철웅은 가만히 고개를 끄덕였다. 그도 귀가 있고 눈이 있다. 내력이라는 것은 오랜 시간 수련해야 하는 것이고, 함부로 배울 수 있는 것도 아니며, 자신과 같은 노병이 배우고자 하기엔 너무나 먼 곳에 존재하는 것이란 걸 알고 있었다. 그렇다고 자괴하거나 통탄해할 일도 아니었다. 그는 강호에 몸담을 일도 없을뿐더러, 애초에 그런 시비와 휘말리지 않도록 야인으로 살아가리라 다짐했었으니까. 그저… 조금 아쉬울 뿐이었다. 하지만 노도사의 한마디는 그런 그의 다짐을 흔들어놓기에 충분했다.

“너 자신을 강하게 하는 방법. 그들보다 더 높은 곳에 설 수 있는 방법이 있다면… 배워보겠느냐?”

철웅의 시선과 노도사의 시선이 마주쳤다. 철웅의 눈 속에 잠들어 있던 열기가 되살아나려 하고 있었다. 하지만 무엇을 깨달은 것인지 철웅의 눈에 일었던 열기는 차게 식어갔고, 차가워진 열기를 털어내려는 듯 철웅의 고개가 좌우로 흔들렸다.

"허허, 말씀은 고맙습니다만… 무엇을 배우기엔 너무 늦었습니다. 아니, 그보다는 그것을 배울 의미가 없습니다. 여기서 더 강해져 보았자… 강해져서 그들을 꺾어보았자…… 더 많은 피가 흐를 뿐입니다. 그냥 조용히 살렵니다."

노도사의 눈에 떠오른 찬탄의 빛을 철웅은 보지 못했다.

'허허. 피와 죽음뿐인 삶 속에서 어찌 그런 마음을 지켜낼 수 있었을꼬……. 정녕 너를 나에게 이끈 것은 하늘의 뜻인가 보구나…….'

노도사는 두 눈을 감았다. 그리고 자신의 마음이 편해짐을 느꼈다. 이제 마지막 근심마저 사라졌으니 대기(大器)를 완성하는 일만이 남았다. 그가 원하든… 원치 않든…….

*　　　　*　　　　*

장강(長江). 청해(靑海)에서 시작하여 사천(四川)으로 흘러 무산산맥(巫山山脈)을 가로지르는 삼협(三峽)을 이룬 후 의창(宜昌)을 지나 무창(武昌)으로 흐른다. 무창에서 이어진 수로는 강서(江西)의 호구(湖口)와 안휘(安徽)를 가로질러 황제가 있는 응천부(應天府)까지 이어지다 결국 바다로 흘러들어 일만 오천 리에 달하는 길고 긴 여정을 마친다.

물은 모든 생명의 근원이다. 그러하기에 인간은 물을 찾아 모여들게 마련이다. 큰 강이 있다면 식수를 걱정할 일이 없고, 강이 지나는 곳치고 비옥하지 않은 땅이 없다. 또한 강은 가장 편리한 이동 수단 중 하

나이기에 상업이 발달한 곳치고 강을 인접하지 않은 곳이 없다. 인간
은 물을 찾아 모여든다.

호북(湖北)의 무창은 그런 인간들이 모여 만든 대도(大都)이다. 호북
물류의 중심이고 행정의 요충지이며, 수십만의 사람들이 모여 이룬 호
북 최대의 거대 도시이다. 포구를 통해 들고 나는 산더미 같은 짐들을
보고 있자면, 과연이라는 말을 떠올리게 된다. 무창의 하루 물동량은
은자로 환산하면 수백만 냥이 넘고, 그 양으로 따지면 포구의 인부 수
천 명이 하루 온종일 쉬지 않고 짐을 실어 날라도 그 끝을 보기가 어렵
다.

타지의 어지간한 부호들도 무창에 와서는 감히 돈 자랑을 하지 못한
다. 알량한 주머니를 믿고 무창의 명물인 황학루(黃鶴樓)에 오른 외지
인들 중 변변한 옷가지 몇 개 챙겨 나오지 못하고 쫓겨나는 수가 허다
하다. '무창의 은은 타지의 금과 같다' 라는 말을 실감할 수 있다.

무창 사람들은 자긍심이 대단하다. 함부로 무창을 업신여기는 말이
라도 했다가는 어느새 몰려든 사람들에게 치도곤을 당하고 쫓겨나기
십상이다. 물길 위에선 황제도 두렵지 않다는 장강수로채의 채주라 하
더라도 무창 지부에 와서는 함부로 하지 못한다. 무창은 그런 곳이다.

"더 이상 알아낼 방도가 없습니다."

무창의 포구에서 조금 떨어진 한 객잔. 포구 특유의 비릿한 민물 내
음이 흐르는 실내에 세 사람의 도인이 앉아 있었다. 그들의 얼굴 표정
을 보니 무엇인가 낭패를 당한 모양이기도 하였지만, 상석에 앉아 있는
중년 도인이 아무 말도 하지 않으니 다른 두 명의 젊은 도인도 눈치를

살피며 말을 아끼는 듯하였다.

"무량수불……. 벌써 무창에 온 지 한 달이 넘었건만……."

중년인의 눈가에 잔주름이 일었다.

"그 장원은… 껍데기일 뿐이었습니다."

중년인 앞에 앉아 있는 청년 하나가 살짝 인상을 찡그리며 입을 열었다.

"장원의 주인이라는 노 아무개는 자취를 찾을 수 없었고, 몇몇 제자들이 그곳을 찾았을 때는 이미 모든 흔적이 지워진 빈 장원뿐이었습니다."

중년인, 대화산파의 이대제자이며 천주궁파 청빈도관의 관주이기도 한 운허자(雲虛子)였다. 자신의 제자들과 함께 화산을 내려온 지 이미 두 달. 무창을 헤매고 다닌 지 달포가 지난 지금까지 화산을 침입했던 련이라는 단체에 대한 아무런 흔적도 발견할 수 없었다. 분명 강추가 토설했던 무창의 그 장원은 수상한 구석이 있었다. 급히 비워진 듯한 모습하며, 장원 주인의 행방 역시. 하지만 그것뿐이었다. 수상한 장원이라는 것 이외에는 어떤 것도 알아낼 수가 없었다.

"흠… 신비로운 행사를 하는 자들이라는 것은 알고 있었지만……."

"이제 어떻게 하실 겁니까?"

아무리 운허자라 해도 뾰족한 방법이 있을 리 없었다. 무현 진인의 제자로 사부의 뒤를 따라 강호를 종횡한 경험이 제법 있어 이번 탐문에 특별히 선택되었지만, 그래도 이런 식의 탐문은 도인이라는 신분과는 어울리지 않는 일이었다.

"다른 조에서는 소식이 없더냐?"

"예. 아직은……. 물론 인근을 탐문하고 있는 사람의 수가 서른 명이 넘지만… 너무 적은 수의 인원입니다."

"하나 무당파(武當派)를 의식하지 않을 수 없지 않은가? 서른 명이라면 결코 적은 수가 아니야."

"하지만 이 넓은 무창에 비한다면……."

두 젊은 도사의 이야기가 모두 맞았다. 고작 서른 명의 인원만으로 탐문하고 다니기에는 무창은 너무 넓었다. 그렇다고 무작정 인원을 늘리기엔 무창은 물론, 호북 전체에 영향력을 행사하고 있는 그들을 생각하지 않을 수 없었다.

대무당파(大武當派). 구파일방의 일문이고, 소림과 함께 무림의 태산북두(泰山北斗)라 칭송되고 있는 곳. 천하에서 가장 검을 잘 쓴다는 천하사대검파(天下四大劍派)의 일문이며, 화산과 같은 도문의 성지. 모든 면에서 화산파와 함께 걷기 힘든 문파였다. 같은 구대문파, 같은 사대검파, 같은 도문……. 하지만 당금의 화산은 그 어느 것 하나 무당보다 낫다 말하기 힘들었다.

"음… 우리의 힘만으로는 어렵다는 말이냐?"

"인원도 인원이지만 무창 사람들의 태도도 문제입니다. 말을 걸어도 화산파라는 이야기만 꺼내면 고개를 돌려 버리니……."

운허자는 고개를 가로젓고 있었다. 어찌 그러지 않겠는가. 화음에 무당파의 도사가 찾아온다 하더라도 마찬가지일 것을. 그래도 이곳은 무당파의 본산과 멀리 떨어진 곳이라 조금 나을 줄 알았는데 그것도 아닌가 보다.

"다른 사람들이 올 때까지 기다려 보자꾸나. 무언가 새로운 소식이 있을지도 모르니."

아무리 답답해도 딱히 손쓸 길이 없었다. 일단은 다른 사람들을 기다려 보는 수밖에. 그리고 그들이 기다리던 일행이 모두 모인 것은 그 날 저녁이 다 되어서였다.

삼십여 명에 달하는 인원이 모여 있었지만 숨소리 한 번 크게 내쉬는 자가 없었다. 화산파에서 함께 내려온 자들은 이대제자 다섯 명과 삼대제자 스물다섯. 총 오 개 조 서른 명이었다. 그중 운허자가 가장 배분이 높았기에 그들의 지휘를 맡고 있었다.

"다른 사람들의 의견은 어떤가?"

"흠… 어쨌든 이런 식의 탐문이라면 더 이상 무창에 있을 이유가 없습니다. 이제 무창 사람 중 태반이 우리가 화산파 사람이라는 것을 알 겁니다."

좌중에 잠시나마 웃음기가 돌았다. 말을 꺼낸 사람은 운현자(雲泫子)라 부르는 사람으로 운허자의 사제였다. 성격이 활발하고, 매사에 긍정적이라 여러 제자들이 따르는 편이었다.

"그럼 어찌하였으면 좋겠는가?"

운허자는 웃음기를 지우고 자신의 사제에게 다시 물었다. 강호의 경험으로 따지면 자신의 사제도 자신 못지않았으니, 자신과는 다른 어떤 방법을 생각하고 있을지도 모르는 일이었다.

"음… 한 가지 선택과 두 가지 방법밖에 없지요."

"한 가지 선택과 두 가지 방법?"

"예."

"음, 선택이라면?"

"도움을 요청해야 합니다."

운허자는 고개를 끄덕였다. 자신도 생각하고 있던 방법이었다. 무작정 밀고나가야 되는 일이 있고, 되지 않는 일이 있다. 지금은 분명 후자였다.

"그럼 그 선택에는 어떤 방법이 있는가?"

"음… 하나는 쉽지만 결과가 반반이고, 하나는 어렵지만 결과가 확실할 겁니다."

"이야기해 보게."

좌중의 눈과 귀가 운현자에게 집중되었다.

"우리가 지금 도움을 요청할 수 있는 곳은 두 곳뿐입니다. 하나는 개방입니다."

"개방이라……."

일견 타당했다. 천하에 그들의 이목을 속일 수 있는 것은 거의 없다 해도 과언이 아니었다. 세상에 거지가 없는 곳은 황궁과 홍루뿐일 테니.

개방(丐幇), 사람들이 흔히 말하길 십만개방도(十萬丐幇徒)라 한다. 천하에 있는 모든 거지의 수를 알 수도 없을뿐더러, 그들이 모두 개방도일 리도 없지만 사람들은 개방을 말할 때 자연스레 그리 부른다. 그마만큼 많은 수의 인원이 속한 곳이 개방이었고, 세상에 거지가 없는 곳은 없다 할 만큼 천하에 그들의 이목이 펼쳐져 있는 셈이니 그들의 정보력이 구파일방 중의 최고라 공인된 지 이미 오래였다.

"그들의 힘을 빌린다면 가장 확실하겠지만……."

"아닙니다. 그들에게 도움을 청해도 반반입니다."

“음?”

운허자는 사제의 대답에 의문을 표시했다. 두 곳 중 한 곳이 확실하다면 그것은 분명 개방일 것이라 생각했다. 한데 사제는 개방이 아니라 말하고 있었다.

“개방의 이목이 천하에 깔려 있다는 것은 모두가 아는 사실이지만, 적어도 무창에서만큼은 그들도 한 수 접어야 할 것입니다.”

“혹시……?”

“가장 확실한 도움을 받을 수 있는 곳은… 무당입니다.”

“음…….”

그랬다. 무창, 아니, 호북에서 무당을 제외시킨다면 그 어느 누가 개방만큼이나 확실한 도움을 줄 수 있을까. 운허자도 운현자의 말에 수긍하였다. 당장은 모를지 모르지만 무당이 나서준다면 무창의 주민 절반은 그들이 원하는 정보를 제공해 주는 것으로 기꺼이 도움을 줄 것이다.

“…어려운 일이군.”

운허자의 한마디에 운현자도 어깨를 으쓱해 보일 수밖에 없었다. 자신이 내논 의견이었지만 이루어지리라곤 생각하고 있지 않았다. 견원지간(犬猿之間)까지는 아니더라도, 무림의 쌍벽이라 불려도 좋을 만큼 서로 견제 중인 문파에 도움을 청한다는 것은 거부 여부를 떠나 자존심이 허락지 않는 일이었다.

“…개방 무창지단이 어디에 있지?”

운허자의 목소리에 좌중의 한 제자가 일어나 개방 무창지단의 위치를 설명하였다. 당연한 결과였다.

                    *   *   *

　철웅의 집 짓는 속도에 강추와 일삼은 혀를 내두를 지경이었다. 나
무하는 솜씨도 예사롭지 않았고, 기초와 서까래를 세우는 것도 한두 번
해본 솜씨가 아니었다. 겸(鎌:낫)과 같은 모양으로 만들어지는 집의 구
조를 보니 대략 대여섯 개 정도의 방이 나오고도 남을 듯싶었다. 자신
들이 만나본 사람은 철웅과 장 의원, 그리고 소아라는 꼬마뿐이었으니
그들이 살기에는 조금 큰 것이 아닌가 싶었지만, 철웅이란 사내가 말을
하지 않으니 그저 나무만 날라다 놓을 뿐이었다. 그렇게 흐른 시간이
열흘이었다.

　"이보게 영우, 이 나무 좀 옮겨다 주겠는가?"

　"예이~"

　철웅의 말에 신나서 달려가는 영우를 보면 어지간히 지금의 생활에
만족하고 있는 모양이었다. 도대체 스물다섯이란 나이는 어디로 먹은
것인지, 가끔 내려오는 소아라는 꼬마와도 죽이 잘 맞는 것을 보면 덜
떨어졌다는 꼬리를 떼어내긴 힘들어 보였다. 이상한 것은 영우뿐이 아
니었다.

　장철웅이란 사내, 지난 며칠 동안 지켜보니 영우만큼이나 특이한 사
람이었다. 일하는 손놀림을 보아선 가진 재주가 조금 많은 평범한 사
람처럼 보였지만, 어쩌다 한번 이야기하는 것을 들어보면 자신들과는
다른 '배운 사람' 특유의 무엇인가가 느껴지곤 했다.

　더욱 혼란스러운 것은 소아라는 꼬마가 영우에게 귀띔해 준 사내의

이야기. 검절과 손속을 겨루었다라는 믿기지 않는 이야기를 들었을 때
는 거의 반나절 동안 그를 관찰하기도 했다. 하지만 아무것도 밝힐 수
가 없었다. 그 정도의 고수라면 자신들이 느끼지 못하는 것이 당연하
겠지만, 아무리 그래도 자신들이 잘못 본 것이 아닌가 싶을 정도의 평
범한 모습은 그들의 머리 속을 복잡하게 만들기에 충분했다.

'그럼 그날 보여주었던 그 표정은 연기였다는 건가? 거참, 그게 연
기였다면 천하제일의 연기자가 초야에 묻혀 있는 셈이로구먼.'

일삼은 그에 대한 관찰을 포기하고 말았다. 아무런 득도 없었고, 열
흘이 지난 지금은 의욕도 남질 않았다. 그저 묵묵히 나무만 할 뿐이었
다. 그들에게 지금의 생활은 말 그대로 아무런 의미가 없었다. 탈출을
생각해 보지 않은 것도 아니었지만 나간다 하여 돌아갈 곳이 있는 것
도 아니고, 평생 화산파의 추적을 받게 될지도 모르는 일이었다. 지금
은 이대로 지내는 것이 나았다.

"이보게들, 식사나 들고 하세."

철웅의 부름에도 대답없이 일어나는 두 사람이었다. 이 세 사람의
서먹함을 견디기 힘들었는지 영우의 입이 한 자나 나왔다.

"이봐요, 일삼. 인상 좀 펴요."

"…시끄러워."

영우의 투덜거림에도 일삼과 강추의 인상은 좀처럼 펴질 줄을 몰랐
다. 그들은 영우와 달리 자신들의 위치를 너무나 확실히 인지하고 있
었다. 그들은 수인이었다. 그들에겐 화산파나 이곳이나 다를 바가 없
었다.

물론 화산파를 벗어나 다행이라 여기는 것들도 있었는데, 그중의 하

나가 바로 식사였다. 온통 새파란 것 일색인 화산파의 식사는 그들로서도 쉽게 익숙해지기 힘든 것이었으니, 화산파를 내려와 철웅이란 사람과 함께하는 동안은 사람다운 식사를 할 수 있어 다행이라 생각하였다.

"자네, 올해 나이가 몇인가?"

철웅의 질문에 잠시 좌우를 보던 일삼이 고개를 들어 철웅을 바라보았다. 철웅의 시선이 자신에게 닿아 있는 것을 보고서야 그가 자신에게 물은 것임을 알 수 있었다.

"…마흔셋."

"생각보다 많군. 자네는?"

철웅의 시선이 이번에는 강추에게 향했다.

"마흔이오."

"허허, 다들 먹을 만큼 먹었구먼."

"저는 스물다섯입니다."

영우의 한마디에 철웅은 웃으며 고개를 끄덕여 주었다. 어색한 침묵이 흘렀으나 젓가락을 내려놓는 일삼의 퉁명스런 한마디가 침묵을 몰아냈다.

"…댁은?"

"나? 마흔여덟. 그러고 보니 조금 있으면 춘절(春節:음력 1월1일)이구먼. 지금쯤이면 화음 저자에 사람들이 넘쳐나겠는걸?"

철웅의 이야기에 일삼과 강추의 눈에 아련한 빛이 돌았다. 춘절은 단오절(端午節), 중추절(中秋節)과 함께 중원의 가장 큰 명절이다. 아무리 큰 싸움이 나고 있더라도, 설령 전쟁이 난 상태라 하더라도 그날 하루는 싸움을 멈출 정도로 명절이 가지는 의미는 각별하다. 하나 그런 큰 명절을 앞두고도 그들은 화산을 벗어나지 못한다. 답답한 가슴에 돌덩이 하나가 더 내려앉았다. 그런 그들의 귀에 철웅의 목소리가 들렸다.

"자네들… 저자에 한번 내려가 볼 텐가?"

"……?!"

일삼과 강추는 물론 영우의 눈도 화등잔만하게 떠졌다. 자신들을 놀리나 싶어 성을 내려던 일삼이, 철웅의 눈가에 앉은 미소가 장난스러운 것이 아님을 알고는 조용히 입을 열었다.

"무, 무슨 수로?"

"뭐, 가고 싶은지 아닌지만 이야기하게."

일삼과 강추는 서로를 쳐다보며 눈을 굴렸다. 어떤 의도로 저런 말을 꺼내는 것인지 도무지 알 길이 없었다. 자신들이 도망칠 수 있다는 건 생각지 않는 것일까? 혹 저자에 간다는 핑계로 자신들을 없애려는 것은 아닐까? 오만 가지 상상이 그들의 머리 속을 스치고 있었지만 도무지 답을 찾을 수가 없었다.

"그랬다가 우리가 도망치기라도 하면 장 대인이 난처해지실 텐데……."

역시 절대 그냥 넘어가지 않고 초를 치는 영우였다. 일삼과 강추라고 한들 춘절의 기분을 느끼고 싶지 않을까? 도망치겠다는 생각이야 털끝만큼밖에 없었고, 춘절의 분위기 따라 그저 술이나 한잔 얻어먹을 수 있을까 싶었던 두 사람이었다. 한데 저 덜떨어진 강호초출은 그런 기회 자체를 무산시켜 버리고 있었으니……. 한데 철웅이란 사내는 아무런 상관이 없다는 것인지 웃음만 흘리고 있었다.

"허허, 한 이틀만 더 고생하면 될 것 같으니 한번 보세나."

그들은 고개를 들어 반쯤 덮인 지붕을 보았다. 철웅의 말마따나 한 이틀이면 그들의 고생도 끝날 것이다. 아니, 이곳에서 할 일이 끝났으니 다시 화산으로 올라 노역을 해야겠지. 일삼은 다시 밥을 먹기 시작했다. 지금이 아니면 언제 또 밥이란 놈을 먹을 수 있을지 모를 일이었으니.

그들에게 있어 지난 열흘은 아무것도 아니었다. 그저 십 년을 채우기 위한 한걸음일 뿐이었다. 그들은 그렇게 믿고 있었다.

하지만 그들의 십 년이 그들의 생각과 전혀 다르게 펼쳐지게 된, 그 일이 일어난 것은 다음날 저녁의 일이었다.

＊　　　　＊　　　　＊

"……."

억지로 눈을 붙였던 터라 고단한 몸을 일으키고 싶지는 않았지만, 터질 듯 부푼 방광은 일삼의 엉덩이를 들썩이게 하고 있었다. 제법 솜씨가 있다 떠벌이기에 영우에게 음식을 맡긴 것이 화근이었다. 나물이 싱거운 것까지는 괜찮았는데, 도대체 탕에 소금을 몇 바가지나 집어넣은 것인지 밥 한 그릇 먹을 동안 물을 몇 사발이나 마셨는지 모른다. 맛도 안 보고 벌컥 들이킨 자신의 잘못이 크지만, 그보다는 영우 놈에게 다시는 음식을 시키지 않으리라 다짐하는 편이 속 편했다.

"우라질……."

다들 일찌감치 잠에 들었던 터라 업어가도 모를 정도로 골아 떨어져 있었다. 철웅이란 사내는 역시나 보이지 않았다. 도대체 밤마다 어디를 가는 것인지 달이 걸리고도 꽤 오랜 시간이 흐른 뒤에야 슬그머니 돌아 오곤 했다. 화산의 여도사와 눈이라도 맞은 것인지……. 짧은 시간이었 지만 불안함없는 일상 속에서 영우는 물론 강추와 자신마저도 화산파 가 주는 긴장에서 어느 정도 해방된 듯 보였다. 두어 달 전만 해도 오늘 은 목숨을 부지할 수 있을까 노심초사하며 밤을 지내었건만…….

엉성하게 만들어진 방문을 열고 나온 일삼의 눈에 제법 밝은 숲의 정경이 들어왔다. 야공에 걸린 만월이 거의 제 모습을 이룬 것을 보니, 철웅이란 사내의 말마따나 춘절이 코앞까지 다가오긴 했나 보다. 방광 의 조여옴을 느낀 일삼은 미적거리지 않고 가옥의 뒤편으로 서둘러 달 려갔다. 평소 볼일을 보던 곳보다 사오 장은 더 깊이 들어가는 것을 보 니 소피로 끝날 일이 아니었나 보다.

뿌지직…….

방광에만 가두어놓기엔 마셔댄 물의 양이 조금 많았던지, 탈이 난 일삼의 배는 연신 묽은 변을 토해 내고 있었다.

"염병……."

이를 악물고 힘을 주는 모습이 어지간히 괴로운 모양이었지만, 배변 의 쾌감 덕인지 일삼의 얼굴에 조금씩 안도의 표정이 지어지고 있었다.

"휴… 영우 이 자식……. 다시 그놈이 만든 음식을 먹으면……."

투덜거리던 일삼의 입이 얼어붙었다. 입뿐만 아니라, 그의 전신 근

육이 팽팽하게 조여져 왔다. 그의 시선이 고정된 곳. 새파란 인광을 번뜩이고 자신을 바라보는 그것. 일삼은 바지춤을 올리지도 못한 채 앉은 자세 그대로 뒷걸음질치기 시작했다.

'젠장, 똥 밟았군…….'

인상을 잠시 구긴 일삼이었지만, 자신을 바라보고 있는 그것에게서 눈을 떼는 멍청한 짓은 하지 않았다. 밑도 닦지 못한 채 엉거주춤한 자세로 바지춤을 올리며 뒷걸음질치는 모습이 우습기도 하였지만, 사방에 풍기기 시작한 역한 노린내는 그런 감정 따위를 남김없이 지워 버리고 있었다.

일삼을 향해 다가오던 두 개의 새파란 불꽃, 산중지왕(山中之王) 대호(大虎)였다.

＊　　　＊　　　＊

"그냥 진인이라고 부르거라."

"그래도 그런 것이……."

"어차피 선계로 오를 사람에게 지상에 남을 이름 따위 무어가 대수로울까."

철웅은 노도사의 말에 한숨을 내쉬었지만 가르쳐 주지 않겠다는 이름을 억지로 캐묻는 것도 경우가 아니었는지라, 그냥 진인이라 부르라는 노도사의 말을 따를 수밖에 없었다.

"철웅아, 너는 내공이 무어라 생각하느냐?"

철웅은 노도사, 진인의 물음에 쉽게 대답하지 못했다. 생각하지 않았던 것이어서가 아니라 진인의 질문이 가진 의도를 짐작해서였다.

"진인, 이미 말씀드렸듯이 저는 더 이상 무공을 배울 마음이 없습니다. 그저 진인과 함께 시간을 보내는 것이 마음 편해 찾아뵙는 것입니다."

"허허. 어렵게 생각하면 한도 끝도 없이 어려운 것이고, 쉽게 생각하면 그 무엇보다도 쉬운 것이 마음이다. 내가 너에게 무어라 하던? 그저 내공이 무어라 생각하는지를 물었을 뿐이지 않느냐?"

철웅은 고개를 내저었다. 진인에게 말로 이기려 하는 것이 얼마나 무모한 것인지 새삼 느끼고 있었다. 그리고 이 고집 센 노도사와 함께 있으려면 그의 말에 대답해 주어야 한다는 것도 알고 있었다.

"천지만물의 기운을 받아들여 단전을 넓히고, 받아들인 기운을 넓혀진 단전에 모아두었다가 필요한 순간에 전신의 혈과 맥으로 소통시켜 큰 힘을 얻는 것이라 들었습니다."

"흠… 제법 그럴싸하긴 하다만 반쪽짜리다."

"……?"

철웅의 귀가 솔깃해졌다. 입으로는 배울 필요 없다 말해도 마음속에서는 궁금하지 않을 수 없었을 것이다. 그도 어쩔 수 없는 천생 무인이었으니.

"네가 지금 말한 것은 토납(吐納)에 관한 것이다. 하단전(下丹田)을 말하는 것이지. 인간이 천지만물의 기운을 받아들인다는 말은 맞다. 토납법은 본시 도가의 도인술에서 비롯된 것으로 호흡을 통해 정기를 쌓는 방법이다. 인간은 날숨과 들숨을 한다. 들숨으로 좋은 것을 받아들이려 하고, 날숨으로 나쁜 것을 내보내려 하지. 토납은 좋은 것을 받아들이는 들숨을 길게 하여 좋은 기운을 더 많이, 더 오래 붙잡아두는 것이 그 요체이다."

철웅은 자신도 모르게 진인의 이야기에 귀 기울이고 있었다.

"도가에서 이르기를, 인간은 태어날 때 이미 자신이 쉬어야 할 숨이 정해져 있다고 했다. 그래서 조금이라도 더 오래 살기 위해 숨 쉬는 시간을 오랫동안 유지하려 함이고. 이것이 옳은 것인지, 그른 것인지는 나도 잘 모르겠구나. 하지만 토납을 오래하는 것이 건강에 좋은 것은 분명하니 영 틀린 말은 아닌 듯싶다. 내공이라는 것은 들숨으로 들어온 기운을 조금 더 오래 붙잡아두자는 생각에서 발전한 도인술이다. 여러 수행자들과 도인들이 경험해 보니 잡아둘 곳만 있으면 그 기운을 잡아두지 못할 것도 없다는 것을 알게 되었지. 그래서 몸 안 기운을 잡아둘 곳을 찾다 보니 그에 합당한 곳이 세 곳이 있었느니라. 음과 양의 조화를 위해 신체의 좌우 대칭되는 부분의 중심을 따라 세 곳을 정하였고, 이를 상단전, 중단전, 하단전이라 칭하였다. 네가 말한 것은 바로 하단전에 기운을 모으는 것을 말하는 것이다."

철웅은 말없이 진인의 이야기를 듣고 있었다. 무어라 반박하거나 궁금해하기에는 그의 지식이 아직 많이 모자랐다.

"내가 세상의 연을 끊고 산 지 오래인지라 지금은 어느 정도의 발전이 있을지 모르겠다만 고작 백여 년의 세월만으로 중단전과 상단전의 묘리를 깨닫는다는 것은 어불성설이니, 당금 강호의 내가공부 역시 아직 하단전의 범주를 벗어나지는 못했으리라. 만약 중단전과 상단전의 묘리를 깨우친 자가 있다면 이미 우화등선하였을 것이고……."

철웅은 진인의 말을 귀로 듣지 않고 있었다. 듣고 싶지 않다 하더라도 진인의 입에서 나온 말 하나하나가 철필이 되어 철웅의 머리에 깊이 새겨지고 있었으니.

"내력을 모아둔다는 것은 일견 이치에 맞는 것처럼 보여도, 그것은 말이 될 수 없는 것이다. 내력이 기운이라고는 하지만 응집되는 순간, 그것은 형을 가지게 된다. 형을 가지고 있는 기운을 붙잡아보았자 이 작은 인간의 몸에 얼마나 붙잡아둘 수 있을까. 더군다나 폐쇄되어 있는 하단전만을 사용한다면야 더 말할 것도 없는 것이고."

허공의 만월이 점점 그 높이를 더하고 있었지만 두 사람의 몸은 움직일 줄 몰랐다.

"기운을 받아들이는 방법이 호흡이라면 하단전만을 사용할 수 있지만, 중단전의 묘리를 깨우치게 된다면 모공을 통해 기운을 받아들이는 경지에 오를 수 있다. 이것은 무의식 중에도 기운이 들고 날 수 있는 경지이니, 과희 신선의 경지에 가까이 다가갔다 말할 수 있다. 상단전은 기운을 모으는 것이 아닌 내뿜는 묘리가 있다. 상단전을 열 수 있다면 능히 천리와 소통할 수 있음이니, 우화등선하여 신선이 됨이 바로 상단전의 묘리를 깨우친 것이라 말할 수 있다."

"하나 제가 본 강호의 무인들은 바람처럼 몸을 빠르게 하고, 일수로 바위를 쪼개는 위력을 보여주었습니다."

"허허, 수적천석(水滴穿石)이라 하였다. 물방울도 모이면 바위를 뚫는 법인데 수십 년간 모은 기운이 그깟 바위를 쪼개지 못할까. 일조일석(一朝一夕)에 되는 것은 없다. 그들이 그런 신위를 보여주기 위해 얼마나 많은 시간을 수련에 힘썼을까. 내가 하단전을 반쪽짜리라 한 것은 중단전과 상단전의 묘리에 비하여 그렇다는 것이다. 하나 그들이 중단전과 상단전의 묘리를 깨우치기는 요원한 일이다. 중단전과 상단전은 깨달음이다. 수련만으로 얻을 수 있는 것이 아니다. 강호의 무인들 중 진정 무도(武道)를 깨우치기 위해 수련하는 자가 몇이나 되겠느냐? 도라는 것은 결국 깨달음이다. 그 깨달음을 얻기 위해 수련을 하는 것이 아닐진데, 어찌 중단전을 느낄 것이며 어찌 상단전을 열 수 있겠느냐. 만류귀종(萬流歸宗)이라 하였고, 일즉다즉일(一卽多卽一)이라 하였으나 도인과 무인이 같은 수련을 한다 하더라도 그 목적이 다르기에 깨닫기 어려운 것이다. 뭐… 도인이라고 해도 그것을 깨닫기 어려운 것은 마찬가지다만…… 험."

철웅은 진인의 말에 살짝 미소 지었다. 진인의 말마따나 도가의 도인들 중 우화등선했다는 이야기는 수십, 수백 년에 한 번 나올까 말까 한 이야기이다. 무인들 중에 그런 자가 나온다는 것은 진정 말도 안 되는 이야기였고.

"철웅아, 내가 이야기한 것을 가르침이라 생각지 말아라. 그저 알고만 있으면 된다. 너에게 어찌 행하라 말하지도 않을 것이고, 옳고 그름을 말하지도 않을 것이다. 너는… 그냥 알고만 있으면 된다."

'내가 말하지 않아도 너는 행할 것이고, 무엇이 옳고 그른 것인지 잘 판단할 터이니…….'

진인의 눈가에 인자한 미소가 머물렀다. 철웅은 그 눈빛을 감히 마주 보지 못하고 헛기침을 연발하며 자리에서 일어섰다.

"허험. 허허, 아무래도 오늘은 이만 가봐야 할 것 같습니다. 매일 귀찮게 하는 것 같아 송구스럽습니다."

"허허, 송구스럽기는……. 그런 생각 말고 자주 찾아오너라. 너를 볼 날도…… 그리 많이 남은 것 같지 않으니……."

노인의 탄식 섞인 목소리에 놀란 철웅이었지만 별다른 말은 하지 않았다. 괜한 이야기를 꺼내어 어색하게 헤어지느니 모른 척 뒤돌아서는 것이 나을 때도 있다는 것을 그는 알고 있었다.

산을 내려가는 철웅의 모습을 바라보는 진인의 눈가에 잔잔한 만족이 흘렀다.

"허허, 억지로 가르치려 들어선 안 될 것 같아 편법을 쓴 것이니 너무 서운타 생각지 말거라. 너 스스로는 자각하지 못해도 내가 남긴 사념을 따라 너는 이미 토납을 시작하였느니라. 이제 정말 얼마 남지 않았구나. 생령이 싹을 틔우는 이때에 선계에 들어 기쁘긴 하다만… 슬슬 너에게 남길 것들을 정리해야겠구나."

*　　　　*　　　　*

일삼은 서두르지 않았다. 저 두 눈 새파란 녀석은 자신이 몸을 날림과 동시에 자신을 덮쳐 들 것이다. 대호 역시 서두르지 않는다. 그렇다고 방심하지도 않는다. 대호의 시선은 표적에서 떨어지는 법이 없다. 그 표적이 토끼가 되었든 멧돼지가 되었든… 자신과 같은 인간이 되었든.

일삼이 한 걸음 물러서면 대호는 한 걸음 좁혀왔다. 온몸에 땀이 비 오듯 쏟아져 내리고 있었지만, 뒷걸음질치는 것 외에는 방법이 없었다.

‘이러다 뒤가 막히면… 끝장나는 거지…….’

자신의 손에 박도 하나만 있어도 이렇게까지 떨리진 않을 것이다. 어차피 죽을 거 이판사판 칼이라도 휘둘러 볼 수 있다면. 하지만 자신의 손에 잡히는 것은 한 팔 길이의 교룡삭뿐이었다. 그리고,

턱!

일삼의 인상이 찌푸려졌다. 등 뒤로 느껴진 둔탁한 느낌. 그의 뒷걸음질을 막아선 것이 돌아갈 수 있는 나무가 아니라, 바위 벽이라는 것을 보지 않아도 알 수 있었다.

‘젠장…….’

어둠 속에서 친 뒷걸음이었기에 방향도 잘 알 수 없었지만, 짓고 있는 가옥 주위에 이런 느낌을 줄 수 있는 곳은 산으로 오르는 언덕뿐이었다.

‘재수 더럽게 없군. 가옥의 반대편으로 오다니…….’

일삼은 피식 웃어버렸다. 차라리 잘된 것 아닌가? 가옥으로 향했다면 저 대호의 입만 즐겁게 되었을 것이다. 장정 셋은 제아무리 대호라도 한 끼니로 해치우기에는 부담스러웠을 테니.

‘이놈아, 나 하나로 만족해라. 크크.’

그다지 이름난 무사로 살아오진 못했지만, 그래도 풍진강호에서 맨몸으로 삼십 년을 버텨온 그였다. 범의 아가리로 들어가게 된 것이 못마땅하긴 했지만, 죽는 것이 두려워 벌벌 떨 만큼 어설프게 살아오지도 않았다.

“자… 와라. 죽기 전에 네놈 목줄이라도 물어보게. 흐흐흐.”

어차피 이판사판, 죽어가는 마당에 짐승 앞에서 무릎 꿇을 수는 없

었다. 독기가 머리끝까지 올랐는지 두 눈 가득 핏발을 세우고 대호를 노려보는 일삼의 모습이 자못 비장해 보였다. 그 순간 조금씩 거리를 좁혀오던 대호의 걸음이 멈추어 섰다. 일삼의 독기에 움츠린 것이었을 까?

월광 아래로 몸을 드러내 놓고 멈추어 선 대호의 모습은 산중지왕이 라는 이름에 걸맞는 위압적인 모습이었다. 황소만한 크기에, 장정 허벅지 서너 개는 합해논 듯한 두꺼운 앞발, 월광을 받아 더욱 새파란 인광이 뿜어져 나오는 두 눈은 절로 오금을 저리게 하고 있었다.

"흐흐, 와라… 어서 오라니까……."

일삼의 도발에도 대호는 꿈쩍도 하지 않고 있었다. 일삼의 모습에 당황해 걸음을 멈춘 듯했지만, 일삼은 대호의 시선이 자신에게 향해 있지 않다는 것을 눈치 챘다. 그리고 고개를 들어 대호의 시선을 따라가려는 순간 들린 한마디.

"고개 돌리지 마. 그대로… 그대로 있어."

훈풍에 밀려 북쪽으로 달아났던 동장군의 현신인가? 차가운 한기를 머금은 한줄기 낮은 목소리가 일삼의 귓가에 울렸다.

일삼이 등을 기대고 있던 바위 위에는 어느새 나타난 철웅이 몸을 낮게 웅크린 채 대호를 노려보고 있었다. 대호의 새파란 인광이 무색하리만치 지독한 살기를 두 눈 가득 흘리며…….

'대호, 아주 큰 놈이다.'

철웅도 전신의 솜털이 곤두섬을 느꼈다. 진인의 마지막 말 때문에 마음이 심란하여 하마터면 그 기운을 모르고 지나칠 뻔했다. 하나 다행스럽게도 철웅의 후각을 자극한 대호의 노린내는 모른 척하고 싶어도 모른 척할 수가 없을 지경이었다. 조심스레 다가가 상황을 보니 일삼이란 사내는 대호에게 쫓겨 이곳까지 온 모양이었다. 저 정도 크기의 대호라면 손에 무기가 있어도 제압하기 쉽지 않다. 아니, 쉽지 않은 정도가 아니라 목숨을 반쯤 내놓아야 할 정도로 어려운 상대다. 하지만 철웅은 호환을 피해 달아나지 않았다. 어찌 되었든 그는 자신이 보살피기로 한 사람. 이대로 희생시키는 것은 자존심이 용납치 않았다.

'수인이라 하여도… 내 몫의 사람이다.'

그것이 철웅이 바위에 모습을 드러낸 까닭이었다.

'이자가… 여기에 왜?'

고개도 돌리지 못했지만 목소리만으로도 누군지 짐작할 수 있었다. 알 수 없는 정체만큼이나 기가 막힌 등장이었다. 자리에 없었던 것은 알았지만, 설마 이런 곳에 있었을 줄은.

'멍청하긴… 달아날 생각은 안 하고…….'

일삼은 그가 달아나지 않았다는 것을 알고 있었다. 그의 목소리가 들린 곳은 바위 위. 잡기 쉬운 먹잇감이 눈앞에 있는데, 쫓기 힘든 바위 위의 사람을 쫓을 만큼 대호는 어리석지 않다. 대호보다도 어리석은 자. 하지만 일삼은 그런 생각과는 달리 입가에 미소를 달고 있었다. 마치 사방에 적들로 둘러싸인 곳에서 믿을 수 있는 동료와 등을 맞댄 느낌이랄까. 위험하긴 마찬가지였지만 두려움보다는 투지가 앞서는…….

대호의 시선은 일삼보다 철웅에게 오랜 시간 머무르고 있었다. 야수의 본능은 상상을 초월할 만큼 예리하다. 대호의 눈엔 다 같은 사람으로 보일 텐데도, 야수의 본능은 보다 위험한 자를 정확하게 집어내고 있었다.

‘달아날 수 없다. 달아난다면… 둘 중 하나는 반드시 죽는다. 싸워서… 물리쳐야 하는데…….’

산에서 범을 피해 달아날 방법 따윈 없다. 어지간한 고수라도 산속이라면 대호에게 한 수 양보해야만 한다. 대호의 움직임은 경공만큼이나 빠르고, 날카로운 이빨은 도검에 필적한다. 내려치는 앞발은 인간의 피륙쯤 손쉽게 찢어내어 버릴 것이다. 산중지왕은 결코 허명이 아니었다. 그리고 그 왕이 결론을 내렸다.

‘영리하군…….’

대호는 일삼을 향해 다가오고 있었다. 결코 서두르는 기색 없이, 철웅을 예의 주시하며. 대호는 잡기 쉬운 먹이를 노리면서도 잡기 어려운 먹이를 경계하고 있었다. 눈앞의 먹이는 발질 한 번이면 족했지만, 머리 위에 웅크린 먹이는 제법 사나워 보였다. 하나는 잡을 수 있으니 남은 하나는 달아나도 그만, 덤벼도 그만 이라는 식이었다.

‘젠장…….’

절망적이었다. 일삼은 두 손을 내밀고 대호를 향해 으르렁거리고 있었지만, 그것은 작은 들짐승의 몸부림일 뿐이었다. 그리고 대호가 지척까지 다가설 때까지도 일삼의 몸은 움직이지 못하고 있었다.

“…올라타.”

“……?”

느닷없이 들린 한마디. 일삼은 고개를 돌려 철웅을 바라보고 싶었지만 눈앞의 대호가 허락하지 않았다. 그리고 고개를 돌렸다 하더라도 철웅의 대답은 듣기 어려웠을 것이다. 철웅의 신형이 바위에서 뛰어내러 대호의 좌측으로 내려서고 있었기 때문이다.

휘릭!

철웅의 움직임에 놀란 대호가 움찔하고 있을 때, 철웅의 고함이 산중을 울렸다!

"지금이야!!"

일삼은 뭐가 뭔지 몰랐지만 저 사내의 말을 듣지 않는다면 큰일이 날 거라는 생각이 뇌리를 스쳤다. 그리고 정말 믿기지 않았지만… 대호의 등을 향해 뛰어올랐다.

어흥~!

움찔하며 방심한 순간 생각지 않았던 반격이 들어왔다. 이 맹랑한 들짐승이 감히 자신의 등 위로 올라탄 것이었다. 두려움보다는 불쾌감에 대호는 몸을 흔들며 이 버릇없는 들짐승을 떼어내기 위해 발버둥쳤다.

'이, 이런 젠장……'

대호의 몸놀림은 너무나 빠르고 격렬했기에, 하마터면 대호의 아가리 속으로 떨어질 뻔했다. 하지만 뻣뻣한 대호의 털을 붙잡은 채 죽기 살기로 엉겨 붙어 있는 일삼을 떼어내기란 제아무리 대호라 하더라도 쉽지 않은 일이었다.

'설마 혼자 도망치려고……'

일삼은 자신이 벌인 이 미친 짓이 혹시 사내의 꾀가 아닌가 의심이 들기 시작했다. 좌우로 격렬하게 흔들려 머리가 다 울릴 지경이었지만, 철웅이란 사내의 말에 의심이 드는 것은 어쩔 수가 없었다. 그러나 그것이 괜한 의심이었다는 것은 자신의 등 뒤로 올라탄 철웅으로 인해 확실해졌다. 그리고 철웅이란 사내가 뒤이어 벌인 짓은, 자신이 대호의 등에 올라탄 것이 대단치 않아 보일 만큼 미친 짓이라 생각되었다.

"뭐, 뭐 하는 짓이야?!"

철웅은 일삼의 두 손을 붙잡고 떨어뜨리려 하고 있었다. 일삼의 얼굴이 사색이 되어 진저리를 친 것은 당연한 일이었다.

"다, 당장 놔! 이 미친놈아!!"

하지만 일삼의 발악에도 아랑곳하지 않고, 철웅은 일삼의 손을 놓게 하기 위해 온 힘을 쏟고 있었다. 그리고 철웅의 손이 일삼의 팔목에 힘을 주자 잠시 힘이 빠진 순간 일삼은 대호를 붙잡고 있던 손을 놓치고 말았다.

"으… 으악!!"

일삼은 눈이 뒤집히기 직전, 자신의 팔을 앞으로 쭉 내미는 철웅의 손을 보았다. 그리고 자신이 잊고 있던 그것이 대호의 목에 휘감기는 것도 볼 수 있었다.

'교, 교룡삭?!'

강하기는 보검과 같고 질기기는 그 짝을 찾을 수가 없다는 교룡삭이 대호의 목에 휘감겼다. 그리고 뒤이은 철웅의 외침에 일삼은 정신이 번쩍 들었다.

"졸라!!"

일삼은 정신을 차릴 수가 없었다. 간신히 두 발과 팔꿈치로 대호의 등에 올라탄 채 있는 힘껏 교룡삭을 당기는 철웅을 따라 죽을힘을 다해 같이 힘쓰는 수밖에 도리가 없었다.

대호는 자신의 숨통이 조여옴을 느끼고는 더욱 격렬하게 몸을 뒤흔

들었다. 하지만 움직이면 움직일수록 들어오는 숨은 줄어들고, 나가는
숨은 거칠어져 갔다. 철웅과 일삼의 팔뚝은 경련이 일어날 정도로 당
겨져 있었다. 대호의 등에서 절대 떨어질 수 없다는 듯 바짝 몸을 엎드
린 채 젖 먹던 힘까지 모두 뽑아내며 교룡삭을 당기고 있었다. 질기디
질긴 교룡삭은 대호의 몸이 격렬히 움직이면 움직일수록 더욱 깊이 목
줄을 파고들었다. 근 반 각 가까이 몸부림치던 대호의 몸이 늘어진 것
은 교룡삭이 파고든 대호의 목줄에 붉은 피가 흐르고 난 후였다.

크르릉… 크릉…….

가빠오는 숨으로 반 각이나 버티던 대호였지만, 숨을 쉬지 않고 살
아갈 수 있는 짐승은 없다는 것을 여실히 보여주고 있었다. 두 눈이 뒤
집히고, 날카로운 어금니 사이로 게거품이 흘러나오고 있었다. 그리고
더 이상 경련하는 네 발로는 육중한 덩치를 지탱할 수 없다는 듯 한차
례 긴 경련을 마지막으로 바닥에 누워버렸다.

쿵!

쿵덕거리는 심장의 박동은 숨이 끊긴 대호가 아니라, 경악으로 두
눈을 부릅뜨고 있는 일삼의 가슴에서 울리고 있었다. 산중지왕으로 군
림하던 대호였지만, 정신 나간 두 인간으로 인해 제대로 된 포효 한 번
하지 못하고 숨을 거두고 말았다. 드러누운 대호를 멀뚱히 바라보던
일삼이 화들짝 놀라더니 대호의 목에 걸려 있는 교룡삭을 서둘러 빼내
곤 대호에게서 뒷걸음질쳤다. 철웅도 가만히 대호의 몸에서 떨어져 나
와 몇 걸음 물러섰다.

"이, 이 미친놈아! 죽고 싶어 환장을 한 것 아니냐?! 도대체 이게
말이나 된다고 생각한 거냐? 어떻게 대호를 목 졸라 죽일 생각

을……."

고래고래 소리치던 일삼의 말문이 막혔다. 자신이 소리치던 그 말도 안 되는 일이 눈앞에 벌어져 있었고, 그 말도 안 되는 일을 한 것은 바로 자신과 눈앞의 사내가 아니던가? 자신의 두 팔에 이어져 있는 교룡삭에는 대호의 피가 진득하게 묻어 있었다. 결코 꿈이 아니었다. 고개를 숙이고 있는 일삼의 귀에 철웅의 목소리가 들렸다.

"허허, 어쨌든 살았지 않은가?"

일삼은 어처구니없다는 표정으로 철웅을 바라보았다. 그리고,

"하, 하하… 푸하하하!"

"하하하!"

"그래, 살았지! 살았어! 푸하하하!"

철웅과 일삼은 서로를 마주 보며 박장대소하기 시작했다. 그 웃음소리는 폐부를 시원하게 해줄 만큼 호쾌하였고, 득의에 차 있었으며, 한 점 사심도 없었다. 그들은 산중지왕 대호를 해치운 것이다. 맨몸으로, 단둘이서.

"…고맙소."

"……."

철웅은 일삼의 어색한 인사에 가만히 미소 지어 보였다. 그리고 늘어져 있는 대호에게 다가가며 말했다.

"고맙기는. 어쨌거나… 나는 자네들을 보살피기로 한 사람 아닌가."

일삼의 눈은 철웅의 넓은 등판에 고정되어 있었다. 버림받는 서러움을 아는 일삼이었기에, 철웅의 보살핌이란 말이 주는 의미는 더욱 각별했다.

'고맙… 습니다…….'

일삼의 입가에 지어지고 있던 미소 역시, 철웅의 그것과 점점 같은 빛을 띠어가고 있었다.

第二十三章
백련(白蓮)

미륵(彌勒)이 현세하시기 위한
용화세계(龍華世界)의 건설입니다

　　운허자와 운현자가 네 사람의 제자를 이끌고 찾은 곳은 무창 외곽에
있는 한 공자묘였다. 무창이 있는 호북에는 무당파의 위세가 워낙 드
세었기에 신도가 끊겨 문을 닫게 된 공자묘는 어렵지 않게 찾을 수 있
었다. 그리고 문을 닫은 공자묘는 인근 파락호들이 노름판을 벌이거나
은밀한 만남의 장소로 곧잘 이용되곤 하였다. 그리고…….

　　"헤헤, 저희같이 가진 것 없는 거지들이 차고앉는다 해도 뭐라 할 사
람이 없지요."

　　제법 규모가 있는 공자묘의 입구에 드러누워 있던 거지 하나가 그들
을 이끌고 있었다. 두 개의 매듭이 지어진 것을 보니 외인을 맞이하는
일을 맞은 개방의 제자인 듯싶었다.

　　개방은 자유분방한 외형과는 달리 상하의 구분이 어느 문파보다도

엄격하기로 유명하다. 간혹 장로와 방주가 욕지거리를 하며 싸우는 모습을 보았다는 사람도 있기에 기강이 문란한 문파라는 이야기가 나오기도 하지만, 그것은 그들의 생활일 뿐. 방내 문규를 어긴 제자라면 장로가 아니라 방주라 하더라도 절대 용서가 없다.

또 허리에 묶는 매듭의 수로 그들의 신분을 표시하곤 하는데, 이결까지의 제자가 전체의 구할 이상이다. 삼결 이상부터 직위를 맡게 된다. 보통 삼결이면 분타주, 사결이면 각 당의 호법 정도의 위치가 된다. 오결은 각 당의 당주, 육결은 순찰사자와 같은 역할의 법개, 칠결은 장로, 팔결은 방주의 후계자 격인 후개이고, 마지막 구결은 바로 개방의 방주를 뜻한다. 운허자를 맞이하는 개방 무창분타주의 매듭이 네 개인 것을 보니, 개방에서 무창을 얼마나 중요하게 생각하는지 알 수 있었다.

"아이고, 어서 오십시오. 화산파의 귀인들께서 이 누추한 곳까지 어떻게……."

"무량수불……. 빈도는 화산파의 운허자라 하고 이쪽은 빈도의 사제인 운현자라 합니다."

"하하. 저는 두주개(斗酒丐)라고, 이곳 무창 분타의 분타주를 맡고 있습지요, 네."

방정맞은 말투로 인해 운허자와 함께 온 다섯 명의 매화검수는 그리 믿음이 가지 않는다는 시선을 보내고 있었다. 하지만 운허자와 운현자는 가벼운 말투와 붉게 물든 코에 가려진 두 눈의 예리함을 놓치지 않았다.

'두주개라…….'

운허자는 두주개의 얼굴과 이름을 머리 속에 기억시키고 있었다. 이런 자를 알아두는 것이 강호의 생활에 큰 힘이 된다는 것을 알고 있었기 때문이다.

"빈도들이 이곳을 찾아온 것은……."

"헤헤, 알고 있습니다. 서로(西路)에 있는 장원의 주인을 찾고 계시지요?"

운현자와 매화검수들은 적잖이 놀란 표정이었지만, 운허자의 표정에는 변화가 없었다.

'이미 무창에 들어온 지 한 달이다. 오히려 몰랐다면 실망했겠지.'

두주개 역시 운허자의 표정을 의식하고 있었다.

'호오. 화산파에도 제법 강호물을 드신 분이 계셨구먼.'

두주개는 한층 간사하게 웃으며 사람들에게 자리를 권했다. 두꺼운 거적 위에 무엇이 기어다니는지 모를 일이었지만, 주인이 권하니 객이 사양할 수는 없었다. 엉거주춤하나마 모두 자리에 앉자 두주개는 그제야 이야기를 꺼내기 시작했다.

"헤헤, 사실 여러분이 무창에 들어오신 그날부터 저희도 그 장원에 대해 조사를 하기 시작했지요. 사해는 동도라는데, 작은 도움이라도 드릴 수 있을까 해서요. 하지만 무작정 '도와드리겠습니다' 하고 찾아뵐 수는 없는 일이었는지라, 이제나저제나 찾아오시기만을 기다렸는데… 헤헤."

두주개의 말에 좌중은 다시금 놀란 눈치였다. 몇몇 이들은 진작 찾아오지 않았던 것을 후회하는 것 같은 표정까지 지어 보였다.

'다 알고 있다 이건가? 우리의 일까지?'

운허자는 머리를 굴렸다. 조금만 머리를 굴릴 수 있는 자라면 자신들이 그 장원을 찾는 이유를 먼저 궁금해했을 것이다. 그리고 천하에 이목이 깔려 있다는 개방이라면… 화산에 일어났던 변고를 모를 리가 없었다.

"험. 그리 말씀해 주시니 고마울 따름입니다."

운허자는 두주개의 입에서 당장이라도 그 장원의 주인이 누구며, 어디에 있는지가 나오리라 기대하고 있었다. 하지만 두주개는 아직 말해 주고픈 마음이 없었다.

"헤헤, 그 장원의 주인과 소재지를 찾느라 우리 아이들이 발품을 좀 심하게 팔았습니다. 발병이 든 놈도 있고, 몇 날 며칠 고생하다 병을 얻은 놈도 있고……. 흑흑."

과장된 몸짓에 거짓이라는 게 빤히 보이는 수작이었지만, 운허자도 그의 그런 몸짓이 무엇을 원하는 것인지도 모를 바보는 아니었다.

"허험. 내가 마음이 조급해 서둘러 오느라 변변한 것을 준비하지 못했습니다. 대신 작은 성의지만……."

운허자의 품에서 나온 작은 주머니가 두주개에게 향하자 두주개는 짐짓 아니라는 듯 과장된 손짓을 하면서도 그 주머니를 서둘러 낚아채 갔다.

"아이고, 이런 것을 바라자고 드린 말씀이 아니… 긴 하지만. 헤헤, 성의를 모른 척하는 것도 예의가 아니니 일단 고맙게 받겠습니다. 헤헤."

두주개의 행동에 매화검수들의 눈이 찌푸려졌지만, 운허자나 운현자 모두 당연하다는 듯 고개를 끄덕이고 있었다. 세상에 입으로만 되

는 것은 아무것도 없었다. 이것은 운허자나 두주개 모두에게 당연한
일이었다.

"에… 야! 똥푸대! 가서 그것 좀 가져와라!"

똥푸대라 불린 거지 하나가 하품을 하며 일어나더니 어디론가 향했
다. 무엇을 말하는 것인지도 묻지 않고 가는 것을 보면, 운허자 일행을
기다렸다는 말이 틀린 말은 아닌 것 같았다. 약간의 시간이 흐른 뒤 똥
푸대라 불린 거지가 세 장의 서찰을 가지고 들어왔다.

"음… 어디 보자. 맞군요."

두주개는 똥푸대란 거지가 가지고 온 서찰을 한 번 주욱 훑어보더니
미련없이 운허자에게 넘겼다. 두주개의 손에서 넘겨받은 서찰을 읽는
운허자의 표정이 시시각각 변했다.

"이게… 전부요?"

"헤헤, 저희가 알아낼 수 있는 내용은 그것이 전부입니다."

운허자의 손에서 서찰을 넘겨받은 운현자가 그것을 읽고 있는 사이,
운허자는 깊은 생각 속에 잠기고 있었다.

'…장원의 원주인인 노 대인이란 자는 가공의 인물이며, 작년 말까
지 장원에 거주했던 인원은 대략 십여 명… 그리고 일시에 증발.'

세 장의 서찰에는 장원으로 들어간 쌀과 부식들의 목록과 증언들,
노 대인이라 불리는 자에 대한 신원 파악과 관련한 문서들의 목록이
적혀 있었다. 대부분 탐문으로 이루어진 자료였고, 더 이상의 유추는
불가능할 것 같았다.

'…미궁에 빠져 버렸군.'

그들이 쫓고 있는 련의 흔적은 완벽하게 지워져 있었다.

"헤헤, 혹시… 무엇을 찾고 계신지 말씀해 주신다면 도움이 될지도 모르겠지만……."

두주개의 말에 운허자의 시선이 서찰에서 떨어졌다. 능글맞은 미소. 저자는 분명 대략의 상황을 짐작하고 이야기를 꺼낸 것이리라.

'흉수를 찾고 있다는 것까지는 알고 있겠지. 그들의 정체는… 저들로서도 궁금한 것일 거고.'

두주개의 붉은 얼굴에는 아무런 변화가 없었다. 아무런 정보도 얻지 못한 꼴이 되었지만 은자가 아깝다는 생각은 들지 않았다. 더 이상 알아낼 게 없다는 것에 대한 확인만으로도 그들은 불필요하게 소요될 뻔한 시간을 번 셈이다. 반반의 확률은 성공한 셈이었다.

"허허, 말씀은 감사하지만 번거로움을 드릴 수는 없지요."

운현자는 웃으며 두주개에게 말했다.

'후후, 신경 꺼라… 이건가?'

두주개 역시 웃음으로 답하고 있었다. 운허자와 운현자는 더 이상 이 냄새나는 곳에 머물 이유가 없음에 동의했다.

"귀한 시간 내주셔서 감사합니다. 저희는 이만……."

"아, 벌써 가시려고요? 헤헤, 큰 도움을 못 드려 죄송합니다. 나중에라도 도움이 필요하시면 꼭 다시 들러주십시오. 헤헤."

"무량수불… 그렇게 하지요. 그럼……."

공자묘 밖으로 나가는 화산파 일행을 바라보던 두주개의 얼굴에서 웃음이 걷힌 것은 그들의 모습이 완전히 사라진 후였다.

"말코도사들… 속 타겠구나. 십중팔구 어떤 냄새를 맡고 여기까지 찾아온 것이겠지만……. 야! 똥푸대!"

"또 왜요?"

"총단에서 내려온 문서 좀 가져와라."

투덜거리며 사라졌던 거지는 손에 수십 장의 서찰을 들고 다시 들어왔다. 서찰을 넘겨받은 두주개의 미간이 좁혀졌다.

"음… 화산파에 신비인 난입. 청린마화 포성 자객 난입. 검절, 이십 팔숙, 혁련용……. 이것들이 어떤 연관을 가지고 있는 것일까……."

서찰을 내려놓고 턱에 손을 괸 두주개의 미간이 더욱 좁혀들고 있었다.

"혁련용이 화산파에 들었고, 신비인들이 난입하였다. 그리고 자객이 난입하고… 단순한 복수인가?"

상황을 정리하던 두주개의 이마에 힘줄 하나가 돋아났다.

"저들이 무창까지 내려온 이유는 지금으로서는 침입자에 대한 단죄일 가능성이 가장 크다. 하지만… 청린마화를 가지고 있고, 화산의 본산까지 자객을 보낼 정도의 신비 단체. 그들이 노린 혁련용… 결국 자하신검의 소문은 사실이라고 봐야겠군. 그 신비 단체는 자하신검을 노린 건가?"

두주개의 머리가 맹렬하게 회전하고 있었다. 무창이라는 거대 도시에 분타주라는 직함을 유지하려면 남들보다 뛰어난 무엇인가가 있어야 했다. 그리고 두주개에게는 거지라고 얕보기 힘들 만큼 명석한 두뇌가 있었다.

"조사할 필요가 있겠어. 청린마화를 가진 신비 단체라……. 역시 조용한 무림보다는 시끄러운 무림이 재미있어. 크크크."

그냥 단순한 호기심이었을 뿐이다. 신비 단체에 대한 조사는 늘 일어나는 일이었고, 강호 제일의 정보통이라는 개방으로서는 당연한 조치였다.

하지만 두주개의 이 결정이 난세 도래의 신호탄이 될 줄은 아무도 알지 못했다.

*   *   *

"연왕 쪽 공작은 어찌 되었나?"

"좀처럼 접근하기가 쉽지 않습니다. 그 도연이라는 땡중의 눈을 피하기가……."

백호 한수가 모습을 드러낸 곳은 북평(北平:현재의 북경(北京))의 한 장원이었다. 춘절을 앞둔 북평은 연일 잔치 분위기로 떠들썩했다. 저자마다 붉은 장식이 화려하게 걸렸고, 북방 오랑캐를 몰아낸 연왕의 업적을 노래하는 소리가 끊이질 않고 있었다. 북평에서는 연왕, 그가 황제였다.

"그 도연이라는 자가 그리 대단한 자였는가?"

한수의 이마에 작은 골이 패였다. 출가인의 신분으로 연왕의 곁에 머무르는 것이 이상타 여겼지만, 자신의 밀지를 전달하기 위해 잠입시킨 간세들이 연왕부로 들어가는 족족 사라지고 있었다. 그리고 그들의 실종이 도연이라는 한 중 때문이란 사실을 알게 된 것은 불과 얼마 전이었다.

'땡중 주제에 제법이군. 하지만…….'

백호 한수의 눈에 어떤 결의가 떠올랐지만 이내 사라져 버렸다. 한수의 앞에 오체투지하고 있는 청년은 감히 고개를 들지 못하고 있었다. 단지 연왕에 대한 공작만을 담당하는 자신에게 련의 소련주가 직접 찾아오게 될 줄은 예상치 못한 까닭이었다.

"대계의 진행은 어찌 되고 있다더냐?"

한수의 질문에 청년은 어제까지 전달받은 총단의 밀지 내용을 가감 없이 한수에게 전했다.

"모든 준비를 마친 상태라 합니다. 병부의 옥영진 대장군은 이미 오래전부터 입을 맞춘 상태이고, 한림학사(翰林學士) 유삼오(劉三吳), 제태(齊泰) 등과도 접촉이 끝난 상태입니다."

"유삼오? 그자도 대계에 포함되어 있던가?"

한수가 이채롭다는 듯한 표정으로 물었다.

"옥영진을 제외한다면… 그들은 우리의 실체를 알지 못할 것입니다."

"후후, 그렇겠지. 옥영진, 그 늙은 돼지는 참 오래도 사는구나."

"일단 련에서는 황태손을 황제로 옹립하는 것이 대계에 유리하다 판단하였으니까요. 그렇다면 병부의 옥영진은 반드시 필요한 인물입니다."

"후후, 이곳 연왕부에 그대를 파견한 것은 만일을 위한 대비이고?"

사내는 더욱 깊이 고개를 파묻고 있었다. 어쩌면 자신은 하지 않아도 될 일을 하는 것일지도 몰랐다. 황태손이 황제의 위에 오르기만 한다면, 연왕 주체는 제일 먼저 숙청될 인물일 테니. 한데 어찌 된 일인지 련의 소련주가 북평에 직접 나타나 자신이 해오던 일에 관심을 보이고 있다. 관심은 사람을 흥분시키는 마력이 있다. 그리고 전혀 예상하지 못했던 소련주의 관심에 사내는 흥분하고 있었다.

"속하의 생각에는… 연왕은 쉽게 볼 인물이 아닙니다."

한수는 아무 말이 없었다. 이야기를 계속하라는 무언의 허락이었다.

"제가 본 연왕은… 뛰어난 무장이면서도 문을 아낄 줄 아는 사람입니다. 또 사람을 대함에 진심으로 대할 줄 알고, 어려움에 맞서 주저함이 없는 사람입니다. 그러하기에 그를 진심으로 따르는 사람도 많고, 주위에는 그를 따르기를 자처하는 인물들이 몰려듭니다."

한수는 가만히 고개를 끄덕여 보였다. 인물됨이 어떤지는 모르지만 그를 따르는 자들 중 뛰어난 자가 많다는 것은 인정해야만 했다. 도연이라는 땡중만 해도 황제가 발탁했던 자라 했던가? 황제의 곁에서 충분히 입신양명할 수 있던 자였지만, 그도 연왕의 곁에 머무르고 있다. 분명 쉽게 보지 못할 자였다.

"그에 비해 황태손인 윤문은 너무나 나약합니다. 모든 면에서… 연왕과 비교할 수가 없습니다."

"황제가 되기엔?"

"…예."

한수가 자리에서 일어섰다. 그리고 아직도 제법 차가운 바람이 불고 있는 북평의 하늘을 올려다보았다. 맑게 갠 하늘이 한수를 내려다보고 있었다.

"그대는 련의 대계가 무엇이라 생각하는가?"

"…미륵(彌勒)이 현세하시기 위한 …용화세계(龍華世界)의 건설입니다."

"우리에게 황제라는 것이 어떤 의미가 있지?"

"…없습니다."

"어떤 자가 황제의 자리에 오르든 상관없다. 어차피… 용화세계를 위한 발판. 조금 더 다루기 쉬운 자를 선택한 것뿐이다. 그리고…….."

백호 한수의 눈에서 한줄기 살기가 떠올랐다.

"우리의 대계에는 주가(朱家)의 멸족(滅族)도 분명 포함되어 있다."

한수가 바라보고 있는 하늘은 맑았다. 그들이 꿈꾸는 용화세계의 하늘처럼. 그들이 꿈꾸는 그들만의 세상처럼.

백련(白蓮). 그들은 역천을 꿈꾸는 자들이었다.

*　　　　*　　　　*

"드디어…….."

"…다 됐다."

마지막 지붕을 올리고 내려온 영우가 감격스럽다는 듯이 말했다. 보름 만에 이 정도로 큰 집을 만들었다는 사실에 가슴 뿌듯함을 느끼고 있었던 것이다.

부엌과 작은 방 두 개가 이어져 있고, 다시 구부러진 면을 따라 세 개의 넓은 방이 이어져 있었다. 너른 마당과 제법 보기 좋게 꾸며진 목책까지. 울창한 나무가 병풍처럼 둘러쳐진 모습을 보니 한 폭의 그림처럼 그 모습이 보기 좋았다.

"모두 수고 많았소."

철웅이 웃으며 강추와 일삼, 영우에게 인사를 건넸다. 그저 고개를 끄덕여 보인 강추와는 달리 영우의 입은 함지박만하게 벌어져 있었다. 일삼 역시 말없이 고개를 끄덕일 뿐이었지만, 눈에 어린 감정은 강추의 그것과는 사뭇 달랐다.

"음… 저쪽 끝 방은 강형과 일삼이 쓰고, 그 옆에 방은 영우와 소아가 쓰면 되겠군."

난데없는 철웅의 말에 영우는 물론 강추와 일삼도 눈이 휘둥그레졌다.

"그게… 무슨……?"

일삼의 더듬거리는 질문에 철웅은 웃으며 답해 주었다.

"아, 아직 이야기를 듣지 못한 모양이구먼. 자네들… 아무래도 나와 지내야 할 듯싶네."

영우와 일삼은 서로의 얼굴을 바라보며 무슨 이야긴지 알아듣지 못했다는 표정을 짓고 있었다.

"화산파에서는… 알고 있는 것이오?"

강추가 믿기지 않는다는 말투로 물었다. 하지만 그 질문에 대답해 줄 사람은 따로 있었다.

"허허, 물론 알고 있지."

어느새 지척까지 다가온 무현 진인을 향해 철웅이 두 손을 모아 보였다.

"오셨습니까."

"무량수불… 새삼스럽게 예는 무슨……."

무현 진인 역시 잠시 손을 맞잡고 철웅의 인사에 화답했다.

"너희는 오늘부터 이곳에서 지내도록 해라. 물론 수인의 신분에서 벗어난 것은 아니고, 앞으로 십 년간 철웅 저 친구의 명을 받으면 된다."

"명을… 받으라고요?"

강추의 얼굴이 살짝 비틀어졌다. 영우의 얼굴이 봄날 꽃 피듯 활짝 핀 것에 비하면 많이 모자라 보였지만 일삼의 얼굴에도 화색이 돌았다.

"이것 참. 자네, 수인 신분이라는 걸 너무 자주 잊어먹는 것 아닌가? 왜? 이곳에서 지내는 것이 싫은가?"

무현 진인의 면박에 강추는 아무 말도 할 수 없었다. 싫기는 왜 싫겠는가. 단지 그 저의를 알 수 없어 불안해하는 것뿐이지.

"그냥… 화산파 안보다는 나를 도와줄 일이 더 많을 듯싶어 내가 부탁했네. 뭐, 자네들이 도망을 치거나 한다면… 내가 조금 곤란해지긴 하겠지만. 험."

철웅의 말에 영우는 정말 목이 부러져라 세차게 고개를 좌우로 흔들어대고 있었다.

"저 친구보다는 내가 더 곤란해지지. 내가 그렇게 하라고 했으니까. 만에 하나 내가 곤란할 일이 생긴다면……."

무현 진인의 눈썹이 역팔 자로 휘며 좌중을 쓸어갔다. 그 눈빛을 본 영우의 목이 자라목처럼 쑥 들어갔지만 그들에게서는 어느 한구석, 수인과 간수의 분위기 같은 것은 찾아볼 수가 없었다.

"어쨌든… 잘 부탁드리오, 간수장 나리."

일삼의 악의없는 퉁명스러움에 철웅은 웃음으로 대꾸할 뿐이었다. 일삼과 영우가 방으로 들어가자, 잠시 후 강추 역시 그 뒤를 따라 방으로 들어가 버렸다. 그들이 자신들의 새 보금자리를 찾아들자 무현 진인은 철웅을 따로 불렀다.

"이거."

무현 진인이 소매 속에서 작은 철시 세 개를 꺼내어 철웅에게 건넸다.

"내가 보기엔 너무 무모해 보이는구먼. 저들은… 그렇게 믿음을 줄 만한 상대가 아니야. 강호에서 돈에 팔린 자들치고 믿고 의지할 만한 사람을 찾기는 어려운 법이야."

무현 진인의 말 속에는 진심 어린 걱정이 담겨 있었다. 돈을 좇는 자들. 그 돈을 위해서라면 언제라도 칼을 거꾸로 잡을 수 있는 자들. 저들은 그런 자들이었다. 철웅은 아무 말이 없었다.

"휴… 자네에게 매화조령이 간 이상, 이제부터는 자네도 화산파의 사람이네. 물론 자네가 원했으니 당분간은 장문인과 장로들만 아는 비밀로 하겠지만……."

철웅이 가지고 있던 그 령패가 매화조령이라는 것을 알게 된 것은 정녕 우연이었다. 그것을 무현 진인 앞에 꺼내어놓았을 때, 무현 진인의 그 놀라워하는 표정이란. 철웅 역시 혁련옹이 남기고 간 그것이 화산파와 관련있는 물건이라는 것은 짐작했지만, 이 정도로 대단한 물건이라고는 생각지 못했다. 그리고 그 물건은 생각보다 더욱 대단한 것이었다. 화산파의 죄인 세 사람의 신병을 인도받을 수 있을 만큼.

"뭐, 어차피 화산파에서도 수인을 관리하는 것이 어렵긴 하지만, 그래도 저들의 신병은 각별히 신경 써주게. 누가 뭐래도 저들은 수인이니까."

“명심하지요.”

철웅은 무현 진인에게 다시 한 번 감사하다는 말을 전했다. 상현 진인이 없는 지금, 여러모로 가장 큰 도움을 주고 있는 사람은 무현 진인이었다. 물론 지난겨울 외인의 침입 사건에서 철웅의 도움이 컸다고는 하지만, 수인들의 신병에 관한 일은 그런 정리만으로 쉽게 도움을 줄 수 있는 것은 아니었기에 그 고마움은 더했다. 물론 철웅도 무현 진인이 저 수인들을 안타깝게 생각하고 있다는 것까지는 알 수가 없었지만……

무현 진인이 본산으로 올라간 후, 마른 목을 축이기 위해 샘을 찾은 철웅의 앞에 한 사내의 모습이 보였다.

“기다리고 있었나?”

“목이 말라서 왔을 뿐이오.”

여전히 퉁명스러운 말투였지만 대호 사건 이후 목소리에서 제법 가시가 빠진 듯했다.

“…어떻게 한 거요? 아니, 왜 그런 거요?”

일삼이 무엇을 묻고 있는 것인지는 철웅도 알고 있었다. 다만 적절한 대답이 떠오르지 않아 대답을 하지 않고 있을 뿐.

“글세… 딱히 이유가 떠오르지 않는군.”

“아무런 이유도 없이…….”

일삼은 어이없다는 표정으로 서 있었다. 이유도 없이 자신들에게 이런 호의를 베풀었단 말인가? 수인으로서 수감도 하지 않고, 노역도 하지 않으며, 감시도 받지 않게 된 이 생활은 호의라고밖에는 표현하기 힘들었다.

“상현 진인도 그렇지만… 나도 자네들에게 죄가 있다고 생각하진 않네.”

“……?”

“난 군부 출신일세.”

일삼은 철웅의 이야기에 놀라지 않았다. 짐작한 것은 아니었지만 그의 과거는 그다지 중요한 것이 아니었기에 동요할 이유가 없었던 것이다.

“전쟁이 일어나면… 수백, 수천의 사람들이 죽네. 하지만 누구도 병사들을 탓하진 않네. 그들을 움직인 장수를 탓하지. 전쟁을 일으킨 장본인들을 탓하거나.”

천하에 전쟁을 일으킨 장본인은 황제일 수밖에 없지만, 감히 황제를 들먹일 수는 없기에 장본인이란 말로 얼버무린 철웅이었다.

“자네들도… 그들과 그리 다르다 생각하지 않아서였네. 칼을 뽑아야 할 이유가 있었겠지만, 그것이 자네가 살아가는 방법이라면… 그것을 탓하고 싶은 마음은 없네.”

일삼은 말없이 철웅의 이야기를 듣고 있었다. 굳은 표정을 하고, 마음의 동요를 감추며.

“전쟁터의 병사는 명령 때문에 싸우네. 싸우지 않으면 명령 불복종으로 죽으니까. 이래 죽으나 저래 죽으나지. 이유야 어떻든 자네도 돈을 벌기 위해, 살기 위해 싸웠다 생각하네. 난… 그 두 가지가 다르다고 보지 않네. 죄를 논하기엔… 삶이란 것이 잔인하지. 그래서 자네들에게 죄가 없다고 생각하는 것이네. 그것이 자네들에게 호의를 베푼 이유라고 해두지.”

철웅은 샘에서 한 모금 물을 떠 마시고는 그대로 뒤돌아 사라져 갔다. 일삼은 그런 철웅을 보지 못했다. 그저 철웅이 남기고 간 샘의 파문만을 바라보고 있을 뿐이었다. 자신의 가슴에 울린 파문과 같은 그것을······.

'자네에게 죄를 묻기엔··· 내가 지은 죄가 너무 크다네.'
철웅의 가슴을 짓누르고 있는 것은 삶의 무게가 아니었다. 그가 빼앗아 버린, 다른 이들이 다하지 못한······ 한(恨)의 무게였다.

＊　　　　＊　　　　＊

넓은 정원에는 새싹이 파릇하게 돋아나고 있었다. 아직은 바람이 차 옷깃을 자주 여미게 하고 있음에도, 자연의 순리는 잠들어 있는 만물의 소생을 채근하고 있었다. 돌 사자상이 우람한 풍채를 자랑하며 서 있는, 정원을 가로지르는 인공호(人工湖) 위에 놓여진 석교(石橋) 위로 두 사람이 걷고 있었다.
"벌써 봄이구려."
"그러하옵니다, 전하."
"원의 잔존 세력인 북원도 그 요동을 잠시 멈춘 지금, 내가 이곳에 머무른 세월 중 지금이 가장 평온한 것 같소."
"그 모든 것이 전하의 용맹함으로 일구어낸 것임은 온 천하가 알고 있습니다."
그들의 걸음은 한없이 느긋하여 석교 밑을 노니는 비단 잉어들의 유영이 호들갑스러워 보일 정도였다. 백의 장삼을 걸친 중년인과 황의 장삼을 걸친 노승려. 이제 사십대 초반이나 되었을까 싶은 중년인은 이목구비가 뚜렷하고, 호쾌한 기상을 풍기는 전형적인 대장부의 상이었다. 나란히 걷고 있는 승려는 맑은 눈을 가진 홍안의 노승으로, 환갑이 지난 나이가 믿기지 않을 정도로 그 기력이 왕성해 보였다.

"아버님께서는 아직도 나를 버리지 않으셨나 보오."

"전하, 어찌 황상께서 전하를 멀리하시겠나이까. 전하가 있음으로 천하의 안녕이 지켜지고 있음을 모를 황상이 아니시옵니다."

"표 형님께서 조금만 더 건강하셨더라도……."

당금 황제를 아버지라 부르고, 죽은 황태자를 형이라 부를 수 있는 자. 그가 바로 당금 황제의 네 번째 아들인 연왕 체였다.

"후우. 대원수 같은 분만 살아계셨어도 나는 오래전에 권세를 버리고 달아났을지도 모르오."

"이정인 장군 말씀이십니까?"

"그렇소. 그분께 참으로 많은 것을 배웠건만……. 그분이 아니었다면 내 어찌 북원의 무리를 이토록 빨리 몰아낼 수 있었을까. 그분이 남긴 수만의 단련된 정병들이 있었음이니……."

"그가 남긴 정병으로 북원의 무리를 몰아내었다곤 하나, 전하가 아니셨다면 그 누구도 하지 못했을 일입니다."

노승의 이야기에 연왕은 가만히 고개를 가로저었다.

'아니오. 그만 살아 있었어도……. 그가 그렇게 가지만 않았어도…….'

석교 위에 멈추어 선 연왕은 한 사람을 떠올리고 있었다. 자신의 신하였으나 신하이기 이전에 스승이라 마음속에 여겼던 북평대원수 이정인. 그리고 그의 아들이자 자신의 친우인 그…….

'옥영진, 그 비열한 자가 그를 죽인 것이다.'

연왕의 가슴에 꺼질 듯 사그라지던 불꽃이 다시금 피어오르고 있었다. 자신의 스승을 저열한 정쟁의 희생양으로 삼더니, 그의 아들이자 자신의 친우마저 자신이 잠시 북원 토벌에 나선 틈을 타 죽을 수밖에 없었던 전장으로 보내 버린 자.

'마음 같아서는 당장 그 늙은 돼지의 목을 쳐 스승과 친우의 복수를 하고 싶지만…….'

연왕은 고개를 털어 상념을 날려 보냈다. 자신이 일개 장수만 되었어도 칼을 휘둘러 보았을지 모른다. 하지만 자신은 황제의 아들, 왕으로 책봉된 자였다.

"아무래도 응천부의 움직임이 수상합니다. 한림학사들 중 중도를 표방하는 몇몇 학사들이 황태자 전하의 옹립에 힘을 싣고 있다고 합니다."

"그것은 예상하고 있었던 일 아니오? 또한 누가 제위를 물려받던 나는 관심없소."

"전하, 그것이 자연스러운 순리를 따르는 것이라면 다행스러운 일이나… 석연치 않은 부분이 있기에 드리는 말씀입니다."

"석연치 않다?"

연왕의 고개가 노승에게 향했다. 노승은 연왕의 눈길을 피하지 않고 자신의 의견을 말하기 시작했다.

"한림학사들과 병부의 관계가 좋지 않았던 것은 어제오늘의 일이 아닙니다. 한데 근자에 들어 한림학사 중 몇몇이 옥영진 대장군과 자주 회동을 가진다는 소문입니다. 그 소문이 낭설만은 아닌 듯한 것이, 황태자의 제위 옹립도 옥영진 대장군과 한림학사들 쪽에서 주도권을 행사하려 들고 있다는 것이옵니다."

변화에는 이유가 있다. 한림학사들이 그들 스스로 황태자 제위 옹립을 들고 나왔다면 연왕도 수긍하였을 것이다. 한데 병부의 옥영진이 그들과 연수하는 것은 여러모로 수긍하기 힘든 부분이 있었다.

"흠… 둘 중 한 곳에서 회유를 하였다는 말인가?"

"…둘 다 회유당한 것일 수도 있습니다."

"……?"

연왕의 눈이 크게 떠지며 노승을 바라보았다. 두 곳 다 회유당하였다니? 당금 조정에서 그들 말고 더 큰 입김을 작용하는 곳이 또 어디 있단 말인가?

"그들 말고 다른 누가 있어 그들을 회유할 수 있단 말이오? 설마 어머님이 그러셨을 리는 없고."

당연한 일이었다. 당금 황제의 정실 마태후는 정치에 관여하지 않기로 유명했다.

"…이것은 아직 말씀드리지 않았던 것이오나, 조정 관료 대신들에게 접촉을 시도하는 무리들이 있습니다."

"……?"

"실은… 이곳 연왕부에도 수차례에 걸쳐 간세의 잠입 시도가 있었사옵니다."

"간세(間細)?"

연왕은 그리 크게 놀라지 않았다. 어딜 가나 간세는 있기 마련이고, 이곳 연왕부라 하여 간세가 침입하지 말라는 법은 없었다. 다만 그 이야기를 한 사람이 다른 사람이 아닌 노승이라는 것이 그를 놀라게 했던 것이었다. 그가 이리 심각하게 이야기할 정도라면, 잠입하려 했던 간세는 정보를 캐내고 사석(死石)으로 버려지는 사간(死間)이 아니라, 장기간에 걸쳐 공작을 펼칠 수 있는 생간(生間)이었다는 이야기다.

"그들의 의도가 무엇이었소?"

"미처 손쓸 겨를도 없이 자결하는 통에……."

연왕은 가만히 고개를 끄덕였다. 사실 사간의 색출은 어렵지 않다. 대부분 잡역이나 마부, 짐꾼 등의 하부 계층으로 잠입하기 쉽긴 하지만, 그들이 얻어낼 수 있는 정보에는 한계가 있다. 또한 그들의 행동 반경이라는 것이 매우 한정되어 있어 조금만 수상한 행동을 보여도 쉽게 발각되었기에, 중요한 것만 방비한다면 사간 정도는 얼마든지 찾아낼 수 있었다.

하지만 생간의 경우는 그렇지 않았다. 어느 정도 수준 이상의 고급 인력이거나 외부에서 초빙되어 온 자. 혹은 은밀히 잠입하여 사람들의 이목을 숨기고 활동하는 자들 모두 생간으로 분류하였다. 연왕부에서 생간이 발견되었다면 은밀히 잠입한 첩자일 가능성이 높았다. 그런 자들이 쉽사리 생포될 리 없었고.

"안타깝구려. 어떤 자들인지 알아내었다면 좋았을 것을……."

"송구스럽습니다."

연왕은 노승의 이야기를 곱씹고 있었다. 조정에서 일어나고 있는 이해하기 힘든 일들과 조정 대신들을 향한 정체를 알 수 없는 자들의 접촉. 분명 어떠한 연관성을 가진 듯 보였다.

"허어. 도대체 응천부에서 무슨 일이 벌어지고 있는 것인지……."

당장이라도 남경으로 내려가 무슨 일인지 직접 알아보고 싶은 마음이 굴뚝같았지만, 변방의 오랑캐들이 뿌리 뽑히지 않은 상태에서 함부로 움직일 수도 없는 노릇이기에 답답할 뿐이었다.

그런 연왕의 얼굴을 바라보는 노승의 얼굴에 작은 미소가 걸리고 있었다.

'왕야, 천하의 안위를 생각하는 그 마음이… 결국 당신을 황제의 위에 오르게 할 것입니다. 그것이 천명이고… 순리입니다.'

석교 위를 말없이 걷고 있는 두 사람. 연왕 주체의 곁에서 조용히 그를 따르는 그 노승을 사람들은 신승(神僧) 도연(道衍)이라 불렀다.

第二十四章
식객(食客)

　　화음의 저자는 말 그대로 인산인해(人山人海)를 이루고 있었다. 제례를 위한 물건을 파는 상점 주위를 지나치기라도 할라 치면, 손을 꼭 잡아 사람들에 밀려 떨어지지 않도록 주의해야 할 정도였다. 철웅이 사람들을 비집고 한 객잔으로 든 것은 사람들이 한참 바쁠 정오 무렵이었다. 웬만한 객잔 역시 사람들로 가득 차 발디딜 틈도 없었기에, 자리가 있는 객잔을 찾기 위해 제법 발품을 팔아야 했다.

　　"휴우… 다들 어서 들어가세."

　　장 의원이 앞장서 들어갔고, 그 뒤를 소아와 소소가 따르고 있었다. 아직은 어색함이 남아 있는 강추와 일삼, 영우가 어색하게 객잔을 들었고, 그들이 모두 들어간 다음에야 철웅이 들 수 있었다.

　　"춘절은 춘절일세. 이리 사람이 많아서야……."

장 의원은 옷에 묻은 먼지를 털어내며 투덜거렸다.

"일단 끼니부터 챙기고 장을 보도록 하지요. 이보게!"

철웅이 점소이를 불러 간단한 요깃거리를 시켰다. 어찌하다 보니 일곱 사람이 한집에서 살아가게 되었지만, 이 어색함이 가시려면 적잖이 시간이 걸릴 듯싶었다.

"그래, 일삼 자네는 고향이 어딘가?"

아무래도 가장 연장자인 장 의원 자신이 나서서 어색한 분위기를 풀어야겠다 느꼈는지 말없이 앉아 있는 일삼에게 말을 걸어보았다.

"…여양(汝陽)입니다."

"여양?"

"보통 등봉(登封) 아래라고 말해야 알더군요. 후후."

일삼이 살짝 웃으며 등봉을 이야기하자 장 의원은 그제야 고개를 끄덕이며 알겠다는 표정을 지었다.

"아… 하남 사람이었구먼."

"그런데… 장 대인."

"음?"

자신을 부르는 영우의 목소리에 창밖을 바라보던 철웅이 고개를 돌렸다.

"화산에는 언제까지 계실 생각이십니까?"

이 질문이 지금까지 영우가 했던 말 중 가장 쓸 만한 말이라 생각하는 강추와 일삼이었다. 그들도 궁금하나 차마 묻지 못했던 것이었으니.

"음… 글쎄."

일삼과 강추는 말없이 점소이가 내려놓은 소면을 먹고 있었다. 하지만 그들의 귀는 철웅을 향해 열려 있었다.

"가능한 한… 오래……."

장 의원과 소아는 당연하다는 듯이 고개를 주억거리고 있었고, 영우의 얼굴에는 화색이 돌고 있었다. 가능한 한 오래, 아니, 십 년만 그곳에 머무를 수 있어도 절반의 자유는 보장되는 셈이었으니. 아무 상관 없다는 듯 소면을 먹고 있는 일삼과 강추의 목으로 넘어가지 않던 소면이 흘러들었다.

"일단 형님과 소아, 그리고 영우 자네가 필요한 것들을 좀 구해주게."

식사를 마친 철웅이 사람들에게 해야 할 일을 분배해 주고 있었다. 집이 다 지어졌으니 필요한 세간들도 새로 들여야 했고, 식구가 늘었으니 필요한 부식거리도 늘어나 새로 장을 보아야 했다.

"그리고… 자네들은 나와 함께 가세."

강추와 일삼은 말없이 고개를 끄덕일 뿐이었다. 소소는 언제나 논외였다. 소소가 철웅을 따르는 것은 당연한 일이었으니.

강추와 일삼을 데리고 철웅이 찾은 곳은 조금 한산해 보이는 포목점이었다.

"자네들도 옷을 좀 고르게."

"난… 옷가지 따위는 필요없소."

철웅의 말에 강추가 퉁명스럽게 말했다. 하지만 철웅이 웃으며 던진 한마디에 얼굴을 잠시 붉혔을 뿐 말없이 옷가지를 고를 수밖에 없었다.

"옷 한 벌로 버티기엔 십 년은 조금 긴 시간이야. 그리고… 춘절 아닌가."

일삼은 철웅의 배려에 마음속으로 감사해하고 있었다. 다만 나이가 나이였는지라 그런 배려에 익숙하지 않아 입 밖으로 그런 고마움을 표시하지 못하고 있을 뿐.

영우의 몫까지 열 벌이 넘는 옷을 샀기에 제법 은자가 들긴 했지만, 일삼과 강추의 걱정과는 달리 철웅에게 은자가 달릴 일은 없었다. 혁련웅이 남기고 간 돈을 사용할 필요도 없었다.

"이거… 얼마면 사시겠소?"

포목점에서 멀지 않은 피혁점을 찾아 철웅이 내려놓은 것은 묵직해 보이는 보따리였다.

"어디 봅시다."

푸짐해 보이는 얼굴에, 그 얼굴이 왜소해 보일 만큼 넉넉한 뱃살을 두드리며 나타난 포목점 주인이 철웅이 내려놓은 보따리를 풀고 있었다. 토끼나 노루 가죽. 재수가 좋으면 여우의 가죽일 수도 있겠거니 싶었던 포목점 주인이 화들짝 놀라 뒷걸음질친 것은, 보따리 사이로 턱하니 흘러나온 날카로운 발톱 탓이었다.

"호, 호랑이?"

그냥 호랑이가 아니었다. 펼쳐진 가죽의 크기로 보니 어지간한 황소 정도 되는 크기의 대호였다. 포목점 주인이 정말 놀랐다는 표정으로 그들을 바라보았다.

"장사(壯士)들이셨구려. 도대체 이 대호를 어찌 잡은 것이오?"

"어떻소?"

"상품! 최상품이오! 꿰뚫린 흔적도 없고, 어디 하나 상한 흔적도 없는. 이 정도 크기라면 황실에 들여도 손색이 없는 최상품 호피요.”

주인은 연신 엄지손가락을 들어 올리며 대단하다는 말을 반복했다. 흥정도 필요없었다. 주인의 눈에는 좋은 물건에 대한 탐욕보다 마치 신물이라도 받드는 듯한 경외가 더욱 짙어 보였으니. 오히려 주인이 제시한 은자 삼백 냥이라는 거액에 철웅과 일삼이 놀란 눈치였다. 이런 저런 실랑이 없이 은 삼백 냥에 호피를 넘긴 철웅 일행은 기쁜 마음으로 포목점을 나왔다.

그리고 돈 냄새를 맡고 날아드는 파리 떼가 철웅 일행의 길을 막은 것은 저자를 가로지르는 골목에서였다.

“이보시오, 형장들.”

뒤에서 부르는 목소리에 철웅 일행이 걸음을 멈추고 뒤를 돌아보았다. 일삼의 인상이 살짝 찌푸려졌다. 고개를 까닥거리며 다가서는 모습을 보니 저자에서 쉽게 볼 수 있는 파락호였다.

“아까 우연히 듣다 보니 좋은 물건을 좋은 값에 파셨더구려. 형장들끼리 쓰기엔 그 액수가 조금 많아 보여서 우리가 좀 거들어 드릴까 하는데…….”

다섯. 눈가에 긴 칼자국을 자랑처럼 실룩거리며 다가서는 자가 불량스럽게 시비를 걸어오고 있었다. 그자의 좌우로 선 자들 역시 품속에 손을 넣고 골목길을 막은 채 천천히 거리를 좁혀오고 있었다. 철웅의 고개가 뒤쪽으로 돌아갔다. 아니나 다를까, 철웅의 뒤편으로 다가오는 자들도 다섯이었다. 다만 다른 점이 있다면 한 손에 긴 몽둥이를 하나씩 들고 있다는 것뿐.

“이것 참. 화음에서 이런 자들을 보게 될 줄은 몰랐군.”

철웅의 말에 뒤에서 걸어오던 한 사내가 이죽거리며 말했다.

"크크, 화산파는 저자 앞에서 활동하고, 우리는 저자 뒤에서 살아간다. 잔소리 말고 이백 냥만 놓고 가라."

철웅은 사내의 말에 고소를 지었다. 잠시 고개를 가로저은 철웅이 일삼에게 말했다.

"저들을 좀 부탁해도 되겠는가?"

"구경만 하시오."

일삼의 퉁명스러운 목소리에 철웅은 가만히 미소 지었다. 성큼 앞으로 걸어나오는 일삼의 모습에 다섯 사내의 걸음이 멈추어 섰다. 그러나 그도 잠시, 비릿한 웃음을 지으며 품에서 소도를 꺼내어 든 사내들이 일삼을 향해 움직이기 시작했다.

"얌전히 돈만 놓고 가면 서로 좋은 것을, 죽어도 원망치 말아라!"

좁은 골목을 치달려 오는 사내들을 바라보면서도 일삼은 입가의 미소를 풀지 않았다.

"병신들……."

일삼의 주먹이 불끈 쥐어졌다. 저런 파락호들을 상대하는 데엔 금제된 내공이 아쉬울 것도 없었다. 그저 삼십 년간 굴러먹은 강호의 경험만으로도 저런 하룻강아지들을 밟아주는데 충분했다.

"히얍!"

날아드는 소도를 피해 주먹을 날리는 일삼의 모습을 바라보며 철웅은 고개를 끄덕이고 있었다. 좌우로 소도를 흘리며 주먹을 내뻗는 모습만으로도 일삼의 실전 경험이 풍부하다는 것을 알 수 있었다. 강추 역시 말없이 철웅의 뒤편으로 몸을 움직이고 있었다. 앞에서 난 싸움에 뒤에 있던 자들도 움직이는 것을 보았기 때문이다.

"차앗!"

강추의 몸놀림은 일삼의 그것과는 사뭇 달랐다. 격식을 갖춘 몸놀림. 그는 정식으로 무공을 배운 자 특유의 절제된 몸놀림을 보여주고 있었다.

'강약의 조절이 분명하고, 진퇴가 빠르다. 좋군.'

"크악!"

퍼벅!

"끄윽……."

싸움이랄 것도 없었다. 강호에서 잔뼈가 굵은 그들에게 뒷골목 파락호는 대련 상대도 되지 못했다. 열 명이나 되는 파락호가 게거품을 흘리며 바닥에 나뒹구는데에는 숨 몇 번 들이마실 시간이면 충분했다.

"으으으……."

"아이고……."

골목길 양편에 대 자로 누워 있는 파락호들을 바라보던 철웅은 소소의 손을 이끌고 유유히 골목을 빠져나가고 있었다. 강추가 그 뒤를 따랐고, 일삼이 그들을 향해 더럽다는 듯 침을 한 번 뱉은 것이 여흥의 마무리였다.

"나서주어 고맙네."

걸음을 옮기던 철웅이 강추에게 말했다.

"식객(食客)으로 대해주니… 식객의 도리를 한 것뿐이오."

강추는 철웅을 바라보지 못했다. 붉어진 얼굴을 들킬까 땅만 보고 걸음을 재촉하는 강추는 자신도 모르게 어제의 일을 기억해 내고 있었다.

"정말… 이걸 풀어주는 것이오?"

"왜? 싫은가?"

"아니, 당신의 저의를 알 수 없어 그러는 것이오."

"자네도 그렇고, 일삼 그 친구도 그렇고 이유라는 것을 무던히도 따지는구 면."

"…이렇게 …잘 대해줄 이유가 없으니까."

"…이유라. 일삼 그 친구에게도 말했지만, 나는 자네들을 죄인이라 생각 하지 않네. 물론… 혁련 어른을 노렸던 것은 나에게도 그다지 유쾌한 일은 아니네만, 그냥… 그럴 수밖에 없었다고 생각하네. 명을 받는 자는… 좋든 싫든 명을 따를 수밖에 없다는 걸 아니까……."

"……."

"자네들의 신변에 대한 부탁을 받았네. 물론 이렇게까지 해주라는 부탁을 받은 것은 아니지만… 나와 함께 있는 동안은 그냥 식객처럼 지내주면 좋겠 네."

"식… 객?"

"그래, 식객."

철웅은 자신의 뒤를 따르고 있는 두 사내를 생각하며, 과거의 어떤 기억을 떠올리고 있었다.

"장군님, 왜 우리 같은 병졸들과 함께하시려 하십니까?"

“맞습니다. 그냥 군막에 계시면 모든 시중을 다 들어드릴 터인데.”

“허허, 이 사람들아! 내 한 몸 편하자고 전장에 나와 있는 줄 아는가?”

“그래도 명색이 장군 아닙니까? 장군!”

“자네들이나 나나 모두 명을 받들어 전쟁터에 나온 것. 하는 일이 다르고 지위가 다르다 해도… 결국 우리 아닌가.”

“우리… 요?”

“그래, 우리. 자네들 없이 어찌 내가 있을 수 있겠는가.”

“그래도… 저희는 내일을 장담하지 못하는…….”

“…나는 자네들을 희생시켜 전쟁에 승리하고픈 맘은 없네. 하나 전쟁을 하기 위해선 희생을 강요할 수밖에 없다네. 그럼에도 내가 이렇게 자네들과 자주 함께하려 함은… 자네들을 내 몸과 같이 느끼고… 자네들이 죽었을 때 내 몸이 뜯겨져 나감과 같은 고통을 느끼고자 함이네. 내가 받을 고통을 줄이기 위해서라도… 자네들의 희생을 적게 하기 위해서 말이야…….”

“장군님…….”

“자네들의 희생이 헛되지 않도록… 나를 더욱 채찍질하기 위함이네…….”

철웅의 마음에 한줄기 눈물이 흐르고 있었다. 그는 그들의 희생을 헛되이 하지 않겠노라 약속했건만…….

‘이제는 모두 지나간 일. 다시는… 일어나지 않을 일…….’

가슴속 눈물을 훔친 철웅은 그리 믿고 있었다. 그런 고통은 다시는 없을 것이리라. 무엇을 위해 누구를 희생시키는 일 따위는 다시는 일어나지 않으리라 믿고 있었다. 그렇게 믿고 있었기에 자신의 곁으로 모여든 사람들을 향해 조금은 마음을 열 수 있었다.

일삼과 강추는 말없이 철웅의 뒤를 따르고 있었다. 마치 철웅을 호위하듯, 마치 그의 식객인 것처럼.

"령주, 왜 그랬소?"

"그냥… 새로운 삶에 적응하고 있는 것이겠지."

"그래야겠지요."

"이젠… 그냥 강추라 부르시오."

"……?"

"…새로운 삶이니, 새로운 질서가 필요한 것 아니겠소."

"……."

"나도… 그냥 일삼 형이라 부르리다."

"그럼… 나도 그냥 강형이라 부르지요. 어차피 강호에서 서너 살 차이는 나이도 아닌 것이니."

강추와 일삼은 서로를 한 번 바라보곤, 무엇이 무안한지 서둘러 시선을 떼었다. 그리고 혹시나 뒤처질까 앞서 가던 철웅의 뒤로 한 걸음씩 더 다가서고 있었다.

저자의 북적거림에 묻혀버렸지만, 그들의 입가에 머물었던 미소는 저자의 한 귀퉁이에 남아 새로운 삶의 시작을 바라보며 언제까지나 웃고 있었다.

*   *   *

"자… 이것으로 마지막인가?"

암동 안에 쭈그리고 앉아 있는 노도사의 눈에 안도가 어리고 있었다.

"그놈 참. 다른 놈들 같으면 무공부터 가르쳐 달라 떼를 썼을 터인데, 어찌 이리 미적한지……."

몇 개의 자기와 두어 권의 서책을 가지런히 하던 노도인의 입에 미소가 떠올랐다.

"하긴, 그런 놈이었다면 내 제자 될 자격이 없지. 암, 없고말고. 허허."

무엇이 그리 좋은 것인지 소리 내어 웃던 노도사가 준비된 물건들을 한 번 보곤 만족스러운 표정을 지었다.

"되었다. 심득을 이해시키지 못하고 떠나는 것이 아쉽긴 하지만… 녀석의 뇌리에 새겨놓은 것만으로도 남은 평생 참오에 참오를 거듭해야 할 테니 더 이상 욕심을 가질 필요는 없겠지. 자, 어디 보자. 이 정도면 준비는 다 되었고……. 이제 놈이 올라오길 기다리기만 하면 되겠구나."

노도사의 눈이 암동 입구로 보이는 좁은 하늘을 바라보고 있었다. 춘절의 홍취에서 깨어났는지 검게 물든 야공은 아무 일 없었다는 듯 침묵하고 있었다.

"이제 남은 시간은 오늘 하루……. 너의 인생과 천하의 안녕이 오늘 하루에 달려 있구나."

야공을 바라보던 노도사의 시선이 산 아래로 향했다.

"어서 오너라, 제자야……."

삼색몽환진이 흔들린 자리. 진으로 들어선 철웅의 모습이 보이기 시작했고, 그런 철웅을 바라보는 노도사의 눈에는 흡족한 미소가 번지고 있었다. 도래하는 난세에 남겨둘 작은 씨앗. 노도사가 뿌린 철웅이라는 씨앗이 얼마만큼의 성장을 이루어낼지는 노도사도 알 수 없었다.

"저 왔습니다……."

암동으로 들어서는 철웅. 그는 그 자신도 모르는 사이, 이미 선택되어 있었다. 노도사의 제자로, 난세의 안배로…….

『노병귀환』 4권에 계속…